ハリー・クルーズ／著
齋藤浩太／訳

ゴスペルシンガー

The Gospel Singer

JN118176

扶桑社ミステリー
1661

THE GOSPEL SINGER
by Harry Crews

ゴスペルシンガー

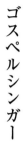

登場人物

ゴスペルシンガー ―――― 美しい歌声と容姿を持つ青年
ディディマス ―――― ゴスペルシンガーのマネージャー
メリーベル・カーター ―――― ゴスペルシンガーの恋人
ウィラリー・ブカティー・ハル ― メリーベルの殺害犯
ゲルド ―――― ゴスペルシンガーの兄
ハイラム ―――― エニグマの葬儀屋
フット ―――― フリーク・ショーを取り仕切る男
ランドルフ ―――― フットの世話係

1

ジョージア州エニグマは、行き止まりの町だった。州道二二九号線のど真ん中に郡庁舎が建てられ、道は切れたリボンのようにいきなりビッグ・ハリキンの沼で終わっている。郡庁舎の北側にある牢《ろう》の窓越しに、ウィラリー・ブカティー・ハルは町を見渡すことができた。片足から片足へと重心を移しながら、彼はしずかに体をゆらした。背後にある木のテーブルの上では、皿に盛られた豆がうっすらと浮かぶ豚肉の脂のなかで固まりはじめている。皿のそばにはビスケットが二つ。房の片隅には便器用バケツがあり、その上の目の高さに、誰かがルボー郡拘置所の規則を鉛筆で書き込んだ便《びん》箋《せん》が一枚貼《は》られていた。

房の息もできない暑さのなか、ウィラリー・ブカティーははめ殺しの窓ガラスの眩《まばゆ》い四角形の前で時計の振り子のように体をゆらした。背後にある皿のべとべとした縁《へり》にたかって動けなくなった蠅《はえ》のたてる低い羽音のほかには、物音ひとつしない。太陽は西に傾き、通りを影と光に二分している。町のつきあたり、二二九号線が突然焼けつく平坦《へいたん》な田園地帯になるあたりでは、一頭の騾馬《らば》がセンダンのまばらな木陰につながれている。騾馬は木製の鞍《くら》を載せたままとろみ、丸々と肥えた蠅たちがそのうえを気だるげに群れ飛んでいた。通りの陽が射している側、マーヴィンズ・ドラッグストアの前に、アンテナに狐《きつね》の尾をくくりつけ後部座席の窓に「海軍万歳」のステッカーを貼った一九四八年製のビュイックが駐《と》められている。ドラッグストアのアルミ製のポールには、米国郵政公社の支局でもあることを示す旗がかかげられている。通りにある車はそのビュイックだけだ。もう二ヶ月間、雨が降っていなかった。

ウィラリー・ブカティーは、農夫たちやつながれた彼らの騾馬ではなく、通りに渡された赤・白・青の文字が躍っている色あせた横断幕を見つめながら、なかば呆然《ぼうぜん》と眠ったように揺れ続けた。一方の端をハーヴェイ種子店に、もう一方をエニグマ葬儀場に固定しているその横断幕にはこう書かれていた。「おかえりなさい、ゴスペルシンガー！」ウィラリー・ブカティーは聖書に書かれた膨大な数の節を暗記している説教師であるにもかかわらず字は読めなかったが、それでも彼は知っていた――エニグマ中の誰もが知っているように――ゴスペルシンガーが帰ってくるということを。誰もがそれに備え、心待ちにし、祈っていた。ゴスペルシンガーを、ジョージア州エニグマの全関心を一手に集めてきた彼を見、声を聞き、そして――神が許したもうなら――触れることへの尽きることのない期待で町中が沸き立っていた。ゴスペルシンガーは、誰もが「自分はゴスペルシンガーが生まれたあの町の出身だ」とか「彼がまだ小さかった頃から知っているよ」と言うことができるというだけで、彼らの生活に目的と意味を与えていた。

ウィラリーは、ジョージア州オールバニで買い、テレビン油精製キャンプの馬車の後ろに載せて持ち帰って自分の小屋にセットした、マンツ社製のテレビでゴスペルシンガーを何度も見たことがあった。その彼がまた帰ってくる！　もうすぐここへ、そう、このエニグマに！　また歩くのだ、あの立派なすらりとした黄金色の身体、あまり立派ですらりとして黄金色で、どんなに高価で仕立てのいい服でもたちまち霞《かす》んでしまうあの身体で。それに、もちろん服はどんどん高価なものになっていった。彼がオールバニからタラハシー、アトランタ、メンフィス、そして最後にニューヨークシティのテレビスタジオに出演していくうちに。

ウィラリー・ブカティーがテレビをつけ、ゴスペルシンガーの歌声が小屋のなかへと滑り出す、するとそれは傷口に塗る軟膏《なんこう》だった。何もかもどうでもよくなる。世界は巨大な穴のなかへ落ちていった。すべてが――カミソリでできた傷だろうと、タールで火傷《やけど》した目だろうと、ティフトンで混血の淫売《いんばい》にうつされた淋病《りんびょう》だろうと――すべては消え去りあの声だけになり、それは彼の頭のなかへ、そして彼の魂が眠る場所へと肉体を下っていくのだった。そうやって彼は、それがなんであれまた一週間を耐えることができた。

白人たちは一切ほかの話をしなかった。綿花畑の草を刈ったり、トウモロコシ畑をならしたり、あるいはエニグマ銀行の前のベンチに座って嚙《か》みたばこを嚙み足元に唾《つば》を吐いているときも、ゴスペルシンガーは片時も彼らのもとを離れることはなかった。ゴスペルシンガーはエニグマ中の人々の背中に掛けてやることができるほどたくさんの服を車のトランクに入れて持ち運んでいる、と彼らが話すのをウィラリー・ブカティーは聞いたことがあった。車は見たことがあったし、たしかにそれは大きかったが、エニグマの全員分が入っているはずがないこともわかっていた。それでも彼はそれを信じた。知識は問題ではない。それは不可能なことじゃない、なぜなら彼はゴスペルシンガーなのだから、なぜなら彼の手のなかではすべてが黄金に変わるのだから、ありふれた空気が彼の口のなかでは天使の音楽に変わるように。そうとも！　オルビーニィ、タラハッシー、アッラーンター、メンフス、ヌ・ヤークシティ。白人たちが口にするのを何度も聞いたそれらの街の名が、彼の頭のなかで鐘のように鳴り響く。それを大声で口にできることが嬉《うれ》しかった――舌をマニ車のようにチッチと鳴らしながら――この町の誰もがそうであるように。なぜなら結局のところ、ゴスペルシンガーがどこへ行こうと、出発点はここジョージア州エニグマ、彼らのエニグマなのだから。彼は彼らから生まれたのであり、それは彼らの誇りだった。彼らと同じ血色の悪い肉や鉤虫《こうちゅう》持ちの子供たちや溶脱した土や痩《や》せて骨ばった牛――あまりに飢えすぎて毎冬の解体シーズンに屠《ほふ》るとき、切り裂いた喉《のど》から流れ出るのはせいぜい婦人用ハンカチ大の血だまりだった――そういう彼らの世界のあらゆる病と災厄から抜け出し、太陽や美そのもののごとく彼は花開いたのだ。彼らのなかから、彼ら種族から、なんの前兆も説明もなく彼は現れた。そして彼らはひとり残らず、ウィラリー・ブカティーと同じように、いつの日かゴスペルシンガーが、不思議な目にもとまらぬやり方で彼らをエニグマという悲劇から救ってくれるのだと信じた。

横断幕から目を落とすと、彼は視線を長いまつ毛越しに漂うにまかせた。地面からの熱気で町が歪《ゆが》んでいる。エニグマ中いたるところ、電柱という電柱、店先という店先に貼られた赤いポスターはこう告げていた。「フリーク・ショー＊＊五歳以下の幼児無料＊＊寄ってらっしゃい見てらっしゃい＊＊＊世界一大きな片足を持つ小人をご覧あれ」その赤いポスターは、ゴスペルシンガー歓迎の横断幕が渡された翌晩に現れた。それはウィラリー・ブカティーが牢に入れられる日の前日で、彼はアンクル・ジャッジと呼ばれるナッシュヴィルに住む読み書きのできる黒人に宣伝文句を読んでもらい、その世界一大きな足を持つという小人のことを聞いて、すぐに十セント、いや幾らだろうと払って観に行こうと心に決めたのだった。だが結局、ショーのテントがどこに建つかを見に行くことすらできないはめになった。それにどうやら彼が小人の足を観に行くことはなさそうだった。

　ウィラリー・ブカティーは自分が謎《なぞ》の中心であるような気がした。何もかもがかつてと同じではなく、二度と元に戻ることはないだろう。自分が赤の他人のようだった。彼は両手を見つめ、頭を振った。膝《ひざ》をついたが彼は、説教師である彼は、祈ることができなかった。思いつくなかで祈りにいちばん近いことといえば、尻《しり》ポケットから写真を取り出してそれを丁寧に開き、膝をついて、心の動揺が消え落ち着きを取り戻すまで眺めることだった。ティフトンでミス・メリーベル・カーターが買ってくれた雑誌から切り抜いておいたものだ。それは白く美しい両手を挙げ、黄金の頭を後ろへ反らし、口を開けて歌っているゴスペルシンガーの写真だった。真夜中、鉄格子模様の月明かりの下、写真を前にして彼は何時間も膝をついた、祈りではないにせよ、おなじくらいの穏やかさにつつまれ自分のしたことに漠然と心をさまよわせながら。ときどき「人を殺した？　おれが人殺しだって？」と囁《ささや》く、すると夜のように底なしの謎が彼の目の前を覆うのだった。

　ウィラリーの目がぎりぎり届く遠方、二二九号線の黒い表面から一台のピックアップ・トラックが姿を現す。中天にかかる太陽の光を受けた車体がちらちらと煌《きら》めいている。彼はぼんやりとそれを眺め、新しく何か見るものが現れたことをなんとなく喜んだ。というのもエニグマは全長八ブロックしかなく、郡庁舎の牢に入れられてからのこの三日間、それを眺めること以外に何もすることがなかったからだ。最初の二日間はまだましだった。エニグマ中の誰もが彼のことを見に郡庁舎へ、大抵は先に葬儀場へ寄ってからやって来たからだ。なかにはティフトンからはるばる車を走らせて見に来る連中までいた、二二九号線が国道四一号線に分岐する街だ。人々は葬儀場と郡庁舎の間をひっきりなしに行き来し、片肺の太った保安官は女房にサンドイッチとコーヒーを作らせて彼らに売った。そのことでエニグマの内外は大騒ぎになり、ゴスペルシンガーの帰郷の計画に混乱をきたし遅らせてしまうという声も聞かれた。だが商売ははじまったときと同じく急速に下火になった。エニグマの町はウィラリー・ブカティー・ハルに慣れ、訪れる者はどんどん減っていった。

ピックアップ・トラックはバックファイアの音を響かせながら通りに入ってきて、郡庁舎前の停車場から三十フィートと離れていないウィラリーの立っている場所に向かって甲高《かんだか》いブレーキ音をたてた。背の高い、チョークのような肌とミルク色の髪の青ざめた青年が運転席から降り立ち、かざした紙のように薄い両手の陰のなかで目を細めた。彼はちらと太陽を見上げると、やにわに口を大きく開けて白かび色の舌と歯をのぞかせた。頬《ほほ》にある葡萄《ぶどう》のような色と大きさの開いた傷口にブヨがたかる。彼はウィラリーを見上げた。ウィラリーは煙のたなびく地平線に目をそらし、なま温い鉄格子を握る両手にさらに力を込めた。視線をもどすと青年は消えていて、もう一度地平線に目を向けるより前に彼はゴスペルシンガーの兄、ゲルドの甲高い声を聞いた。背後でドアが開いたが、ウィラリーは二二九号線が切っ先を作って空の底辺へと延びていく彼方《かなた》を見つめ続けた。

「彼女、ひどいもんだろう？」

「ああ、めちゃくちゃだ」

背後で話し声が聞こえ、喘息《ぜんそく》のかすれた息遣いだけが保安官の声とゲルドの声を区別していた。保安官が息を整えようと止まるたび、ベルトにかけている真鍮《しんちゆう》製の輪に通された鍵《かぎ》の束がにぶい金属音をたてた。

「こいつ、いつもそんな風に窓の外を眺めてるのかい？」ゲルドは訊《き》いた。

「たいていはな」

「なんでかな？」

「おおかた葬儀場でも見てるんだろ。手に入れた白いケツのことでも考えながら」

「このニガー、手に入れると決めたら本気で手に入れたわけだ」

聞いていたウィラリーはさらに強く鉄の棒を握りしめた。この犯罪においてもっともぞっとさせる側面、それはエニグマ中の誰もが彼の名前を忘れてしまったらしいということだった。突然、彼は「その」ニガーとか「あの」ニガーになったのだ、ウィラリー・ブカティー・ハルではなく。彼はゲルドと一緒に育ち、嘘《うそ》をつき、彼の下で、あるいは少なくとも彼の父親の下で働き、彼から盗んできた。にもかかわらず、いまゲルドはほかの皆と同じように彼の名前を忘れようとしている。それに彼女の白い尻のことを考えながら立っていると言うが、そうじゃない。彼は一度も、少なくとも自分が知るかぎり、ミス・メリーベルの尻について考えたことなどなかった。そうではなく彼の両目は、いずれゴスペルシンガーを運んで来てくれる巨大な黒い車が姿を現すはずの道路に釘付《くぎづ》けになっていたのだ。残された唯一の望みは、吊《つ》るされる前にゴスペルシンガーが来てくれることだけだった。

「もっとひどいことになっていたかもしれんよ。カミソリを使うとかな」

「たしかにね。カミソリはアイスピックよりひどいことになる。でもあんな使いかたをすればアイスピックだって十分ひどいさ。いくつも開いたあの紫色の小さな穴ときたら……」ゲルドは言った。

「まあ、可愛く見せてくれる代物《しろもの》じゃあないわな」

「やつが何回刺したか、調べはちゃんとついたのかな?」

「六十一回さ」保安官は言った。「ハイラムがボール紙に書いて窓のところに貼り出してるよ。このニガーがあの娘に何をしたか葬儀場にやってくる連中がしつこく聞くもんだからハイラムもうんざりしてな、こいつの仕出かしたことをみんなボール紙に書いて窓に貼り出したのさ。行って読んでみるといい。六十一回さ」

「もう一度あのあわれな信心深い娘を見に戻るつもりさ」ゲルドは言った。「このままえは人が多すぎてちゃんと見えなかったからね」

「だいいち、処女だぞ」保安官は悲しげに頭を振った。

「メリーベルを襲ったときこのニガーは純潔を汚した。エニグマの人間はみんな知ってるよ」

「ゴスペルシンガーは知ってるのか？」保安官が聞いた。

「おふくろが電報を打ったからね」ゲルドは言った。「でも何か送ってもちゃんと受け取ったかどうかはわからないんだ。あいつは昨日はそこ、その前はどこって具合だから」

「つらいだろうな、こんなことのために帰ってくるなんて」保安官は言った。

「仕方ないさ」

「そうさな」

「神さまのなさることはわからないもんだな」ゲルドは言った。「殺されたのがせめてもの救いかもしれない。ニガーに花を奪われたことを町中の人間に知られながら残りの人生苦しむなんてことになるよりはね」

　房の扉でマッチが擦《す》られた。ウィラリーはプリンス・アルバート印の煙草《タバコ》のかすかな匂《にお》いを嗅《か》いだ。口内によだれが広がる。彼は朝の三時にベッドから起こされ、煙草を取る暇もなく牢屋へ連れてこられていた。わざわざ訪ねてこようなどという黒人もいなかったから、最後に吸ってからもう三日が経《た》っていた。うまそうなその一本から気をそらすために、もう一度彼はアイスピックのことと、どうやってあの驚くほど鮮やかな血が服に飛び散ることになったのかを思い出そうとした。アイスピックを持っていたのはたしかだ。流しの上にツーバイフォーの角材でこしらえ、麻袋に入れた十セント分の氷の塊《かたまり》を置いて冷蔵庫がわりにしているスペースにしまっていたのだ。彼らが発見したのもそこだ。同じように鮮やかな血で汚れていた。それに彼の右手だ、裸のまま叫ぶ彼を彼らがベッドから引きずりだしたとき、右手は手首から指先まで血に染まって固まったグローブのようになっていた。そして、彼女もそこにいた――マンツ社のテレビの足元でぐったりとし、おかしな角度で頭をかしげ、笑みではない何かを顔に浮かべ、穴の開いた頸静脈《けいじょうみゃく》からの血が後光のように彼女を縁取っていた。

「今日はゴスペルシンガーが来ると思うか?」保安官は訊いた。

「ああ」

「三日前に来るって話じゃなかったのか?」

「そうだな」

「みなが言うには電報が来たってな」保安官は言った。

「来たよ。ティフトンから現金つきで」

「なんて書いてあったんだ？」

「帰るべき時に帰れない、でも向かってるからってさ」ゲルドは言った。

「ああ、ゴスペルシンガー！」

「立派なもんだよ」

「楽な話じゃないさ」保安官は言った。「ニガーにメリーベルを殺されてしかも乱暴されたんだ。みなと同じように彼も十字架を背負《しょ》ってることを神さまはご存じさ。福音歌手《ゴスペルシンガー》でいるのが簡単なことだなんて、おれは一度も思ったことはないね。そんな風に思ってる連中がいるのも知ってはいるが、おれは違う。ああやって駆けずり回って、いろいろやらなきゃならんことも抱えてな」

「簡単だとは思わないさ」ゲルドは言った。「でもたぶんこの世で最悪ってわけでもないだろ」

「おまえたち家族の面倒もちゃんと見てきただろう」保安官は言った。「そのことについちゃ誰も彼を責められんぞ。列車で送ってきてくれたっていう例の血統書付きたちはどうしてる？　市場に出せるくらい立派だったんだろ」

「死んだよ」

「そりゃ気の毒なことしたな、ゲルド。なんで死んだんだ？」

「起きたら死んでたのさ。親父はエニグマが殺したって。ポーランド・チャイナ種の豚がエニグマにいるのは魚が水の外にいるようなもんだってさ。エニグマじゃいい血統のが育ったためしはないとさ」

短い喘《あえ》ぎのような笑い声がした。「おまえの親父も間が抜けてるな。ゴスペルシンガーを育てたじゃないか。ゴスペルシンガーはサラブレッドだぞ」

「そりゃまあ、あいつはそうさ。そうじゃないなんておれたちだって誰も言ってやしないぜ」

「もっとちょくちょく帰ってこられないのが残念だな。このあいだ帰ってきたときなんて、ぞろぞろ後をついてまわる連中が多くておれなんざ会うこともできなかったよ。帰る間隔がどんどん長くなってきているみたいだな」

「次の日曜でもう七ヶ月ちかく帰ってないことになる」ゲルドは言った。「手紙はもらうけどね。あいつは必要とされてるとこへ行って、ただ思い切り歌ってるのさ」

「なにも文句を言いたいわけじゃないぞ、ゲルド。ゴスペルシンガーほど立派な人間はいないよ」

「まあね、おれたち皆にいろいろよくしてくれてるよ」

「本当によくできた人間だ、それだけだ」

ウィラリーは、自分は本当にゴスペルシンガーに訪ねてもらいたいと思っているのだろうかと考えた。何年も前は友達だったが、二人が十五歳の頃、ゴスペルシンガーの声は少年らしい甲高くしゃがれたものから、途方もない、声域の限界を知ることのない力強い声に変わったのだった。その声が当然のように二人を隔て、それ以来ウィラリー・ブカティーは彼に喋《しゃべ》りかけられるほど近づくことができなくなった。ゴスペルシンガーはコミュニティーの、福音派のあちこちの教会に顔を出すようになり、そしてついにはオールバニのテレビ局へと出かけていった。そしてウィラリーはエニグマを取り囲む発育の悪い松林の平地で松脂《まつやに》を汲《く》みだす仕事へと出かけていった。毎日べとべとの服にまみれ、五ガロンのバケツいっぱいの松脂を運びながら、心の静かな部分で彼は思っていたものだ、日曜日になれば小屋で横になり身を起こしながらゴスペルシンガーをラジオで聴くことができる、あるいはマンツが来てからは、ありえないくらい清らかで立派に堂々と立つ彼の姿を見ることができるんだと。

ウィラリーはゴスペルシンガーに向けて無言の祈りを唱え、それが届きますようにと祈った、なぜならゴスペルシンガーは彼の救済者、たったひとりの救済者になるかもしれないからだ。ゴスペルシンガーなら、自分では思い出すことのできない罪の詳細を知っていると彼は堅く信じていた。人々に吊るされることになるだろうが、ウィラリー・ブカティーは謎のまま神のもとへ行くのは嫌だった。だがゴスペルシンガーなら助けてくれる、ゴスペルシンガーがなんとかしてくれる。オルビーニィ、タラハッシー、アッラーンター、メンフス、ヌ・ヤークシティ。エニグマに生まれた人間で、ここを出て世界に名を轟《とどろ》かせたのは彼だけだ、そうじゃないか？

「例のフリークを見たかい？」保安官が訊いた。

「フリーク？」

「片足が奇形の奴さ」

「いいや」

「誰か見た奴を知らんか？」

「町外れで何か準備してる連中がいるってのは聞いたな。ゴスペルシンガーのテントからそう遠くない場所らしい」

「何をしているのか見にいきたいがね」保安官は言った。「ニガーを残して行ければだが」

「いいアイデアとは思えないね、こいつを残してくのは」ゲルドは言った。

「こいつに手を出そうとすでに男たちが何人か来てる」保安官は言った。「間違いなく連中がこいつを捕まえることになるだろうよ」

ゲルドはもう一本煙草に火をつけた。ウィラリー・ブカティーは先刻その男たちが話すのを聞いていた。ここに入れられてからというもの、彼を渡せとしつこく保安官をつけまわしていた。吊るすつもりなのだ。彼にはわかっていた。裁判があろうとなかろうと、そんなことは問題にはならない。煙草の匂いを彼は嗅ぐまいとした。

「ゲルド、彼は今日来ると思うか？」

「おふくろは今日だって気がするってさ」

「どれくらいいるつもりかな？」保安官は訊いた。「何か言っていたか？」

「誰にもわからないね」ゲルドは言った。

「ともかく帰ってきてくれるのはいいことだ。おれたちみんなを元気づけてくれる。楽しみに待つものをくれるからな」また喘ぐような笑い声が漏れる。「ひょっとして雨を連れてくるかもだ」

「かもね」

「もう行くのか？」

「葬儀場へ行こうと思って」

「そうか、まあいつでもニガーを見に戻ってきな。こいつもいつまでもここにいるわけじゃないからな。それだけはたしかさ」

2

　ゲルドは太陽を憎んでいた。彼のなかの何かがそのためにはできていない。彼は決して汗をかかない、膿《う》むのだ。彼の肌はどんどんきつく張っていき、やがてビニール袋のように裂けてしまう。太陽の下で彼の肌はひどく痒《かゆ》くなり、もし掻《か》いてしまえば——どうしても止《や》められないのだが——深い皺《しわ》のあるただれになった。服の下の皮膚はかさぶたのようになっていて、いくらかしなやかさはあるものの、やはりかさぶたであることには変わりなかった。たいてい彼は陽の光のなかへは出なかった。いつも綿でできた日よけの下に吊った、麻袋で作ったハンモックに揺られて弟のマーストに向かって叫び、アイスティーとただれに塗るための紫色の薬を炉棚から取ってこさせた。だがいまは、いつもじゃない。これはエニグマで起こったすべてのことより重要だ、ゴスペルシンガーが帰ってくるのだ。もしかしたら今日。ゲルドは今日だと確信していた。それで彼は午前中ずっと我慢ならない熱波のなか出かけ、マーストやアヴエルやお袋や親父よりも前に彼に会おうと、それにエニグマ中の人間たち、しめて六百人に彼が囲まれる前に話しかけようとしていたのだった。

トラックの前に立ち、ゲルドはメリーベルを見に葬儀場へ寄る時間があるか、ゴスペルシンガーを見逃すことになりはしないかと慎重に考えた。彼は彼女とウィラリー・ブカティー・ハルに会うためにやって来る——二人共にだ、なぜならニガーは彼女を殺しただけじゃなく犯したのだし、もう片方のことを思わずに一人だけのことを思うことなどできないから。だがもう日も遅い。いつ何時《なんどき》、弟の車が唸《うな》りを上げて町へ入ってくるかわからなかった。

ふと目を上げると、鉄格子のはまった窓のむこうで影のように暗く不動のままのウィラリーが目に入った。ゲルドは舞い上がる砂塵《さじん》のなかに立って怒りに震えた。メリーベル！　彼女にあまりに激しく劣情を抱いていた彼は、そのことを考えるだけではらわたが煮えくりかえった。彼女はいなくなってしまった、永遠に。あのニガーめ！　奴は犯すだけじゃ飽き足らず殺しやがった。ほかの誰にも触れさせないために。それにニガーに犯された後じゃ誰も彼女を抱こうと思わなかっただろう。ゲルドにもチャンスがあったかもしれないのに！　なんてこった！

彼女のたっぷりとした手つかずの肌を思い浮かべながら、彼はトラックを郡庁舎に駐めたままにしてエニグマ葬儀場へと通りを急いだ。建物は木造で正面が化粧建築になっており、巨大な一枚ガラスのウィンドー——エニグマでいちばんの大きさだ——

には、下の縁に黄色の重たいレースが縫いこまれた紙製の日除《ひよ》けがかかっている。右下の角にはボール紙の切れ端がテープでとめられ、子供用の黒いクレヨンの斜字体でこう書かれていた：

ミス・メリーベル・カーター――ニガーにより
アイスピックで六十一回刺される　一回、
おそらくはそれ以上犯される

入り口の扉は閉まっていた。ゲルドは開けてなかへ入った。室内は暗く、通りよりも涼しかった。キリストの頭――茶色にたなびく髪、胡桃《くるみ》色の死んだ目――が壁に打ちつけられていた。キリストの下には漫画の見出しのように「上質な肥料はハーヴェイのエニグマ種子店で」の赤い文字が躍っている。その下には二年前のカレンダーがかかっていた。

狭い部屋の奥には、銅の蝶番《ちょうつがい》付きの白マツ材でできた棺《ひつぎ》に納められたメリーベルが、二脚の木挽《こび》き台に渡して黒ビロードをかけた飾り台がわりの板の上に、少し傾斜をつけて安置されていた。棺の頭の方には三人の婦人が梯子《はしご》状の背もたれのある椅子《いす》に腰掛けていて、そのうちの一人は黒いボネットをかぶっていた。三人とも涙に濡《ぬ》れた、グレーのハンカチを手にしていた。足元には茶色く、枯れかけた菊の花を活けたピュア・オイル社の油缶が二つ置かれている。頭上に電球がひとつ灯《とも》っていた。

青羽の蠅が一匹、くるくると回りながら天井から降りてきて、メリーベルの鼻にとまる。黒いボネットをかぶった夫人が頭も目も動かさずに服に手を入れ、キリストが描かれたハート形のボール紙でできた扇子を取り出すと、重たい空気をかき回した。蠅は羽音をたててのろのろと天井へ戻っていった。

ゲルドは頭のなかでメリーベルの冷たい、死に彩られた美しさに両目を釘付けにしながら忍び足で近づいた。一昨日行われた一般参列の日にハイラムが棺の蓋《ふた》を開けるまで、彼女が横になる姿を彼は見たことがなかった。もちろん、夢のなかでは何度も仰向《あおむ》けになっているのを見てはいたが、実際に目の前に横たわる彼女はまったくの別物で、それは魅惑的で、美しかった——たとえ冷たくなり死後三日が経ち、首の片側と、ブラウスをたわませている、ゲルドがいまだかつて見たことのない胸のなかへと青い刺し傷がレース編み模様のように走っていたとしても。彼は舌で自分の唇に触れ、彼女の胸はどんな味がするかと想像してみようとしたが、できなかった。彼は女の胸を見たことすらなかったし、まして味わったことなどなかったからだ。彼女の肌の耐えられないほどの美しさを前に彼は目を閉じ、そして自分もいつか恋人をつくってその胸を見、乳首を味わい、他者の肉との神秘的な契約を交わすのだと、数えられないほど立ててきた誓いをもう一度立てるのだった。

「元気かい、ゲルド」

黒いボネットの婦人だった。ほかの婦人たちのひとりがグレーのハンカチで鼻を覆い、かんだ。

「はい、そりゃあもう、カーターさん。かわいそうなお嬢さんにご挨拶《あいさつ》をと思って寄ったんです」黒いボネットの後頭部に向かってゲルドは言った。石像のようにそれは微動だにしなかった。さらに棺に近寄ると、彼の目は避けようもなく一連の小さな傷からメリーベルの膨らんだ、こわばった胸へと惹《ひ》きつけられた。

「あの子は帰ってきたのかい？」

「いいえ、まだなんです」

「帰ってくるまでこの子は埋められるべきじゃない。ゴスペルシンガーに会いたがっていたからね。可哀想に、そのことばかり話していたよ」

「わたしたち皆もそうだよ」別の婦人が言い、またハンカチに鼻を埋めた。「生粋のエニグマっ子だもの。メリーベルとゴスペルシンガーの二人ほどこの町を大切にした人間はいないよ」

肥料広告カレンダーのすぐ右手のカーテンが開き、小柄な男が現れた。どことなくちぐはぐな立ち姿だった。右肩がもう一方より高く、そのせいで頭が傾いていて、いつでも驚いて困惑しているように見える。左右の目はそれぞれが勝手に動くらしく、左目が定期的に自分の見たいものでも探すように視線をさまよわせていた。

男はまっすぐ棺へと向かった。片目で白粉《おしろい》で整えられたメリーベルの顔を見下ろし、もう片方の目でゲルドを見た。「生きているみたいだろ?」

「そうだね、ハイラム」ゲルドは言った。「すばらしい仕事だよ」

ゲルドの方へ身を屈め、手で口を隠しながら彼は言った。「アイスピックの穴に死ぬほど時間がかかったがね」

「だろうね」ゲルドは言った。

「誰だってわたしのしてる苦労なんぞ願い下げだろう」ハイラムは言った。「きちんとした道具なしじゃ葬儀屋も楽じゃない」

「大変だろうな」ゲルドは言った。

「ティフトンまで連れていったんだがいっぱいでな、結局コーデールまで運ぶ羽目になった。迷惑がられたよ。エニグマで人を埋める仕事がどれだけ大変か、誰にもわかるまい」

「おれはいつだって言ってたよ、おれたちにはあんたがいてラッキーだって」ゲルドは言った。

ハイラムは顔をしかめて微笑《ほほえ》むと親指と人差し指で鼻梁《びりよう》をおさえた。「まあ、誰かがやらにゃならん仕事さ、誰かが埋めなくちゃな」

突然、電光石火のしぐさで黒いボネットの婦人がキリストの扇で、棺の横腹を這《は》う蝿を叩《たた》き潰《つぶ》した。「この時期はクロバエがうるさいったらないね」囁くように言った。「ご心配には及びません、カーターさん。わたしもそのためにコーデールまで行ったんでね」

片目を棺とゲルドの間でせわしく行ったり来たりさせながら、ハイラムはまともな方の目でじっとカーター夫人を見つめた。「防腐処理は完璧《かんぺき》ですよ」

「でも、こううるさくされちゃみっともないよ」

「それはそうですが」ハイラムは言った。「ともかく大変なご心労なんですから、この子のことはゴスペルシンガーに任せて、クロバエについてはどうかご心配なさらずに」

棺の縁に片手をのせると、ゲルドは中指の先で彼女の腕に触れた——硬く、かすかにしなやかさがあり、膨らませたゴムのようだ。「本当に立派なクリスチャンだった、それにいい人だったよ。蝿なんかにつきまとわれるべきじゃない」彼は言った。

「とにかくあたしの娘にふさわしくないよ」キリストの顎《あご》にこびりついた蝿を四角く整えた黄色い爪《つめ》でこそぎながら、カーター夫人は言った。

またゲルドの方に屈み、手で口を隠しながらハイラムは言った。「ほらな、誰も葬儀屋の苦労なんぞ気にかけん。ティフトンだろうがコーデールだろうが、こっちが連中のためにどこへ出張ろうとおかまいなしさ」

「ゲルド、ゴスペルシンガーはメリーベルに〈進めよ、さらに〉を歌ってくれると思うかい？」

「カーターさん、娘さんの葬儀で歌えることを彼も誇りに思うはずです」

「それも素敵だろうね。でもあたしはここで、この葬儀場で直接この子に歌ってやってほしいんだよ。ここに二人だけにしてやってね。そうやって歌ってくれたらこの子にも聞こえる、どこかそんな気がするよ」

ゲルドはもう一度膨らませたゴムのような腕に触れた。彼は綿の袖《そで》越しに冷たさを感じた。だがその冷たさは、かえって熱を帯びた彼女の思い出を強めただけだった。素敵な赤い口と黄色い髪、陽の光を浴びて、心臓が止まりそうになるあのスカートの裾《すそ》のすぐ下で土埃《つちぼこり》を巻き上げながら裸足《はだし》で、熱を帯びて立っている姿を。なんてこった！　行っちまった、逝《い》っちまったんだ！　彼は一度も彼女に触れたことがなかった。ほんのわずかなチャンスさえなかった。

「やってくれると思うかい？　二人きりで、ここで歌ってくれると思うかい？」

「ゴスペルシンガーについては、誰もたしかなことは言えません」ゲルドは言った。「でもできることはするはずです。ゴスペルシンガーはできるかぎりのことをする、それだけはたしかです」

「もちろん、おまえに約束できないことはわかっているよ」カーター夫人は言った。「それに、あの子ができるかぎりやってくれるのはみんなもわかっているさ」

「そうとも、あたしたちみんな頼りにしてるよ」別の婦人が言った。

彼らが棺のなかを見つめる間、しばしの沈黙が流れた。ゲルドは指先で綿の袖の下の肉をつまもうとした。ハイラムのせわしない方の目が皆の顔をかすめる。肥えた青羽の蠅がもう一匹、沈黙のなかで羽音をたてると、何の気もなしに、あるいは気づいてさえいないうちに、皆は棺から目を上げて旋回する蠅を見つめた。黒いボネットの夫人の手がこっそりと服のなかへもぐり、張りつめた様子でまた現れ、キリストの扇で狙《ねら》いを定めた。

ハイラムはまずカーター夫人に、続いて蠅に視線を向け、それから同時に両者を見た。夫人の手がほとんど気づかないくらいに引かれ、身構えるのを目にして、彼の顔に肉体的苦痛の表情がよぎった。蠅は旋回下降をし続けた。

「ともかくですな！」棺の上に両腕を大きくひろげ、唐突にハイラムは声を張り上げた。「彼女はここより良き場所へと旅立ったわけです、わたしにはわかるんだ」

蠅があわてて天井へと舞い戻り、さかさまにとまる。

カーター夫人は彼に顔をしかめてみせた。「しとめられたのに」

ゲルドは急いで棺から手を引き抜いた。「誰を？」

「蝿だよ」

「おや、またいましたか？」ハイラムは訊いた。

「また降りてくるさ」婦人の一人が言った。

ハイラムは唾でも吐きたがっているように見えた。「ゲルド」彼は言った。「ちょっと裏へ来てくれないか。ご婦人方、失礼を」そして滑るようにカーテンのなかへと消えた。

ゲルドは名残り惜しそうにメリーベルの棺から手を離すと、ハイラムの後へ続いた。

葬儀場の裏手は式場スペースの半分ほどしかなかった。壁際にある二脚の木挽き台の上に製作途中の棺が載せられている。金属製のシェードがついた薄暗い明かりに照らされた長い作業台の前には、すでにできあがった棺が二台積み上げられている。台上には、作業に使われる側の縁に沿っていろんなサイズの陶製の瓶《かめ》が並び、それぞれの口から木のへらが突き出ている。室内には、ライ石鹸《せっけん》と白粉の匂いがたなびかない煙のように漂っていた。

木べらの突き出た瓶だけではなく、ライ石鹸と化粧品のこの匂いが、前に一度だけこの作業場に来たときのことをゲルドに思い出させた。ずいぶん昔のこと――十五年かそれ以上前――だったが、昨日のことのようにはっきりと覚えていた。ゲルドは七歳で弟のゴスペルシンガーは五歳だった（もちろんこれはゴスペルシンガーがゴスペルシンガーになる前の話で、彼がゴスペルシンガーになった後は誰もが、神でさえ、彼のことをずっとゴスペルシンガーだった者として記憶していた）。自分の騾馬に頭を蹴《け》られて死んだ従兄弟《いとこ》のメイズが、オーバーオールとドタ靴姿のままハイラムのテーブルの上に横たわっていた。いちばん近場にいる医者の診察所があるティフトンから連れ戻されてきたばかりで、メイズはそこで聴診器の銀色の先端部を胸に当てられた瞬間、息を引き取ったのだった。叔父のローン――二人の父の兄弟――がテーブルの脇《わき》に、パック売りの煙草をくわえながら死体の服を脱がせているハイラムを前にして立っていた。メイズの首の生え際には茨で引っかいたような長さと深さの傷があり、親指の先くらいの大きさの血の点が青ざめた肌に鮮やかに浮き出ていたが、後頭部は柔らかくなっていた――ゼリーをつめた風船のように。

「カーター夫人には参るよ、あんな人ほかにいるかね？」ハイラムは言った。

「まったくだね」ゲルドは言ったが、カーター夫人はもちろんメリーベルのことさえ考えてなどいなかった。いまハイラムは、鉄格子の仕切りのついたロールトップデスクに座っている。彼はスタンドランプの明かりをつけた。光が木べらの突き出した瓶の大半を照らし出す。これらの瓶こそハイラムが情熱を傾けているもので、ゲルドの記憶がいちばん強く鮮烈に結びついているのもそれにまつわることだった。

「あんな風にわたしの葬儀場《しごとば》に陣取って、棺にクロバエどもを叩きつけ続けられちゃかなわん、見てられんよ」

「あんなことはすべきじゃないね」ゲルドは言った。

従兄弟のメイズはゲルドにとっても弟にとってもはじめて見る死体だった。二人とも口に出しはしなかったが、それまで目にしてきた死に顔——殺されバラされたさまざまな家畜たちの——とメイズの顔とでは、あまりに死というものの見え方が違うことに当惑していた。頭を斧《おの》でぶっ叩いて雌牛が地面に倒れ込むと——喉を切り裂かれる前にだが——それは横向きになって眠っているように見えた。メイズの顔には焼印がないにもかかわらず、彼が眠っているのではないことは明らかだった。

「遺族のためを思ってできるだけのことをする」絶望した様子で左右の手のひらを上げてハイラムは言った。「あらゆる熟練の技をこらすのさ、だが連中がすることといったら？　いったい何をするというんだ？」

メイズの顔はいたるところがわずかにへこんでいた。裂けて形が崩れている口。白い生焼けのパン生地のように真ん中が沈んでいる頬。眼窩《がんか》の奥で音をたてているような落ちくぼんだ目。しおれた筋肉、靭帯《じんたい》、結合組織。

「連中が何をするか教えようか」ハイラムは言った。「あそこへ陣取ってクロバエを叩くのさ。まったく、耐えられんよ。どんな人間でもだ」

「耐えられる人間なんていないさ」ゲルドは言った。

服を脱がされ、死体が白く、驚くほど静かになるまで、彼らは叔父のローンが泣いていることに気づかなかった。声こそたてはしなかったが、こぼれた涙が彼の頰の、鉄灰色の無精髭《ひげ》で止まるのを二人は見た。

「あんたが外へ出たらすぐにはじめるよ、ローン」テーブルに金属製のボウルとライ石鹼を二つ運びながらハイラムは言った。「あんたは見ない方がいい」

だがローン叔父は答えず、そこに立ったまま息子の亡骸《なきがら》が横たわる台の上に涙がたまっていくにまかせていた。二人の父親もそこにとどまった。彼もまた打ちひしがれ、自分にとって息子同然のメイズのために泣くことができずに。ゲルドとゴスペルシンガーは壁際まで退がってそこに立ち、ざわめく心をこらえて口を閉じ、かつて力強く快活で頰の赤かったメイズの顔、いまやその面影もない従兄弟の顔を見つめた。それはまるで誰か他人の顔がメイズの体に、奇妙なほど死の影響から逃れている体に移植されたかのようだった――たくましい筋肉を休ませて眠っている。息をしてくれと期待しそうになるほどだった。だが顔の方にそんな期待を持つ者は誰もいなかっただろう。

「ここでメリーベルに〈進めよ、さらに〉を歌ってくれるようにゴスペルシンガーに頼むつもりかい？」ハイラムは訊いた。そして陶製の瓶から小さな木べらの一本を抜き出した。先端に細かい粉末がついている。指のなかでそれを転がす。ゲルドは、ハイラムがそれをいきなり蛇に変えてくれるのを期待するかのように見つめた。

「夫人に言われたからね」ゲルドは言った。「そうすると思う」

「意味があるとは思えんね、あの娘はああして死んでいるわけだしな」ハイラムは言った。「だいいち生きている奴が必要としていることだ、死者にはもったいない話さ」

「ゴスペルシンガーはしてやれることをするのが好きなんだ」ゲルドは言った。

「そこだよ、わたしが言っているのは」ハイラムは言った。「彼にできることは限られているんだ、生きている者たちにこそそれをしてやるべきだ」

　ハイラムはメイズの亡骸を洗い、乾かし、服を着せ、髪をとかしてからようやく顔に取り掛かった。あの惨めな、落ちくぼんだ顔に。

　そしてそのすべてを彼は小さな木べらだけを使ってやってのけたのだった。女が針と糸を扱うように繊細に、器用に駆使して。彼は決して指で顔に触れなかった、使うのは細長い木片だけだ。唇を開いて綿の詰め物をする。くぼんでいた頬が生き返る。一本の瓶から、木の柄の先端に十セント硬貨ほどのごく細かいパウダーの山を取り出す。それで真っ白い顔になる。そこへ豆粒ほどの、肌色のパウダーを混ぜるのだ。

　ゲルドは壁に背中を押しつけ、ハイラムが従兄弟のメイズの顔から死を取り除いていくのを見つめ、喉の奥で自分の息づかいが遅くなっていくのを感じた。ハイラムが木べらで触れた場所はすべて、肉から生命が溢《あふ》れ出した。暗い斑《はん》は沈み、くぼんだ目が浮き上がった。ハイラムが彼を死から蘇《よみがえ》らせている——彼が体を曲げて突然命を吹き込むのを見てもゲルドは驚かなかっただろう。

「たとえばわたしの娘のアンだ」木べらをロールトップデスクの瓶へひょいと戻し入れながら、ハイラムは言った。「あの子はまだゴスペルシンガーを見たことさえない」

その言葉がゲルドの意識を、従兄弟のメイズの亡霊を見ていた空っぽの作業台から呼び戻した。ハイラムの小さな娘のアンは誰のことも見たことがない。目が見えないのだ、生まれつきだった。

「そう、見たことがないね」ゲルドは言ったが、言うべきだと思ったからではなく、ハイラムが妙にそう言わせたがっているように見えたからだった。

「ゴスペルシンガーにはあの子のためにしてやれることがあるはずだ」ハイラムが言う、「メリーベルに〈進めよ、さらに〉を歌うことなんかよりも」

「してやれることって?」

「あの子に姿を見せてやるのさ」ハイラムは言った。

「見せる?」

「手と膝をついて屈んで、顔を撫《な》でさせてやってほしい、あの子に触れさせてやってほしいんだよ、ゴスペルシンガーにはこの世のほかの誰よりもアンにしてやれることがある。もちろんあの子だっていろんな顔に触れて感じたことはあるさ、でもそれはただのエニグマの——ほかのどこだっていいが——住人ので、誰ひとりゴスペルシンガーみたいに立派な顔じゃないからな」

「たしかに」ゲルドは認めた。

美しい。そう、美しいのだ。ゴスペルシンガーの思い出は、どれも美しさに彩られていた。黄金色の髪、力強いが繊細な顔、青々と燃えるやや間隔の狭い目、しっかりとした骨と靭帯——それらすべてが生まれると同時にもうそこに、堂々たる美をたたえて存在していたのだ。ゲルドは、母親の子宮から取り出される前ですらゴスペルシンガーは美しかった、と言われるのを耳にしたことがあった。

そして弟の美しさは——女々《めめ》しいそれではなく屈強な男らしい美のことだ——彼をほかの男たちとは違う存在にした。メイズの葬儀の後でゲルドはゴスペルシンガーに、ハイラムが従兄弟に化粧を施して死から蘇らせるのを見ているのがいかに怖ろしかったかを打ち明けた。ゴスペルシンガーは、黒い半ズボンをはいた金色の足で大股《おおまた》で歩きながら、自分はクソほども怖くなかったと言った（声を授かる前は、ゴスペルシンガーも汚い言葉を使っていたのだ）。ハイラムは（彼が言うには）誰も死から蘇らせることなどできない。なぜならハイラムは醜いからだ。ハイラムは足をひきずる。だが彼なら死者を蘇らせることができる。彼にはあらゆることができる。目を燃え立たせ頬を真っ赤に染めている弟を見てゲルドは、その日以来どんなことであれ二度と疑うことはなかった。十年後に弟の声が変貌《へんぼう》を遂げたときも驚きさえしなかった。誰も持ち得たことのない声を弟は持つべきだと、そう自然に感じたのだ。

「だがエニグマの皆が彼の後をつけ回すだろ」デスクから立ち上がりながらハイラムは言った。

「まったく、休む間もなしだね」ゲルドは言った。

「死んだ娘に歌うとかそういうことを期待する連中にいちいち待たれてみろ、本当にすべきことをする暇なんてありゃしない」

「その通りだよ」

「だからつまりだ、その、わたしのために頼んでくれるつもりがあればだがね。目の見えない娘がいて、会いたがっているとだけ伝えてくれないか」

「もちろんさ、ハイラム。頼んでおくよ」

「たいそうな頼みごとなのはわかっているんだ、ゲルド。彼も時間に追われるはずだ。皆につきまとわれてばかりいたら、どのくらいここにいてくれるのかだってわかりゃしないしな。約束してくれるか？」

ハイラムはゲルドの腕をつかんだ。指から落ちた肌色のパウダーが彼の皮膚につく。ゲルドは腕を引いた。

「そろそろ戻らなくちゃ。いくつか物を取りに町へ来ただけなんだ、それももう手に入れたし」カーテンの方へ退がりながら言った。

「まあそう急ぐなよ、ゲルド」

「いや、もう行くよ」

「座って少し話そうじゃないか。仕事する相手なしだとここにいるのも嫌なもんでな。葬儀屋だってさびしくなることもあるんだぞ」

「カーターさんのとこへ戻りゃいいじゃないか」

「あの人はクロバエを叩く、あっちへ行ってこの葬儀場をこけにされるよりはひとりさびしくここにいた方がましだね」

「もう行くよ。親父がトラックを町に置いたままにするなって言うんだ」ゲルドはすでにカーテンをくぐりはじめていた。

「約束だぞ、ゲルド！」彼が応えずにいると言った。「約束してくれるな？」

ゲルドはそれを無視し、式場を抜けるときカーター夫人にも応えなかった。彼女もゴスペルシンガーに取りなしてくれるかどうかをしつこく訊いてきたからだ。彼らにつけ回され、ゴスペルシンガーに話してくれるよう頼まれることにどれだけうんざりしていたことか。誰もが何かを求め、誰もがゲルドならゴスペルシンガーからそれを引き出せると思っていた。だがもちろんそんなことはできない。ゴスペルシンガーはひとつひとつの嘆願に耳を傾け、どうするのかを決める。彼の兄であることはなんの足しにもならない。それに仮にもしそうだとしても、ゲルドにだって嘆願したいことはあった。父親のトラックで戻らなくてはならないというのは嘘だった。父親は十中八九まだベッドのなかだろうし、そうでなくともまだ家にいてトラックがなくて困ることはないし、ゲルドは綿の日除けの下に吊ったハンモックにいると思っているはずだ。だがそうではない、それにそうするつもりも毛頭ない、今日に限っては。彼は埃っぽい道が二二九号線に折れ、やがてビッグ・ハリキンの沼の中ほどにある彼らの家へと続く町外れの地点まで車で戻るつもりでいた。若木の茂みにトラックをバックで駐め、午後の残りはそこに座って弟の車に目を光らすつもりだった――大きくて、黒くて、クロームメッキも眩《まぶ》しいそのキャデラックは、滅多にない帰省の折、唸り声を轟かせて、エニグマや周りの田舎道を獰猛《どうもう》な古代の獣のように走り抜けるのだ。

立ち止まって見ることはしなかったが、ウィラリー・ブカティーは郡庁舎の窓に沈むくっきりとした影のなかでまだ体をゆらしていた。ゲルドはいまウィラリー・ブカティーの被害者の方で頭がいっぱいだった。メリーベル！　その名が口のなかで甘やかなバターのように転がる。そしてゲルドは、ドアなしのガタガタと揺れるトラックに乗り込みながら彼女のことを想い、暑さを増していく信じられないほど乾燥した熱気と、目も眩《くら》むような太陽、そしてひりひりと痛むはり裂けそうな自分の肌を無視して町を出ていった。

彼のどんよりくすんだ目の前をメリーベルが何度も、何度もかすめた。彼女は心の奥の、彼が閉じ込めているいつもの場所からゆっくりと現れ、彼の夢が作られる場所へと入っていく。死してなお彼女は彼の命令と快楽に従順だった、綿の日除けの下で麻袋の繭《まゆ》を何時間も揺らしているときと同じように。彼女は彼を愛し、そのただれた背中と胸と腹に優しく口づけし、それから――ああ、神さま！　彼は健やかな体になり、姿を変え、ゴスペルシンガーだけがそうであるように美しく生まれ落ち、彼女はもっと、もっと、と彼を求めた。ただれが消えたいま、彼は愛された。二人は結婚し、ゴスペルシンガーが式で歌うのが彼には見え、その夜メリーベルはメリーベルは彼を連れ出し、いっぱいにひろげた、濡れた股ぐらで彼をかき抱き、その胸で槍《やり》のように彼を突き、腐った彼の歯肉にその乳首はゴムのように硬く、乳首の甘酸っぱい味が広がり……

ちょうど二二九号線がゆるやかに東へカーブする場所で、ゲルドは関節炎に罹《かか》り痩せこけた脚で道の真ん中に立ちはだかる豚をよけようと急ハンドルを切り、溝のなかへ突っ込んで落ちていき、コンクリートの排水渠《きょ》にぶつかり、そこで止まった。幻影は粉々に砕け散り、メリーベルの股ぐらは太ももと腹とどこまでも続く凝乳色の肌の断片へと分解していった。床から舞い上がる埃が、目の前の無風の空間に漂った。

彼の親指は口のなかだった。それは夢に見た胸の味がした。つかの間、彼は自分を見失いどこへ向かっていたのかすらわからなくなったが、やがて思い出し、すでに未舗装路を行きすぎていて、止まろうとしていた若木の茂みを越えてしまっていることに気がついた。溝のなかで傾いたまま排水渠に突っ込んでいる車の状態からして、もはや抜け出しようがないことは明白だった。関節が外れて動かない長い片脚を先に地面につけておき、運転席から降りようともがいていたとき、おそらくそれまでに百回もの機会がありながらそこではじめて、怖ろしくかつ完全に最終的なものとして、メリーベルの死が彼を襲った。ああ行っちまった！　この世なんてクソでも喰《く》らえ！一度も触《ふ》れてないのに、もう手遅れだ！　錆《さび》だらけの車のステップに彼は沈みこんだ。親指をまだ口に入れたままで。むせび泣き喉をつまらせた。呻《うめ》きながら、震える州道に目を細める。そこはゴスペルシンガーがやって来るはずの、あの黒く熱を帯びた方角から外れていた。

ゲルドは溝の脇に立つ松の木陰に座り、頭を抱えた。メリーベルが死んだいま、エニグマにとどまる理由はなにもない。少なくとも彼女が生きていた頃はその姿をときおり見かけることができたのだ、素足のまま、ふくよかな肉ではち切れんばかりの体で太陽の下に立ち、鎖骨からはじまって臍《へそ》の上までそのどちらの方向へもとどまることがないように見えるあの両の乳房の下で息を吸って吐く彼女の姿を。だが彼女が殺されたと聞いた瞬間、彼ははっきりと悟ったのだ、連れていってもらうよう弟のゴスペルシンガーを説得せねばならない時がとうとう来たことを。

エニグマから出ていくという考えは、頭の奥にずっとあった。はじめてその考えが浮かんだのがいつのことだったかは覚えていないし、長いこと自分にそれについて考えることを、ましてや口にすることも禁じてきた。だが結局、それって無理なことなのか？　エニグマ生まれ、エニグマ育ちの彼が、生まれを帳消しにするにはどうすればいい？　弟のほかにエニグマを克服した人間はひとりも知らない、だがもちろんゴスペルシンガーにはあの声と美貌があった。弟は偶然の産物だ。誰もがそれを知っていたし、受け入れていた。同時に、そんな偶然が彼にも起こることなど誰も期待してはいなかった。望んでさえいなかった。あり得ないのはあきらかだ。まるで見込みのないことだ。

それでも、ゴスペルシンガーが彼の弟だということはたしかなのだ。父親やマーストや我も我もとギャーギャーうるさいエニグマのほかの連中に彼が囲まれてしまう前に捕まえることができれば、静かなときに捕まえることさえできれば、ゲルドには自信があった、ゴスペルシンガーに言ってあの黒い獣のようなキャデラックに乗せてもらい、エニグマから永遠に去ることができると。

エニグマから出ていく！　脱出する！　熱気から、日照りから、そして自分のあざだらけの醜い肌から。人が汗をかかない場所へ、涼しげな風が吹き幸福な雨の降る通りのある場所へ、蜂蜜《はちみつ》をかけた大地に小川がミルクのように注ぎ込む場所へと。ギターを手に入れて、金が唸り子供たちが笑う黄金のビルの陰に座るのだ。そういう場所があることを彼は知っている、肌の調子がいいときはいつも崇《あが》めに行くティフトンの映画館で見たことがある。肌の調子さえ許せば、彼は午後中パレス劇場のポップコーンと小便の匂いのなかに座り、ロック・ハドソンとドリス・デイが汗も、血も、傷もなく神の左右の手の上に鎮座するハリウッドの天国で、蒼白い甘美な幽霊たちが動きまわるのをうやうやしく眺めた。

ゲルドは自分だけのドリス・デイが欲しかった。メリーベルならいままで見つけることのできたどのドリス・デイより立派にやれたはずだった。だが彼女は死んだ。世界にはまだほかにもいるはずだ。どこかに彼だけのたったひとりが。だがその娘を手に入れる唯一の道はゴスペルシンガーを通してだけなのだ。つまり、まず最初にゴスペルシンガーは自分をロック・ハドソンに変えなければならないだろう。エニグマからゲルドを連れ去って皮膚を癒し、肥えさせて、歯並びも治さなくてはならないだろう。ひょっとしたら顔をまるごとつくり変えだ。彼はゴスペルシンガーの手のなかのパテだ。ロック・ハドソンになれるならなんだっていい。なぜならロック・ハドソンたちだけがドリス・デイたちを手に入れられるのだから。

指の水かきから彼は外の世界を眺めた。熱気が大地を吸い上げていた。彼の両目は炉石の上のおはじきのように縮み、身体中が切開されていない巨大な腫れ物のようだった。それでも残りの日を通して、必要なら夜になっても彼はそこにとどまり、ゴスペルシンガーを待つつもりだった。結局のところ、ゴスペルシンガーが救い出してくれるのはこの太陽、ビッグ・ハリキンの沼をがんがん照りつけている太陽からなのだ。両手の水かきに目を戻し、彼は綿の日除けの下のハンモックにメリーベルといる自分を想像しようとしたが、できなかった。肌中で太陽がうごめいていた。

もっと深く松の木陰に身を潜めようと身を屈めていると、彼は叫び声をあげそうになると同時にそれを喉の奥に押し込めさせるような、何かの目をまともに見た。その何かは目の前二十フィートと離れていないところにある切り株に腰掛けていた。脚のように見える腕と腕のように見える脚を持ち、短く四角い頭は顔の半分が鎖骨の裏に隠れるほど深く体にめり込んでいる。

「まったく、地獄より暑いな」その物体は言った。

ゲルドはゆっくりと指を交差させ、足を交差させ、一瞬、目まで交差させた。ゲルドは祈りたかった。いま目にしているものが悪魔か、同じくらい最悪だが悪魔の僕《しもべ》の一匹にちがいないとわかっていたからだ。彼は口を開いたが、「神さま、神さま！」と言うのがやっとだった。

「まちがいない」その物体は言った。「まったくその通りだよな。この天気はフリークたちには向かんね」そいつは服らしき物に、いやひょっとしたらそいつの肉なのかもしれない物のなかに手を差し入れると、爪楊枝《つまようじ》を取り出した。ピンク色の下唇がイワシの缶詰の蓋のようにめくれ、巨大な一本の歯が下顎から姿を現す。唇がすぼまり、人参《にんじん》を食べるうさぎのように顎が動いた。「おまえさん、こんなとこで何してるんだい?」

「座ってるのさ」ゲルドは言った。

「名前は?」そいつは言った。

「ガーヴィン、でもみんなはゲルドって呼んでる」彼は言った。怖ろしさですくみあがり、その物体がなんと呼ばれているのか訊く勇気はなかった。

「こんな日に溝のなかに座ってるなんて物好きだな、ゲルド」そいつは言った。靴箱のような頭をかしげる。「おまえさん、フリーク・ショーを観たことはあるかい?」

ゲルドはゆっくりと足をほどいた。「あんたがそうなのかい?」

「ふむ、おれがショー全体ってわけじゃないよ、そういう意味で言ったんならね」下唇がパタリと閉じると歯が隠れ、悲しそうに口を歪めた。「正直なところ、恥ずかしながらおれはいいフリークですらないね。こうして溝んなかにおまえさんと座ってる理由もそれさ。フットー―おれのボスだが――彼にここで見張ってろって言われてるんだ、残りのテントや露店なんかの準備が整うまでな。けどカモ……お客を、見つけて連れ帰ったとしても構わないはずさ」

　ゲルドは指をほどき、目をしばたいた。その物体が座る切り株にもう少し近づこうとにじり寄りさえした。「もちろん」彼は言った。「あんたたちのことなら知ってる。エニグマ中がカーニバルの話をしてるよ。おれはフリークを見たことはない。エニグマの連中だってそうさ。エニグマには来たことがないからね。でもみんな行くつもりでいる。いまはほとんどがゴスペルシンガーの集会を準備しているところさ。わかるだろ、おれたちゴスペルシンガーを待ってるんだ」

「誰もがみんな待ってるんと違うかい？」そいつは訊いた。そして汗ばんだ額を鎖骨で拭《ぬぐ》った。「ふぅーーいぃーーー。もう二日連続でこの溝のなかだ、茹《ゆ》だっちまうよ。彼が今日来ることを願うね、じゃなきゃ明日もここへ戻ってくる羽目になるからな」

「どうして待ってるんだい？」

「まあフットがそうしろって言うからな。いつ到着するのかわかってなくちゃならないのさ、彼の後にいつでもついてくる人波に備えるために。ゴスペルシンガーは客をいっぱい呼んでくれるんだ」

「あいつはおれの弟なんだ」ゲルドは言った。

「だろうね」物体は言った。「おれの兄弟でもあるさ。フットもゴスペルシンガーを兄弟だと思ってる。フットはゴスペルシンガーの後について回る前はからきしだったんだ、彼が連れてきてくれるお客に目をつけるまでは。いまじゃトレーラーでふんぞりかえってるよ、農村電化事業団《REA》の電線から頂戴《ちょうだい》した電気を引き込んでエアコンもばっちり、テキサスのアルパインで拾った赤毛の売春婦と一緒にね。ゴスペルシンガーがあの街の〈現代キリストを讃《たた》えるテキサス・クリスチャン教会同盟〉で歌ったんだ、こっちも大盛況さ。で、フットは普通の女とトレーラーに、おれはこの溝に座ってるってわけだ」いまその物体はゲルドを見てはおらず、二二九号線のむきだしの黒い脈の彼方を見つめていた。そしてゆっくりと頭を振ると、声を落として言った。

「だがまあ、それでいいんだ。おれはあの人みたいなフリークじゃないからな。いちばんのちびでものっぽでもないし、醜すぎでもヘドが出そうすぎでもほかのなんやかやすぎでもない存在さ——だがフットは——フットは世界一大きな片足《フット》を持ってる」

「けど、本当に弟なんだ」哀れっぽくゲルドは言った。「神に誓って本当におれの弟なんだ」前にもこんな経験があった。人々はゴスペルシンガーが彼の兄弟だということを信じない、そのことが彼を心底むかつかせるのだった。彼の人生でいちばん素晴らしい、たったひとつの大切なことだ、それなのに誰もそれを信じようとしない。

「まあ聞けよ、ゲルド、フリーク・ショーを観たかないか？　そのつなぎに二十五セント玉をしまい込んでるんだろ？　背中から一本腕が生えてる男を観たくないか？

どうだ？　いいからそのつなぎから金を取りなよ、この溝から出て観に行こうぜ」

「だめだ、おれはゴスペルシンガーを待つんだ」ゲルドは言い、それから小声で続けた。「それにあいつはおれの弟だ」

「一ドルあれば、フットに会えるぜ」そいつは言った。「それ以下じゃ、彼はあのトレーラーから出てこない。一人一ドルさ、なにしろ世界一の大足だ。運のいいフリークってのがいるものさ」

「いまはだめだ」

「おまえさんの半分くらいある足だぜ？　踵《かかと》なんて赤ん坊の頭くらいある。それでも観ないのかい？」

「そんなにでっかい足の奴なんているもんか」歯の間から変色した舌をのぞかせてゲルドは言った。

「一ドル出して証明してみな」物体は言った。それから切り株から下りたが、足を動かすのではなく流れるような、巨大な芋虫が身をよじるような動きだった。それからまだ地面に座っているゲルドのところまで滑って来た。「ほら来なって。この溝から出るとしようぜ。二十五セントで片方の目のくぼみに目ん玉が二つある奴を見せてやろう、もう片方はただ穴が開いてるだけなんだぜ」

　物体との近すぎる距離がゲルドを不安にさせた。そいつの首からは小さな肉の瘤《こぶ》が角のように生え出していて、ゲルドは急にまた自分は悪魔の、地獄の業火で燃える目を見つめているのだと確信し、慄《おのの》いた。彼は硫黄《いおう》の匂いを嗅いだ。「ありがたい話だとは思うよ」彼は言った。「嘘じゃない。今度行ってフリークたちをぜんぶ観て回るつもりでいる。本当さ、でもおれ、ゴスペルシンガーが来るときにここにいないと」

そいつの目はゲルドの顔の横の方に焦点を移していた。熱心に見つめてから、ごつごつした形の定まらない体でにじり寄った。「その頰はいったいどうしたんだ？」

「病気さ。裂けるんだ」

「いいただれ具合じゃないか」臍の上でうなずいて物体は言った。

「こんなのたいしたことないさ」ゲルドは言った。「背中にあるやつにくらべたらね」

「背中にもだって？」物体はウサギのような口で舌鼓《したつづみ》を打つと、下顎のばかでかい歯で鼻の頭をひっ搔いた。

「身体中にあるよ」ゲルドは言った。

「ほんとかよ！　見せてくれるか？」

ゲルドはいつでも自分の傷んだ肌を人に見せる機会を逃さなかった。つなぎの前掛け部分の留め金をはじくと、彼はシャツのボタンを外した。

物体が口のはしから口笛を吹く。「すごいじゃないか！　こいつは見ものだな。金のなる木ってやつだ！　おまえさん、フリークになってみようと思ったことはないか?」

ゲルドはするりとシャツをもどして前を閉じ、つなぎの留め金をとめた。「弟はゴスペルシンガーなんだぜ。フリーク・ショーで旅回りなんてするつもりはないよ」

「そうかい、そうかい」そいつは言った。「けどな、おれが話してるのはジャラジャラ入ってくる金のことよ。フットならそのただれをみんな金に変えてくれるぜ。この町を出てひとかどの人間になりたいって思わないのか?」

「いまだってひとかどの人間さ。あいつの兄貴なんだからな、ゴスペルシンガーが一緒に連れて行ってくれることになってる」

「その話は聞いたよ、けど、フットなら口先だけじゃない。ところで――」さらに屈みこんで言った。「――そのただれどもだが、上にかさぶたができてそんな風に紫のジュースを吹き出すのかい?」

「この紫のは薬だよ。ティフトンで誰でも買えらあ」

「ふむ、まあいいさ。客たちにはおまえさんの血は紫なんだとでも言えばいい。フリーク・ショーの客はなんでも信じるからな。鱗《うろこ》を何枚か手に入れて身体中に貼るのもいいな」

「なんだって貼らせるかよ、おれはどこへも行かないぞ」

四角い頭が重しのように後ろへ傾き、そいつは天に向かって脚のような両腕をひろげた。「おまえさん、おれの話をなにひとつ聞いちゃいないんだな。この世界で何かを手に入れたいとは思わんのか、軍にF‐4をくらって不適合者の烙印《らくいん》を押されるなんてこと以外に？　ともかくだ、おれのためだと思ってさ。フットは新しい呼び物を連れてくとボーナスをくれるんだ。いつでもフリークを探している。すごい人さ、本当にな。エアコンの効いたトレーラーに女と寝そべって、しかもそいつを引っぱるためのキャデラックまで持ってる小人なんて、ほかに知ってるか？　どれもこれもあの足で稼いだんだぜ。おまえさんにも同じことをしてくれるんだぞ」

「キャデラックならゴスペルシンガーだって持ってるよ」ゲルドは言った。

「そうかい」そいつは言った。「そいつは結構だな。まあ聞けよ、おれだっておまえさんと変わりゃしない。ただしおれはイースト・テネシーのドブのなかでフットに拾われたがね。家族はおれのことを見るのが我慢ならなくてな。トウモロコシ倉に閉じ込められたよ。そんな自分におれは耐えられなかった。フットはおれを連れ出して場所を与えてくれたんだ。たいしたものじゃないかもしれないが、自分なりに生きてるぜ。だからおれはあの人を愛してる……まあ、愛じゃないかもしれんが、それでも彼の言葉はおれにとっちゃ法さ。おれはあの人について行く、ペトロがイエスの後に従ったようにね」

ゲルドはその物体を見つめた。「みんな彼がしてくれたのかい？　イースト・テネシーから連れ出したりゃなんかほかのことをみんな？」

「そうとも」そいつは言った。「おまえさんも連れてってくれるぜ」

ゲルドは首を伸ばして空っぽの州道を見渡した。いま太陽が松の樹々の先端にかかりはじめ、州道は上昇する熱気に揺らいで見えた。

「フットのトレーラーはどのあたりだい？」ゲルドは聞いた。

「すぐそこさ、あの若木の集まっている向こうで設営してる。あそこを超えてフットに会うまでいくらもかからないぜ」そう言ってそっちの方角へ二、三ヤードずるずると滑り出した。振り返って微笑むと、刺すような西陽にそいつの歯がきらめいた。

「来いよ。来いって！」

「あいつを見逃しちまうかもしれない、ここを離れている間に来るかもしれないじゃないか」

そいつはまた天を仰いだ。「勘弁してくれ、おれが何を与えてやろうとしているかわからないのか、イースト・テネシーから出てきた普通のなりじゃないこのおれが、船や飛行機や電車で国中を回ってきたんだぞ。おれを連れて行ってくれたんだ、おまえさんだって連れてくさ」

突然、ゲルドは膝立ちになった。張りつめた彼の顔の蒼白《あおじろ》い肌の下に、重苦しい影が浮かび上がった。「地獄へ堕ちろ、おれが誰かも知らないくせに。あいつはおれや家族のためにレンガの家を建てた。新車のトラックだって、死んじまったけど血統書付きの豚だってくれた。おまえはおれのことを何もわかっちゃいない、一緒になんて行かないからな」杭《くい》が地面に打ち込まれるように、ゲルドは薄い尻の上にまた沈みこんだ。

その物体は少し引き返してきた。そして口を開いたとき、その声は友人の健康を気遣うように低かった。「気はたしかなのか、田舎の兄さんよ？　おまえもぷっつんしてるクチかい？　まあどっちだって構わんがね。もしそうならフットとうまくやれるチャンスが上がるってだけだ。おれたちのところにはな、四分の一、二分の一、四分の三、それにまるまる狂った奴らがいるぜ。おまえさん、完全に狂ってると見たね、なかでも最高なのはそいつらさ」

ゲルドは太陽の下での一日と爆発しそうな怒りのせいで参ってしまい、もう一度立ち向かう力が湧《わ》かなかった。だが立ち上がってその物体を蹴り殺したいと思っている自分を感じた。こいつにゴスペルシンガーを信じない権利などありはしない、だがそれにも増して自分がゴスペルシンガーの兄であることを信じないなどという権利はこいつにはない。「おれは狂った人間なんかじゃない」彼は言ったが、その声は囁くようだった。「違う」

「おまえさん、ギークにならなれるかもな」そいつはボローニャ・ソーセージのような顎をかき、瞑想《めいそう》にふけるような目つきでゲルドを見つめながら言った。「ギークを見たことは？　どんな奴らか知ってるか？　ギークってのはなんの特別な才能もない普通の人間さ。連中には見せられるものが何もない。ただフットに従って彼の言う通りのことをするだけさ。なぜ従うのかなんてどうでもいいんだ。理由なんて役には立たん。いまフットが抱えているギークはある種の狂人でな、赤ん坊が飴玉《あめだま》を欲しがるみたいにウィスキーに目がない。だからフットが二、三百の客を並べてそいつをのぞき込ませるとき――ときには三百以上のこともあるよ、ギークってのは糞《くそ》が蠅を集めるみたいに客を集めるからな――立ち止まって考えることがないとかそういうことじゃないぜ、なぜって彼はショーが終わればフットがウィスキーのボトル片手に待っているのを知っているんだからな」

「そいつは、何をするんだ？」漏れ出たその問いは、今際《いまわ》の際に吐く息のようだった。

「ギークは生きたままの鶏を三分で食べられるのさ、羽根やなんかも入れてな。バナナみたいに蛇の皮を剝《む》いて食いもするぜ、客の野次が飛んでくる前にな」

ゲルドはへなへなとしぼみショックで息もできなかった。口をきいたことすら後悔した。切り株に座っていたのを最初に見たとき、すぐに立ち上がって逃げ出さなかったことを後悔した。「狂ってる」ゲルドは言った。「おまえのほうだ、狂っ……狂って……るのは」

「けど四角いるのいたてをた。っ真来るさんさん膵無駄のコスね。ら連でず

「フットが言うには、おれは四分の一狂ってるかもだとさ」そいつは言った。「けど世の中、四分の一の狂人なんてざらにいらあね。なんの足しにもなりゃしない」四角く平らな頭が、重しのように耳が見えなくなるくらいまで沈む。肩をすくめているのだ。「なかにはまったくついてない奴ってのがいるもんさ。おれが完璧に狂っていたらもっと色々できたのに」沈みゆく太陽に燃え立つ空を見上げた。「まあ、すべてを求めても仕方がないさ。けど聞けよ」つぶやき声から突然戻るとそいつは言った。「フットに会いに行くだろ？　今夜はもうゴスペルシンガーは来ないって。じき真っ暗になる。どのみち彼かどうかだってわかりゃしないさ。会いに行こうや。来るか？　そうか、どうやらそのつもりはないらしいな。この溝に陣取って、おまえさんが生きているかも知らない、どのみち気にもかけちゃいない奴を待つってわけか」膵の上で頭を振る。「助けようとしても無駄な連中ってのがいるもんだな。とんだ無駄足だ。まあともかく、おまえさんのためを思って言っておいてやろう。おまえさんのことはフットに話しておく。どんな風にその紫のひび割れでボロボロか、それにゴスペルシンガーについて話し続けてる感じからしてたぶん半分イカれてるらしいとね。彼も話したがるだろうよ。ツキがあればギークにしてくれるかもな。エニグマから連れ出してくれるかもだ」

ゲルドがやっと声を出せるようになった頃には、すでにそいつは数ヤード先までず

るずると進んでいた。「フットには言うな。お願いだ！　おれのことは話さないでくれ！」

そいつが振り返ると、暗い盛り土じみた顎のなかで、巨大な歯が黄色い花のように咲いた。「そらみろ、おまえさん少なくとも半分か、たぶん完全にイカれてるぜ。そんな話し方だ、まちがいないね」花がもう一度咲き、そいつは溝から滑り出て若木の陰のなかへと消えた。

ゲルドは呆然と座り、そいつが消えたあたりを見つめた。彼はエニグマから出ていきたかった、どうしようもないほどそれを望んでいた。だがそれは、見つめる群衆の真ん中へ出て蛇を食べねばならないほどではなかった。そして心の奥で彼は察した、フットは彼をギークにするまでエニグマを決して離れようとしない、そういうことになるだろう。ゴスペルシンガーに救ってもらうしか彼にチャンスはないのだと。

我に返って身をふり起こし、州道の向こうを見つめるとそこはまだ空っぽで、闇《やみ》に沈んでいく田園に溶けはじめていた。光の筋が二本、西の空を貫いている。風はなかった。傾斜する溝の土手に立ち、ゲルドは自分の息遣いに耳を傾けた。

それから彼は聞いた、遠く、悲嘆にくれるような音を。肌が心臓を包み込むように収縮するのを彼は感じた。聞こえてきたのはキャデラックの甲高く執拗《しつよう》なエンジン音だった。ゴスペルシンガーが帰ってくる！　ゲルドは釘付けにされたように草の生えた側溝に立ち、道が空へ向かって延びていくあたりに立ちのぼる、重々しく巨大なものを見つめた。

天上から降り立つ黒き馬車よ！

彼には声が、キャデラックのエンジン音をつんざく弟の声が聞こえるようだった。

——揺れよ来たれよ、愛しき馬車よ、止まってわたしを乗せてくれ！——

おお偉大なる全能の神よ！

それは近づいてきた、ライトを点《つ》けず地面に触れてさえいないかのように、猛スピードで疾走し、彼が覚えているよりも力強くそして速く。だんだん形がはっきりとしはじめる、弧を描く眉《まゆ》のようなボンネット、堂々とした輝くバンパー。こうして本当に彼のもとにやってくるのを見て、ゲルドはほとんど信じられない思いだった。彼が戻ってきた。すべて現実になったのだ。

次の瞬間、彼は車が猛スピードで通り過ぎ、暗闇に立つ自分を置き去りにしようとしていることに気がついた。

ゲルドは道へ飛び出した、弟の名を叫び、ひろげた両腕を夢中になって振りながら。

そして彼は気がついたのだ、車は止まらないだろう、止まれないだろうということに。クロームメッキのバンパーが彼の目のなかで炸裂《さくれつ》する。彼は金切り声を上げ、最後の瞬間、黒く、唸り声をあげて迫るキャデラックの腹から必死で逃れようと体をひねった。

3

キャデラックの内部は広く、ドーム状でトラス構造の天井を備えており、ゴスペルシンガー自身の仕様通りにデトロイトで作らせたものだったが、先方からの尊大な見積もり額にもかかわらず、どの年でも使い切れないほど稼いでいたゴスペルシンガーにとっては幾らかかろうと問題ではなかった。車内は深く品のない赤で統一されていた。シートと天井は分厚い革張りで、床にはふわりとしたカーペットが敷き詰められている。薄紫のライトが、女の子のような黄色い髪の頭と、長い手足をだらりとさせ美しく後部座席に座るゴスペルシンガーをぼんやりと照らし――間接的に、まるで乗客自身が発光しているかのように――それから幅狭の顔をしたニコチンまみれの、堅苦しいダークブルーの背広姿で座るディディマス――ゴスペルシンガーのマネージャー兼運転手兼懺悔師《ざんげし》――を照らしていた。肩越しにゴスペルシンガーの方を振り向いた彼の口はまさかりの刃のようだった。彼は聖職者用の白襟を身につけていた。

「そんな話で己の不滅の魂を危険に晒《さら》すとは！」ディディマスは叫んだ。

ゴスペルシンガーは満足げな笑いを漏らした。喉からあふれ朗々と響くその声は、精密に調整されたたっぷりと油をさされた機械音を思わせた。エアコンの低い唸りの向こうで、暮れてゆく田舎の景色が音もなく過ぎ去っていく。西の空には、日の名残りの光の柱が二本立っていた。

ゴスペルシンガーはディディマスの痩せた灰色の襟足を見つめた。話しかけた声には、子供をあやすような穏やかな優しさがあった。「でも、神にユーモアのセンスがないなら、なぜ血を流すように女をお創りになったんだい？　すべての男を飢えさせ、恋い焦がれさせ、昼に夢見て夜には祈るようにさせておいてだよ、そのうえで女たちを……」たまらず彼は吹き出した。「神がこの世になされたジョークのなかでも、これがいちばんの傑作さ」

ディディマスは充血した目で肩越しに振り返り、ゴスペルシンガーをにらみつけた。路面の段差が疾走する車をかすかに揺らす。

「それより頼むから」ゴスペルシンガーは言った。「ヘッドライトをつけたらどうなんだ、二人してルボー郡の道の穴にはまって死んじまう前に」そしてしばらくしてつけ加えた――「あんたも自分がどこへ向かっているか考えるんだな」

「汝《なんじ》の魂の向かう先を見よ、さすれば世界はおのずと見出《みいだ》されん！」ディディマスは吠《ほ》えた。「汝の死の瞬間《とき》を待つのだ！」

「よせよ、またはじめる気か」急に笑えなくなってゴスペルシンガーは言った。

「自分がどんな人間かを忘れてはいかん」ディディマスは言った。

「どんな人間かなら知ってるさ」彼は言った。「ぼくは金を払ってくれる奴がいればどこへだって出かけて行ってゴスペルを歌う。そうやってしこたま稼いできたし、これからももっと稼ぐつもりだ」

「苦しむのだ」ディディマスは言った。「だが才能とはそういうものだ、それと戦うことになる」

「ぼくの才能は歌を歌うことさ、福音歌《ゴスペル》をね、それに逆らったことなどないね」

「ほかの才能のことだ」ディディマスは言った。

「女たちのことかい」ゴスペルシンガーは言い、わざとらしく喉の奥から笑いを漏らした。

「いいや」ディディマスは言った。「つまり、わたしが言いたいのは……」

「ディディマス、それ以上は言うんじゃない」

「わかった、静かにしよう」ディディマスは言った。「だがわたしの知っていることを葬ることはできないぞ、きみの知っていることもだ、黙ったまま、地中にも、きみの心のなかにも埋めることはできん。わたしは……」

「静かにしろと言ってるんだ！」

「いいだろう」

車内はしばらくの間だが静寂に包まれ、車全体に、潤滑油を塗られた金属と金属がたてる、さまざまなモーターの回転する低い唸りだけが響いた。

「だが懺悔はしてもらおう、神を侮辱する冗談を口にしたのだからな」ディディマスは言った。上下の唇が素早く互いを味わう。

「ああ」

「〈千歳《ちとせ》の岩よ、わが身を囲め〉を十回だ！」

「わかったよ！」

「十五回だ。きみは悔い改めが足りない」

「黙らないと、ティフトンまで連れ帰って伝道集会でぼくが歌っている間ずっとそこにいさせてやるからな」

キャデラックは枯れかけのセンダンの樹々を勢いよく通り過ぎ、スピードを落としてエニグマの町へと、明かりが落ち暗闇に沈む店が向かい合う道を入っていった。エニグマ葬儀場の窓ガラスの向こうに、ひとつだけ明かりが灯っている。町の突き当たり、彼らの目の前には郡庁舎の黒い影が浮かんでいた。

「ここがそうなのかね？」エニグマ種子店の前に車を止めながら、ディディマスは言った。「ここがきみが生まれた場所なのか？」

「ここじゃない」ゴスペルシンガーは言った、声を潜め、ささやくように。「ぼくたちの家はビッグ・ハリキンの沼の奥さ」

「それじゃ、なぜここへ来たんだ？　ご立派な町の見学なら明日でも明後日でもいつでも来れる、見たところその必要もなさそうだがね。きみの家へ行こうじゃないか。何をぐずぐずすることがある。こっちはヴァージニアのロアノークから運転し通しだ。疲れている。それに」振り返り、意地の悪そうな目でちらりと見て言った。「きみも懺悔があるだろう」

「しばらく見させてくれ」

空調のためエンジンをかけっぱなしにしたまま、二人は車を降りて脇に立った。満月の光がビッグ・ハリキンの沼の方から太陽のように降り注いでいる。

喉に手を当ててディディマスは言った。「息が苦しい。なんだってこんなに暑いんだ。信じられん」

「誰か死んだらしい」ゴスペルシンガーは言った。

「なんだ！　なんだって？」ディディマスはさっと身を翻《ひるがえ》し、背後に目を凝らした。

「ハイラムのところの窓が明るい。誰かが起きている、死者と一緒に」

「そうとも、我々は皆死者と共にある！」ディディマスは叫んだ。「誰しもが……」とそこで立ち止まる。「ハイラムとは誰かね？」ゴスペルシンガーが指差した方角を彼は見つめた。

「あそこに明かりが灯っているだろ、あれは葬儀場さ」ゴスペルシンガーは言った。

「ハイラムってのはそこの葬儀屋だ」

「誰か死んだ人間があそこにいて、誰かがそこに座っていると？」

「ああ」

「なぜ？」ディディマスは訊いた。

「なぜ？　人が死んだからさ」

「カリフォルニアではそんなことはしないがな」ディディマスは言った。

「ここじゃそうなのさ。でも妙だな」ゴスペルシンガーは言った。「ふつうは遺体を家へ連れ帰って、居間に安置してそこに座る。あんな風に葬儀場に置いたきり夜を明かすのは珍しい。見たことはないけど、そういうことが一、二度あった。エニグマの人間じゃないのかもしれないな、あそこで死んでるのは」

ディディマスはあちこち跳び回るのをやめてキャデラックのフェンダーに寄りかかった。彼は上着の内ポケットから薄い本を取り出すと、手早く書きつけた。「ふむ、居間で遺体と座るとは！　いい、じつにいい」本をコートにしまう。「行くとしよう――」彼は言った。「――この暑さから抜け出そうじゃないか」

「沼じゃここより暑いぞ。じっとしていろよ、しばらくここに立っていたい」

「何を見ているのかね？　町の様子でも変わったのか？」

「エニグマじゃ、ぼくが生まれてから建てられた物など何もないさ」ゴスペルシンガーは言った。「ここは何も変わらない。あそこにあるぼくの横断幕は別みたいだけどね。町の連中が手に入れたらしい、新しいのはそれくらいさ」

ディディマスがフェンダーから身を起こす。「ほかにもある。フットが来ているんだ。あそこに宣伝が！」

ゴスペルシンガーはくるりと振り返り、ディディマスの指差す方角に目を凝らした。フリーク・ショーのポスターが通りの向かい、歓迎の横断幕の真下に貼られていた。画鋲《がびょう》が外れた角だけ犬の耳のように垂れている。

ゴスペルシンガーは嘆くような声を上げると、キャデラックの後部座席へ飛び込んだ。

ディディマスはゆっくりと乗り込み、サイドブレーキを解除した。「フットに対してそんな風に振る舞うものじゃない」彼は言った。

「Uターンだ」ゴスペルシンガーは言った。「出してくれ」後部座席に身を沈め、窓から顔を背ける彼はとても小さく見えた。

ディディマスは一回のバックで向きを変え、ゆっくりと二二九号線へ車を走らせた。エニグマ銀行を通り過ぎると、影になったベンチから三人の男が立ち上がり、彼らの大声が、ほとんど叫びに近い声が夜を切り裂いた。「言った通りだろ、彼だ！　ゴスペルシンガーが帰ってきた！」ディディマスもゴスペルシンガーも彼らの方を見なかった。ディディマスがアクセルを踏み込み、車は勢いよく前進した。

「このまま四分の一マイルほど行くと道がある」ゴスペルシンガーは言った。「泥道だ。そこを曲がってくれ」

「きみともあろう男がフットのような男を怖れるのは馬鹿《ばか》げている」ディディマスは言った。まっすぐ前を向いたまま、静かな声で彼は話した。

「怖れてるだって？」身を起こし、座り直しながらゴスペルシンガーは言った。「一度でもぼくがそう言ったか？　フットのことを怖れていると？」

「いいや」

「その通りさ、ぼくは言ってない。怖れてなどいやしないさ、だがあいつにぼくをつけ回す権利はないぞ。誰だってあんなのに後をつけ回されてるとわかっていればいい気はしないだろう？　それに、ぼくは会いに行くつもりさ、金輪際やめさせてやる。いまいましいフリークにつけ回されるためにこの国でいちばんのゴスペル歌手になったんじゃない」

「それじゃいまから行くかね？」ディディマスは言った。「もう一度フリーク・ショーを見て回ってもわたしはかまわない。きっともうどこか近くにテントを張っているよ」

「だろう」

「だめだ」ゴスペルシンガーは言った。声を落とし、シートに力なく彼は沈み込んだ。

「やめさせないかぎり、ますます図に乗るだろう。だけどいまはだめだ、くたくただよ」

キャデラックは減速し、州道の上に停車した。「ここを曲がるのか?」ディディマスが訊いた。ヘッドライトをハイビームにする。「この道かね?」

「そうだ、ゆっくり走ってくれ。キャデラック向きの道じゃない」

モチノキの茂みと低木の若木が車の横腹をこする。ディディマスはハンドルと格闘しながら轍《わだち》を進むと、ほとんど動かなくなるまでゆっくりと車を減速させた。

後部座席のゴスペルシンガーは大きくため息をつき、冷たい窓ガラスに額をあてた。鉄の締め金に頭蓋骨《ずがいこつ》ちかくまで締めつけられているようだった。両目が焼けるようだ。目を閉じ彼は落ち着こうとした。首は凝り、心臓が早鐘を打つ音が聞こえる。彼はアメリカ中を回ってきた。国道を上っては下り、埃っぽい道を越え、小川を渡り、さまざまな径間の橋を渡り、そんな風に自分がいる姿を思い描くことができるあらゆる場所のうちで、いちばん好きになれないのがエニグマなのだ。前回帰省したとき、次に帰ってくるまでには何年もかかることになるだろうと自分に言い聞かせた。二度と戻らないとさえ言ったことも一度や二度ではなかった。それなのに、七ヶ月も経たないうちにいま、彼はここにいる。

なぜ自分はエニグマへ何度も何度も、しかも半年足らずの間隔で帰ってくるのかと考えるのは気に食わなかった。家族のためなんだと自分に言い聞かせようとした頃もあった——彼の母親、ゲルドとマーストの二人の兄弟、妹のアヴェル、そして父親。彼らからの手紙は惨めそのものだった。それぞれが別々に書いてきたり、連名だったりする。紫の紐《ひも》で束ねた大量の手紙を、ディディマスはどうしてもと言って保管していた。理由は神のみぞ知るだ。彼がどこにいようと帰ってきてくれとせがみ、エニグマで血を分けた同類といることをしつこく求め、ほとんど強要する手紙が舞い込んでくる。だが彼らは彼の同類ではなかった。彼がゴスペルを歌う声を見つけて以来、そしておそらくはそれ以前からでさえ。おそらく彼らが誰も見たことのない類いの美しさを持って彼が生まれて以来ずっと、同類ではなかったのだ。とうとう自分で返事を書くことすらできなくなった。なぜなら月日が経つにつれ、本当は心底エニグマを葬ってしまいたい、それが存在していることも、かつて自分がその一部だったことも否定したいと思っていながら、自分も彼らが恋しい、エニグマへ帰りたい、そんな嘘をつくことがどんどん難しくなっていったからだ。だから彼はミスター・キーンに、ミスター・キーンが失踪《しっそう》した後はディディマスに手紙を書かせ、なぜ家へ帰れないのか、どんな風に自分は外の世界へ出かけて心の底から歌っているか、自分とこの才能を人々と分かち合うのは使命であり、彼の十字架なのだ、といった言い訳をさせてきた。それから手紙と一緒に金を、緑のドル札を詰めた白い封筒を送った。これはいくらかは足しになった。彼らも金は理解できる。だが金の力はやがてすり減っていき、彼らは彼そのものを求めた。彼を！　手紙はそう叫ぶのだった。

だが結局、帰るのは彼らのためではなかった。十日前、ワシントンDCのモーテルで目覚めた彼は、自分たちがどの街にいるのか思い出すくらい頭が働きだすよりも前に、帰らねばならないことを悟った。彼はメリーベルの夢を見た、そろそろ潮時だ。窓辺に座り、おそらく一睡もせず猛烈な勢いで本に書き込みをしているディディマスの方を見て、彼は言った。「うちへ帰るよ」

逆上し、打ち震えたディディマスは手を止めて飛び上がり、茶色く骨ばった指を突きつけて叫んだ。「家に帰るだと！　誰も家に帰ることなどできん！　なぜならこの世はわれらの家ではなく……」彼は止まった。顔は落ち着きを取り戻していた。両目を集中させ、一点を見つめている。「うちだって？」いぶかしげに言った。「家か？　つまり、ゴスペルシンガーはエニグマに帰る、そういうことかね？」マネージャーになって以来、ディディマスはゴスペルシンガーの生まれ故郷を訪ねることを熱望していたのだった。

「ああ」ゴスペルシンガーは言った。

「エニグマ」ディディマスは言った。「なんと素晴らしい、美しい言葉だ」それからまた本へと戻り、さらにすばやく書き込んだ。

　そしていま彼はここに、養豚場と生まれ育った家族のもとへと続くビッグ・ハリキンの沼への薄暗い道の上にいる。養豚場を捨てたのと同じくらい確実に、彼は家族を捨て去っていた。両親、妹、兄弟たちを。愛情を別にすればすべてにおいて彼らから遠く隔たっていた。彼は家族の誰とも似ていないだけでなく、不思議なことに、エニグマから離れていると彼らと話し方すら違って聞こえた。これは声の質と力のせいだけではない。もっと深いところから来ていた。ゴスペルシンガーの話し方は誰とも似ていなかった。彼は無意識かつ徹底的な模倣者だった。彼はこともなげに一緒にいる人物の話すパターン——言葉のチョイス、抑揚——をつかんだ。言語的浸透作用とでもいうように、それは彼のなかに沁《し》み入り、彼という人間の一部となった。カンサスシティでは鼻声で、ブルックリンでは哀れっぽく、ニューイングランドでは小ぎれいに、テキサスではもごもごと彼は喋った。

　いま彼は、未知の言葉と美と声を携えてエニグマに戻ろうとしていた。人々が緊張した面持ちで立ちつくし、こっそりと触れたり不可能な望みを耳元にささやいてきたりしながら、血の滴《したた》る肉に群がる飢えた犬のようにいつでも彼の背後にいる場所に。彼は彼らのなかに立たされるだろう、彼らの苦しみを救ってやることができないがゆえに不能になり、去勢されて。彼にできることといえば、彼らのために血を流すこと、その無知と惨めな世界のために血を流すことだけだった。

だが血を流すからといって、それを共有したいと思っているわけではなかった。一緒に苦境にはまって何の得がある？　彼には逃げることができるというのに。だが彼にとってはそれが明白でも、エニグマの人間たちにとってはぜんぜんそうではなかった。とくにメリーベル・カーターにとっては。彼女は彼を溺《おぼ》れさせようとするエニグマの一般的傾向そのものだった。

彼女は彼が戻ってくる理由でもあった。今回も、いつでも。彼女がいるからなのだ、彼女を見て、声を聞くためだ。彼女は彼の試金石だった。ときどき自分自身のことを本当にわかるのは彼女を通してだけだと感じることがあった。回心者たちが彼の前で大鎌《おおがま》を前にした麦のように倒れはじめるとき、世界が彼の言葉に興奮するとき、彼にはメリーベルが必要だった。

彼はため息をついた。そうは言っても、彼女に問題がないわけじゃない。起きている間は彼女のことを考えまい、心の闇の奥で彼の帰りを待つ彼女の姿を見まいとすることに集中しなければならないことが、ときには何日も続くことがあった。そんな彼女がいま心に押し入っている。それだけで彼がいま窓から頭を離し、自分自身にさえ平静さを装いながらゆっくりと手を上げ、後部座席のドアをロックするのに十分だった。

運転席のディディマスは苛立《いらだ》った声と口笛を交互に発していた。

「どうかしたのか、ディディマス?」ぶっきらぼうにゴスペルシンガーは訊いた。突然メリーベルがゆっくりと進む車のドアを開け彼の上に飛び乗ってくるのではないかとびくびくするなんて馬鹿げている、だが同時にそれは馬鹿げてなどいないことを知っている自分に、彼女が両手をひろげ夢中で後部座席の彼に飛びついてくることを待ち望んでさえいる自分に腹を立てながら。

「まったくすごい場所だ」ディディマスは喋っていた。計器盤の明かりに照らされた頭が黒々と揺れている。車はほとんど止まりそうなスピードで、前後左右に揺れ、キキーと音をたて、底をこすりながら道を進んだ。「信じられん、美しい、こいつはできすぎだ」

「ちゃんと道を見て」ゴスペルシンガーは言った、といってもディディマスはまっすぐに前を見つめていた。「行く先に気をつけるんだ」

「彼は沼から生まれ、神を歌わん」ディディマスは言った。

ディディマスはゴスペルシンガーを三人称で表現するのを好んだ。かつてはゴスペルシンガーもそれを楽しんでいた。いまはそれが彼をいらつかせる。ディディマスは不平を漏らし、口笛を鳴らし、ため息をつき、道から目を離さないようにしつつ月明かりに照らされ闇に沈みゆく田園風景を眺めようとした。その間、後部座席のゴスペルシンガーは、メリーベルを頭から払いのけようとフットについて考えを巡らせた。彼の背中にとり憑《つ》く幽霊。何らかの理由で彼にまとわりつくようになった亡霊。つきまとわれていることにはじめて気がついてから、すでに五ヶ月が過ぎようとしていた。彼はそれをはっきりと覚えていた、ちょうどミスター・キーンが消えてディディマスがその跡を引き継いだ週だったからだ。そのポスターは、ゴスペルシンガーが出演するテキサス州ヒューストンで行われた〈福音派野外伝道集会〉の会場から通りを挟んだ、楽屋のあるビルに釘で貼り出されていた。出演を終え、出ていくときに彼はそれを見咎《みとが》めたのだった。

「フリーク・ショーだって？」ディディマスに向かって言った。

「苦悩は罪の果実なり、そして罪は人間の本質なり！」ゴスペルシンガーが何の話をしているのかもわからないうちから、ディディマスは目を剝き充血した目をぐるぐる回してむせぶように言った。それから彼もポスターを見た。落ち着きを取り戻し、立ち止まって長い間それを見つめた。「なるほど」彼は言った。「わたしもまだ観たことはないが、我々皆にとっての教訓になるだろう。行ってたしかめねば」

「ぼくはごめんだね」ゴスペルシンガーは言った。「そんなもの観に行くつもりはない」

結局、ディディマスも観に行くことはなかった、少なくともすぐには。三つの契約をこなしてオクラホマ州タルサで歌うことになり、再度ポスターを目にした二人は、そこでようやくフットがたしかに彼らの後について来ているということに気がついたのだった。

「だけど、なぜついて来るんだろう?」ゴスペルシンガーは聞いた。「ここは自由の国だ、ぼくにはついて来られない権利がある」

「行って、彼に会ってみなくてはな」ディディマスは言った。

「だめだ」ゴスペルシンガーは言った。

「なぜかね?」

「いまいましい《ゴッダム》フリークに会いたい奴なんているか?」

「答えになっていないな」ディディマスは言った。「それに、むやみに神の名を口にしてはいかん」

「なぜなら……なぜならぼくには助けてやることができないからさ」

ディディマスは微笑んだ。「おやおや、そんなことは彼らだって承知さ。もちろん、知っているとも」

「少なくともじろじろ見るなんてぼくにはできない」ゴスペルシンガーは言った。

「だが、そのために彼らはいるんじゃないのかね。何のためにフリークたちが存在すると思う？　彼らがこの世にいるのはそのためだろう」

「とにかく、ぼくはそんなもの観に行くのはごめんだ」ゴスペルシンガーは言った。

「では、わたしが行こう」ディディマスは言った。

　そしてその夜ディディマスはフリーク・ショーへ出かけて行き、ゴスペルシンガーは悪寒とともにホテルのベッドに横になって待った、好奇と不安をたぎらせながら。フリーク・ショーってのはどんなものだろう？　きっと凝縮したエニグマみたいなものにちがいない、そこから逃れるために自分が地球を半周してきたような類のものだ。ベッドに横になった彼は、ギャーギャーと喚《わめ》き、檻《おり》に入れられて並ぶフリークたちを夢見た。

　見たことのないモノたちを夢見ながら横になっているうちに、神への迷信が彼のなかで古傷のように開いた。ひょっとして、フットは自分を追い回すために神が地上へ遣わした猟犬なのか？　軽蔑と恐怖が彼のなかでかわるがわる渦巻いた。神に何の関係がある？　神にとって彼、ゴスペルシンガーとはそもそも何だ？　ゴスペルを歌うことでたまたま名をあげることができた貧しい養豚場の息子、それだけだ。それにしても……

　彼はベッドから跳ね起き〈鳩《はと》の翼〉を三度歌った、そしてそれが効かないとわかると、受話器をつかみ――神学上の善悪両極へ同時に向かおうと心に決めて――福音派聖歌隊長を、罪よりも柔らかな肌の、あとで処女ですらあるとわかった娘を部屋へ呼びつけたが、彼女も助けにはならなかったし、彼女が去ってもう一度ベッドの上に落ち着いてみても彼の肌はまだ氷のようだった。なぜなら、娘の口はあのポスターのように赤かったし、それを見つめている間中、彼はとうとうディディマスに、ほかの何にも増して、まず彼女について話さなければならない時が来たことを悟っていたからだ。

ディディマスは宗教的狂乱状態で戻ってきた、まるで炎を両手にシナイ山から戻ってきたモーゼだ。

「彼らは神の怒りそのものだ！」勢いよくドアから入ってきた彼は叫んだ、己のいびつな狂乱に磔《はりつけ》にされたかのように両手両足をひろげながら。

言っているのが誰のことでどういう意味かすでに知っていたゴスペルシンガーは、白いシルクのズボン下を穿いて、鷲《わし》が翼をひろげるようにくつろぎながら何も言わなかった。

「きみも観に行くべきだ」ディディマスは叫んだ。「すべての肉体の歪みの見本市だぞ、壊れた肉体のあらゆる形と種類だ。人類の道しるべだよ、彼らは！　目のない男の顔をのぞき込めばきみもはっきり理解するさ、眼窩すらない、鼻から上が真っ平らなんだ！」

それから、ディディマスはフリーク・ショーで見てきたぞっとするような苦悩の数々をまくしたてはじめ、ゴスペルシンガーは慄《おのの》くのだった。

「自分の胸にしまっておくんだな、何を見てきたのか知らないが」ゴスペルシンガーは言った。

だがディディマスは止めなかった。彼は目にしてきた歪んだ肉体の恐ろしいイメージを際立たせる土台として、ゴスペルシンガーの体を使った。バスルームのドアの裏に取りつけられた姿見の前に彼を立たせ「奇跡の足なし男」について話しながら、要点を理解させようとその形のいい引き締まった筋肉の両脚を指さしてみせるのだった。

ディディマスはフットの話を最後まで取っておいた。フットこそが首謀者で、ほかのフリークたちを取りまとめ取り仕切るフリークが彼だ。ディディマスは彼に会い――これも後でわかったことだが――会話さえ交わしていた。

「この世でもっとも偉大なフリークだよ」ディディマスは言った。「一分野に特化している。彼の苦悩のすべてが集中しているのだ、その片足に」

「片足？」

「そうとも、だから」ディディマスは言った。「フ、フ、フットなのさ！　世界一大きな足だ。まさに神に選ばれし者の一人だよ！」

そしてそれ以来、フットはたえずゴスペルシンガーの後をついて来るようになった。

あらゆる町、あらゆる教会での集会、あらゆる野外の、ゴスペルシンガーがその開いた喉から神聖な讃美歌をほとばしらせるあらゆる超満員のテント、どこへ行こうと、彼はフットの張り紙を見た。いつから後をつけられていたのかすらわからなかった。おそらくは数年。いや、ひょっとしたら生まれてからずっとなのか。

「道がどんどん悪くなってくる」前屈みになってフロントガラスの向こうに目を凝らしながら、ディディマスは言った。

「もう近い」ゴスペルシンガーは言った。「もうすぐだ」

「本当にこの場所で生まれたのかね？」

「ああ」

突然、キャデラックが唸りをあげて轍道《てつどう》から抜け出し、平坦な砂地の何もない空間に出ると、そこにレンガ造りの家が月明かりを浴びて立っていた。キャベツヤシとドッグフェンネル（背の高いキク科の多年草）が玄関ポーチまで繁茂《はんも》している。家の左右では、いくつかある離れ家が崩れかけていた。

「この音はいったいなんだ？」ディディマスは訊いた。

「豚たちさ」ゴスペルシンガーは言った。

「そうか、それなら匂いについて訊くのは愚問だな」

「どんなところか言っておいただろ」

「おそらく、きみの話を信じていなかったのだ」ディディマスは言った。

家は広く、屋根付きのポーチと大理石の円柱、それに背が高く鉛の枠で分割されたアーチ型の窓を備えていた。正面の窓々にかすかな黄色い明かりが灯っている。

「養豚というのは儲《もう》かるらしいな」ディディマスは言った。「立派な家じゃないか」

「ぼくが建てたのさ」ゴスペルシンガーは言った。「七千ドルかけて建てさせて家具を入れたけど、もう台無しにしてくれている、でも一ペニーも恨んじゃいないさ」

「ゴスペルシンガーは、彼らの見たことのない我が家を建て与えたり」ディディマスは言った。

「とことん壊されたってかまわないさ、一緒に住むことにでもならないかぎり」

ディディマスは車のエンジンを切り、だがヘッドライトはつけたままにしておいた。ドアを開けると、何匹かの犬たちが吠えた。影のなかから出てきたのは数頭の額が広く痩せた下腹の、黄色く目を光らせたマスチフだった。ディディマスはドアを閉めた。

「凶暴そうな連中だ」彼は言った。

「誰か出てきて追い払うのを待ったほうがいい」ゴスペルシンガーは言った。

正面玄関のドアが開くと、右手で目の高さに灯油ランプを掲げている痩せた背の高い男の後ろで、数珠《じゅず》状に寄り添う人々の影が見えた。

「ほら、犬ども」痩せた男が言った。

犬たちは静まり、家の影の奥へと消えていった。

「キャデラックだ！」

「彼だよ！」

「兄さんだ！」

一人の人影がドア口のかたまりから離れ、さっとポーチを横切った。壁の一区画が家自体から跳び出したかのように、それは幅がありくっきりとしていた。棍棒《こんぼう》のような長い三つ編みをたらした女が、重たいスカートの襞《ひだ》をはためかせながら前庭を跳び越えてやって来た。音もなく彼女の顔は泣き笑いに歪んだ。「あぁおまえ！　あたしのかわいい子が帰ったんだね！」ゴスペルシンガーが車から半分身を乗り出した途端、彼女は彼のほっそりとした身体をつかまえて抱き寄せ、たくましい腕にかき抱いてゆっくりと揺らしながら、今度は笑い声のような音をもらしつつ耳元で優しく歌いだした。彼女に押しつけられているゴスペルシンガーの金髪に涙がこぼれ落ちた。彼女の肩に埋められたまま、彼はもごもごと声を出して何とか落ち着かせようと、もう大丈夫、帰ってきたよ、と言い聞かせた。ディディマスは車のフェンダーに片肘《ひじ》をついて寄りかかり、闇に沈む砂の上に見えない絵を描く自分の靴先を落ち着きなく見つめていた。ランプを手にした男がゆっくりと近づきディディマスの横に立ったが、彼が見ているのはゴスペルシンガーだった。少年がポーチの階段を降りてきて前庭の途中で立ち止まる。全身黒ずくめで、濡れたような長い髪を両耳と平べったい額のうえにたらしている。服はどれもあまりにぴっちりとしていて、まるでシャツが彼の代わりに呼吸しているみたいに薄い胸板が上がったり下がったりしていた。彼はギターを赤いストラップで首のあたりにぶら下げていた。ポーチの階段の上には少女が立っていた。とても背が高く、蒼白い肌と形のいい口をしている。足は裸足だった。

ゴスペルシンガーは女の胸元から身を引きはがした。「母さん、これはぼくのマネージャー。ディディマスだよ」

「どうもはじめまして」彼女は言ったが、ゴスペルシンガーを見つめたままだった。「ああ、ずっと待ってたんだよ、どれだけ長かったか。あたしたちみんな待ってたよ」くるりとふり返ると彼女は言った。「マースト、こっちへ来て兄さんにキスをおし。そんなところに突っ立ってないで。アヴェル、あんたもだよ！　それが兄さんを出迎える態度かい？」

マーストは恥ずかしそうな笑みを浮かべてやって来ると、伏し目がちにあたりを見回しながら一瞬だけゴスペルシンガーを見てまた目をそらした。

「大きくなっただろ？」母親は言った。

兄の目の前で立ち止まったマーストは、彼に触れるか手を取ろうとするかのようにためらいがちに片手を突き出したが、さっとひっこめて体を掻いた。「ギィターを手に入れたんだぜ」彼は言った。

「そうみたいだな」ゴスペルシンガーは言った。「かっこいい楽器じゃないか」

「練習してんだ、それでさ……」

ランプの男が割って入り、ゴスペルシンガーの肩をつかんで優しく揺すった。「会えて嬉しいぞ」

「父さん、二ヶ月前には帰ってこようと思っていたんだけど、やらなくちゃいけないことがひとつ、またひとつって調子でね。ようやく出発できたと思ったら、ヴァージニアでアクセルが故障さ、それになんやかやもうわけがわからない有様で」

「ま、なかへ入ろう」父親は言った。「こんなとこに突っ立って話しててもはじまらん」

ポーチから動かなかったアヴェルの横まで来ると、ゴスペルシンガーは立ち止まった。「綺麗だね、アヴェル。このまえ帰ってきたときよりもぐっと女らしくなったじゃないか。元気かい?」

「とってもいいわ」お辞儀のような、滑るようなステップを彼女は踏んだ。「マーストとあたし、ギターに合わせて歌うのよ。たくさん歌っててすごく上手になったんだから」

「あれ」ゴスペルシンガーが声をあげた。「おかしいじゃないか」

　すでに家のなかにいた父親がランプを手にドアまで戻ってきた。ギターをかき鳴らしていたマーストも手を止めたが、コードを押さえていた指は注意深く指板に乗せたままだった。

「兄さんは？」ゴスペルシンガーは聞いた。「どうしていないんだい？」

「今日は一日中でかけてるの」アヴェルは言った。「まだ戻ってないわ」

「でもトラックがあるじゃないか」家の正面に駐められ月明かりで光っているＧＭＣの真新しいトラックを指さし、ゴスペルシンガーは言った。運転席の向こう側のドアは開いたままで、タイヤは生い茂る雑草に埋もれている。

「古い方ので行ったんだろ」家のなかへ戻りながら父親は言った。「あのＧＭＣの床にはひと腹の子犬どもがいるんでな」

「ひと腹……」

　マーストがギターをかき鳴らし、さらにもう一度鳴らしたが、指が指板からずれていた。

「でもあれに乗ってかなかったのはそのせいじゃないわ」小さな声でアヴェルが言った。「壊れてんのよ」

　アヴェルがドアを入り、右手と左手を同時に動かそうとギターと格闘するマーストがそれに続いた。残されたゴスペルシンガーはトラックを見つめた。ゆっくりと頭を振りながら。ディディマスがその隣で足を止めた。

「きみは四千ドルも出したのにな、それにまだ二ヶ月も経っていない」ディディマスは言った。「壊れているだと？　どう壊れてるんだ？」

「こんなもの《ゴッダム》まだ序の口さ」ゴスペルシンガーは言った。

「神の名をみだりに使ってはいかん」ディディマスは言った。「父親にヴァージニアでアクセルが故障したと嘘をついた件ですでに懺悔一だ」

「なんて言えばよかったんだ？」ゴスペルシンガーは訊いた。「女とヤっていて、ヤリ足りなかったとでも？」

「嘘は期待していなかった」

「真実を話すとも思ってなかったんだろ？」

「まあ、それはそうだが」ディディマスは言った。

ディディマスは彼に続いて家に入った。なかで待っていたマーストが二人の入場に合わせてコードを二つかき鳴らして見上げると、恥ずかしそうに微笑んだ。

「すごく上手じゃないか」ゴスペルシンガーは言った。

「こいつで大儲けするんだ」それが何かの生き物で、首を締めでもするかのように両手でギターのネックをつかみながらマーストは言った。

居間では、石造りの暖炉のマントルピースに置かれた灯油ランプが燃えていた。その脇のソファーでは、歯に骨をくわえ込んだハウンド犬が眠っている。床には一面に絨毯が張りめぐらされ、二人の立つドアから居間と寝室を結んで家の裏手にある食堂とキッチンへと続く廊下の上を、一筋の黒い跡が走っていた。ゴスペルシンガーはギターと格闘するマーストを辛抱強く見守り、ディディマスは周りに雑然と並ぶ台無しにされた豪華な家具たちを眺めた。成長しきった豚の鼻を突く匂いを放っている絨《じゅう》毯《たん》上の黒い跡、フレンチ・プロヴィンシャル様式の三脚椅子、ケースがひび割れた大きな振り子時計などだ。

廊下の暗闇から一匹の豚が居間へ迷い込んできた。背中の毛はまばらで、ところどころ赤い肌がのぞいている。背骨は高く、湾曲し、骨が隆起している。ディディマスを見上げる目は乾いた松脂色で、その手前の鼻の両脇からは長く、いかにも気の荒そうな髯《ひげ》が生えていた。

ディディマスは十字を切った。「神よ憐《あわ》れみたまえ、こいつはいったいなんだ！」

一歩さがって壁に背中を押しつけながら彼は叫んだ。

「病気の子豚だよ」こんがらがったギターの弦で迷子になりながら、弾いていた何かの曲越しにマーストが言った。

「虫かい？」ゴスペルシンガーは訊いた。

「そうじゃないらしい」マーストは言った。「父ちゃんもまだなんなのか分からないんだ。ねえ、このAの弦なんか変だぜ。切れてるんじゃない？」

「かもしれない」ゴスペルシンガーは言ったが、彼が手にとってAの弦を先の細い親指で触れると、奏でられた音はマーストのものとは別物だった。それは音楽になっていた。

「ちぇっ、切れてないや」マーストは言ってギターをひったくると、額に血管が浮き出るほど懸命になって〈スイートハート・ホワット・ユー・ドゥーイング・トゥ・ミー？〉のコードを掻き鳴らした。

豚の耳の裏には黒い瘤がこびりついていて、ディディマスはその黒い一帯がときどき動いているように思えるのを先ほどからじっと見つめていたのだが、母親が廊下の向こうからマーストに、そのいまいましいギターで兄さんを煩《わずら》わすのをやめてこっちに来て座って夕食をとらせるようにと叫ぶと、黒い瘤は弾《はじ》けて蠅の群れになり、豚の背中の上を飛び回った。

「あっちに行ったほうがいいみたい」マーストが言って二人を居間から廊下へ連れ出すと、突き当たりにゴスペルシンガーの父親がテーブルの端にランプを置いて、そのガラスの台座に手をかけたまま梯子背の椅子に座っているのが見えた。

「あの豚を見たか？　見ただろう？」小声でディディマスは言った。

「黙ってろ、ディディマス。ここはヌ・ヤークシティじゃないぞ」

　二人の食事が用意された。大皿に盛られた肉とパンがあり、シロップの入った透明なジャーは、注ぎ口のところに黒ずんだ砂糖の輪がこびりついていた。父親が煙草の袋と巻き紙の束を取り出す。向かい合って座るアヴェルと母親が二人して肘に顔をのせている。マーストは壁に寄りかかり、ギターで気楽な雑音を繰り出した。座ろうとしていたゴスペルシンガーが急にディディマスを見て訊いた。「例のヒューズは持ってきたかい？」

　心外な様子でディディマスは言った。「わたしは頼まれたことはいつだってちゃんとしている、違うかね？」

「すぐに取ってこれるところにあるのか？」

「車のドアポケットに入っている」ディディマスは言った。

「席に着く前に取ってきてもらえないか？」

「妙ななりをした男だな」ディディマスが出ていくと父親は言った。

「いい人間だよ」ゴスペルシンガーは言った。

「名前も変だね、なんて言ったかしら？」母親が訊いた。「あたしらとは違う種類の人間なんだろ？」

「修道士なんだ」ゴスペルシンガーは言った。「つまり、神に身を捧《ささ》げた世捨て人さ」

「神に使える人間にしちゃひどい名前（didymusには睾丸の意味もある）だな、修道士ディディマスか」

父親は言った。

「説教師にしちゃよく煙草を吸うよね」マーストが言った。「一日に五、六箱は燃しちゃうんじゃない」

「彼は説教師じゃないよ」ゴスペルシンガーは言った。「やたらと吸うのはたしかさ、でも、ぼくらは誰だって完璧じゃないだろ」

「ミスター・キーンはどうしたんだい？」母親が訊いた。「いい人だったじゃないか」

「彼は……いなくなったんだ、母さん。或る日突然いなくなって、そこに現れたのがディディマスで、いい人間だったし、ぼくにはマネージャーが必要だったからそのまま雇ったんだ」

「でもおかしいね」母親は言った。「あんな人が姿を消すなんて。あんなに土地やお金もあるのに。不自然だよ。先月ティフトンの市で子豚たちを売ったのよ、そこであの人のこと尋ねたんだ。まだ家に帰っていないのかい。おかしいよ」

「自分の家族以外を信用しちゃだめさ」マーストは言った。「家族でも信用するなって言う人もいるぜ」

ディディマスが小さな紙袋を手に戻ってきた。それをテーブルの上、ゴスペルシンガーの脇に置く。マーストは母親を見てウィンクをした。母親はアヴェルに微笑んだが、彼女はゴスペルシンガーがその袋でしようとしていることに釘付けで、母親の方は見ていなかった。彼は袋を破り、六つのヒューズを取り出した。

「座りなよ」彼はディディマスに言った。「肉とシロップを食べるといい。すぐ戻ってくる」

ディディマスは座ったが食べなかった。彼もまた別の灯油ランプに火をつけて片手に掲げ、もう一方の手にヒューズを持ってキッチンのドアから出ていくゴスペルシンガーを見つめた。

「兄さんてすごいだろ」マーストは言った。

「まったくだ」ディディマスは言い、それから訊いた。「どこへ行ったのかな？」

「いまにわかるよ」マーストは言った。「だよな、アヴェル？」

「もちろんよ」彼女は言った。

突然、家中に明かりが灯った、すべての部屋に、玄関ポーチにまで。居間の天井の電球が眩しい光を放つ。マーストは見上げて言った。「またやってくれた」ディディマス以外の皆がくすくす笑い声を漏らしていた、彼は本を取り出し、ちびて噛み跡だらけの鉛筆で素早く何かを書き込んでいた。

そこへゴスペルシンガーが戻ってきた。手にしたランプの火はすでに消されていた。父親は前屈みになってランプのガラスの上に手をかざし、火を吹き消した。

「それで、母さん」テーブルにつき、厚切りの赤いハムの一切れにフォークを突き刺しながらゴスペルシンガーは言った。「前に帰ったときから何か新しいニュースは？」

「あのニガーがしでかしたことを除いたら、たいしてないよね」マーストが言った。

「おれとアヴェルでなにか歌おうか？」

「ニガーって？」

　母親は座り直して言った。「ああおまえ！　みんな手紙に書いて送ったんだよ。電報も受け取ってないのかい？」彼女は手で口を覆った。「あたしたち、だからおまえは帰ってくるものとばかり思っていたよ、葬式に出るために」

　ゴスペルシンガーは食事する手を止めた。「葬式？　誰の？」

「メリーベルだよ」母親は言った。

「あのニガーが殺《や》ったんだ」マーストは言った。「おれとアヴェルはさ、オールバニのテレビに出ようとしてるんだぜ。兄さんがはじめて出た局も試したよ」

　ゴスペルシンガーは蒼白《そうはく》になっていた。椅子の上でバランスを取ろうとするかのように、彼はテーブルの端をつかんでいた。「メリーベル・カーター？」彼は囁いた。

「知り合いか？」ディディマスが訊いた。

「知り合いかだって？」母親が言った。「ああ、この子とあの娘をそんな風に言うなんて」結んだ指を上げて神に祈った。

「そうでしょう」ディディマスは言った。「彼が彼女を知っていたのなら、つまり二人は知り合いだったということになりますな」

「あいつがレイプして殺したんだよ、おまえ」

「アイスピックでね」とアヴェル。

「やったのは誰？」ゴスペルシンガーは聞いた。

「ウィラリー・ブカティー・ハルさ」

「信じられない。ウィラリーが、まさかそんな」

「もし彼がやったんじゃなければ、たったいまエニグマの牢屋にいるのは間違ったニガーってことになる。でもあいつだよ。アイスピックを使ったんだ、それにあの子が発見されたのはあいつが眠っているベッドの足元さ」

口を閉ざしていた父親が目を上げた。「ニガーってのは騾馬みたいなもんだ。二十年すきを引かせて、世界一の騾馬だと思う、だがある日ひき綱を外してやろうと屈み込むと、蹴られて頭を肩から吹き飛ばされるのさ」

「アヴェル、準備はいいか？」マーストが訊く。

「いつだって準備はオーケーよ」形のいい口をひろげて彼女は微笑んだ。ひどい歯並びだった。「兄さんの妹だもん、でしょ？」

「でも、ぼくはウィラリーを知ってる」ゴスペルシンガーは言った。

「皆が知っているさ」父親は言った。

「おれたち二人がラジオで聴いた曲なんだ、ある女の子が高校のダンスパーティーで恋人にふられる歌だよ」せっせとギターのチューニングをしながらマーストは言った。

「おまえたちお黙り」母親は言った。

「彼に会いに行ってみようかな」ゴスペルシンガーは言った。

「あのニガーには近づかん方がいい」父親は言った。

マーストはもう一度弦を緩めると足を三回鳴らした。三回目と同時にギターを叩くと、アヴェルが椅子から跳ね上がり、揃って叫び声をあげ、それから二人して目をぐるぐる回しながら天井に向けて咽《むせ》び泣くように歌い、マーストが肩を丸める。二人は腰を振りながらテーブルの周りを回り、椅子に身を沈めて息浅く弱々しい笑みを浮かべ励ますような眼差《まなざ》しを向けているゴスペルシンガーの目の前に立った。アヴェルの大きな体が痙攣《けいれん》し、震え、まっすぐな黒髪が首を打つ。マーストのシャツの黒い肌に汗のしみが滲《にじ》む。ようやく、息を切らした二人はゴスペルシンガーの前に黙って立った。

「才能があるな、この子らには」父親は言った。

「テレビでうんと稼げるぜ」マーストは言った。「兄さんが口を利いてくれりゃね」

「ディディマスに相談しよう」ゴスペルシンガーは言った。「マネージャーだからね。そういうことについてはよく知っているんだ」

母親が二人をゴスペルシンガーから押しのけた。息子の両肩に手を置くと彼女は言った。「いまはだめだよ。この子をわずらわすのはもうおやめ。悲しんでいるのがわからないのかい？　それに長旅で疲れているにちがいないよ。そうだろ、おまえ？」

「ディディマスもぼくも二人ともくたくただよ。一昨日から運転し通しだからね」

「ディディマスさん、ちっとも食べないのね」アヴェルは言った。

「腹が減っていないんだ、本当に」ディディマスは言った。

「彼は食事制限しているんだ」ゴスペルシンガーが言った。

「ひょろひょろなのも無理ないね」母親が小声で言った。

「ディディマスさん、おれたちどうだった？」マーストが訊いた。

「ものになるね」ディディマスは言った。

「まあね、なんてったって兄さんの弟だもんな」マーストは言った。

父親が窓の方へ行き、外を見渡した。「こんな風に帰ってこないなんてゲルドらしくないな」

「元気なの？」ゴスペルシンガーは訊いた。

「まだ肌のことで苦労してるよ」母親が言った。

ディディマスがさっと頭《こうべ》を垂れ十字を切る。「我々は皆、己の肌、己のあるがままの姿に苦難を抱えているのです！　つまり……」

「またか、ディディマス、黙ってくれ！」ゴスペルシンガーは言った。「ぼくがアトランタあたりに見つけた専門医には、連れてかなかったのかい？　手紙に書いてお金も送ったじゃないか」

「金を送るのと実際に診てもらうのは大違いなのさ」父親は言った。「できる限りのことはしたんだ。アトランタには行ったとも、だが医者の居場所がどうしてもわからん。大きな場所だし、そう、エニグマみたいにはいかんのだ。一日中人に訪ねてはあの道この道を行ったり来たりさ。まして日が照っているさなかだ、肌が割れてかゆみ出して、あいつは気が変になっちまうだろ、結局は映画館のなかに落ち着いたよ、ゲルドの奴も気が変になってるところに例のドリス・デイやロック・ハドソンのポスターがあんな風に貼られてるのを見せられてみろ、どうしようもなかったのさ」

「それっきり、行かなかったの？」ゴスペルシンガーは訊いた。

「豚たちが下痢《げり》になってな。何匹か死んだよ。まだ治っとらんのもいる」

「下痢とは？」ディディマスが訊いた。

「腸がゆるゆるになるんだ」マーストが言った。「便が水みたいになってさ、ぜんぜん止まらない。漏れるんだぜ。それで腸が一インチ尻《けつ》の穴からはみ出したら、死ぬのさ」

「マーヴィン！」母親は言った。「口に気をつけな。兄さんの前だよ」彼女はゴスペルシンガーのうなじをさすった。

「母さん、ぼくとディディマスはもう寝た方がいいみたい」彼は言った。「明日は大変な一日になるからね」

「集会用のテントはエニグマのはしっこに運ばれて準備できてるよ、朝になったら組み立てればいいだけさ」マーストは言った。「あんなすごいの見たことないな。ジョージアでいちばんでっかいらしいぜ。あの説教師が大枚叩いたんだ。ここへ来て一週間、ランバート・ツリーライトの家に泊まってる。兄さんと一緒に集会をやるんでうわついてるよ。おれとアヴェルにもプログラムに参加しろって言ってきたもんな。でも無理だね。おれたちが歌ってるのは愛の苦しみの歌だけだもの。ゴスペルだって？　それは兄さんの専門さ。でもしつこく言ってくるんだ。ひょっとしたら一曲やることになるかもね」

「おまえ、すわってちょっと黙ってな」母親は言った。「二人が着いてから喋り通しじゃないか。さあ、おいで。ディディマスさんに寝る場所を案内しよう」

ゴスペルシンガーとディディマスは彼女の後に続いて廊下へ出た。彼女がドアの前で立ち止まる。「また朝にね。ゆっくり休むんだよ、いいね？」ディディマスは部屋へ入ろうとした。その腕を彼女はつかんで止めた。「ディディマスさん、あんたはこっち」彼女は廊下の先を指差した。ディディマスはゴスペルシンガーを見つめた。

「ぼくらいつも同じ部屋で寝るんだ。夜のうちにいろいろ話しておかなきゃいけないことがあるからね」

「今夜は別だよ」きっぱりと言った。「なんだろうと明日にすればいい。おまえはちゃんと休まなくちゃ」

「いくらもかかりませんよ」ディディマスは言った。「ほんの二、三話すだけですから……」ゴスペルシンガーの腕をつかむと、母親が止める前にさっさと部屋へ押し入り、ドアを閉めた。廊下ではマーストとアヴェルがまたほかの曲をやりはじめ、その騒音の向こうから父親がエニグマへ帰った最初の晩によく休めるように、と叫ぶのだった。

ベッドの端に座り、ゴスペルシンガーは頭を抱えた。ベッドは広く、クローバー柄のパッチワーク・キルトで覆われている。床のマットには居間で見たのと同じ色の滲みがついていた。尿瓶が二つ、片方は半分までいっぱいの状態でベッドの足元に並んでいた。ディディマスが瓶の前で立ち止まった。

「尿瓶か？」彼は言った。

「ああ」とゴスペルシンガー。

「便所があるだろう」ディディマスは言った。「ひとつ見かけたぞ。この広さの家なら、もっとあるはずだ、四つ以上あってもおかしくないくらいだが」

「習慣さ」ゴスペルシンガーは言った。

「三千ドルの家のなかで豚を飼っているとは」ディディマスは言った。

「ぼくに見えてないとでも？　言い聞かせようとしたさ。それどころかなんとかして……」

「あのヒューズのことだが」ディディマスは言った。

笑みを作ろうとしてゴスペルシンガーは言った。「イカれてるだろ？　ここじゃみんないつもランプなんだよ、母さんに何度も捨てるように言ったがだめなんだ、だから……」

「ヒューズが一度にみんな切れるのかね？」

硬く、生気のない何かにでもなったように、ゴスペルシンガーは急に静かになった。「帰ってくるといつもヒューズボックスは空っぽさ。誰が外しているのか知らないが。みんな……」彼は目をそらした。「ぼくがああするのを見たがるんだ」

ドアを叩く大きな音がし、明日は大事な日なんだからもう休むようにと叫ぶ母親の声がした。

「例の娘については？」ディディマスは言った。

「それが？」

「わたしは初耳だったが？」

「あんたに話していないことは山ほどある」憤慨してゴスペルシンガーは言った。

「ただの娘さ、ほかの娘たちと変わらない」

「彼女は死んだ」ディディマスは言った。「その点は違うな。それに、その娘がほかと同じなら、きみもわたしに話していたはずだ」

ドアの外はすごい剣幕だった。

「もう寝ろよ」ゴスペルシンガーは言った。「さもないとみんなここへ入ってくるぜ」

ディディマスはクローゼットへ歩いていき、扉を開けた。なかは空で、褐色の靴が片方と、ハンガーがいくつかあるだけだった。

「懺悔を忘れてはいまいな?」

「ああ」

「もしそうでも、明日倍になるだけだがね」

ドアを開けると、マーストとアヴェルがディディマスを押しのけるようにして部屋へ入ろうとしてきた。マーストは両手でギターを引っ搔きまわし、アヴェルは悶《もだ》え苦しむばかでかい虫のように体を動かしている。だが母親がなんとか二人を捕まえ、廊下まで引っ張り出した。

「ふたりとも部屋に近づくんじゃないよ!」

彼女が勢いよくドアを閉めると、ひとり取り残されたゴスペルシンガーはクローゼットの扉を見つめていた。服を脱ぎ、きちんとハンガーにかけてからクローゼットにしまう。そして自分もそのなかへ入ると、裸のままで扉を閉めた。彼はぶら下がる自分の上着とズボンの間に跪《ひざまず》いた。そして口を開き、声が出るにまかせた。身をくねる音の蛇が彼に巻きつく。だがそっと、優しくだ。

――千歳の岩よ、わが身をかこめ――

それらの言葉の下で彼を仰ぎ見る幾千もの顔また顔！　ぼんやりとした、特徴のない顔たちが希望に我を忘れて！　それら絶望的な顔、希望に満ちたいくつもの顔は言葉によって、いや主に彼、ゴスペルシンガーによって、彼の顔の美しさと、彼の声の美しさによって生かされている。

穏やかな恐怖が彼を満たした。嫌悪感。彼は自分の肌の酸っぱい匂いを嗅いだ。こうした懺悔の最中、いかに自分の声と美しさを彼が嫌悪してきたことか。この声によって、彼は追い出され、家族のなかにあって居心地を悪くされ、生まれ故郷を奇妙で非現実的なものに変えられてしまっただけではない、神の目の前へ連れ出されてきた。それどころじゃない。それは彼を地上における神そのものの生きた象徴へと変えてしまったのだ。彼はゴスペルシンガーになろうとしたわけじゃなかった。ただある日この声が口から出て、それを使っただけだ。それは彼が神に求めた才能などではなかったし、はじめのうちはそれをどうすればいいのかもわからなかった。自分の声に人々が驚いて立ち止まり、驚嘆するのを見るのが楽しかった頃もあった。だが結局この才能は呪《のろ》いとなった。なぜなら単純で、なおかつ怖ろしい真実はこうだからだ、彼の口のなかにある福音歌は人を神に向かわせることができるのであり、あるいはメリーベルの場合のように——その思い出がいま彼を炎のように焼く彼女のように——それは完全に破壊してしまう力を持っているのだ。

彼は歌い続けた。

4

ディディマス、暴力的かつ残忍なまでに神を愛するこの男は、いま主人のあとを追って荒れ野へとわけ入ったことを自覚し、また事実そうであることに恍惚《こうこつ》となっていた。キャデラックを州道から埃っぽい道に乗り入れたそのときから、彼の心は静かで冷めていた。彼はボストンからエルパソまで、あらゆる教会の祭壇上でゴスペルシンガーが黄金色に燃え上がるのを見てきた――神の言葉で喉を脈打たせ、罪人たちが斧で首を切られた牛のように倒れ、跪き、目を回し、精霊に向かって自らの罪を吐き出すのを――そしてはじめて語って聞かされる前から彼にはわかっていた、ゴスペルシンガーは、まさにエニグマのような土地からやって来た人間にちがいないということが。

蒸し暑い部屋のなかでなんとか空気を得ようと、ディディマスは口を開けて横になった。全身汗だくだった。息が顔の上、吸い込んだ場所に浮いたまま動かない。ほとんど太陽のように眩しい月明かりが、窓から射し込むあたりで湯気を立てているように見える。彼はベッドから出て神経質な様子で部屋のなかを行ったり来たりした。身につけているのは聖職者用の襟だけだ。不規則な間隔をおいて聞こえてくるギターの金属的な音と混乱したすすり泣きのような声は、まるでマーストが楽器でアヴェルを叩きのめしているみたいだった。まったくゴスペルシンガーにうってつけの弟だ。あまりに出来すぎている。だがゴスペルシンガーにしてからがそうなのだ。彼はディデイマスが生涯探し求めてきた奇跡だった。

やにわに彼は窓へ向かい、静まりかえっている夜のなかへ頭を突き出した。見たかぎりでは家中の網戸という網戸はひとつとして完全なものはなく、この部屋にはそもそもついてさえいなかった。彼は開いている窓によじ登り、裸のままそこに座って熱く黄色い月明かりの下で震えた。彼は歩きたい、駆け回りたい、この土地の上を、離れの周りを、発育の悪い沼地の糸杉をくぐり、我が主人が見て触れてきたすべてを見、すべてに触れたいと思った。敷居の上で足をぶらぶらさせながら考え直すと、ズボンを取りに部屋のなかへ戻った。巨大なマスチフの雌犬が見つめているのを彼が見たのは、ちょうど地面に下りようとしていたときだった。彼女は大地の色で、骨が浮いて張り出した胸と、琥珀《こはく》色の目をしていた。体には長く暗い色の傷が走り、その部分に毛は生えていなかった。幅が広く平らな頭で彼を見つめながら両耳を前に向けている。彼女は吠えも唸りもせず、ただ葉の落ちた茂みのそばに静かに座り、黒い舌から黒い涎《よだれ》を垂らしていた。自分と向かい合って前脚をひろげている様子から、彼にはそれが雄ではなく雌であることがはっきりとわかり、もし目の前の地面に飛び降りていたらおそらく音もなく自分を殺していただろう――喉を引きちぎっていただろう、そして彼がこの世で最後に見るのは口から血を滴らせて自分の目を覗《のぞ》き込む彼女の巨大な両目だっただろう、そう考えて彼は満足を覚えるのだった。

歓びに身震いすると、彼は空気の匂いを嗅いだ。それはぬかるみと泥と豚の糞が、あまりに長いこと重なり合って地面や草や芝や木々から、そしてどうやらこの家のレンガとモルタルそのものから沁み出している香りだった。マーストとアヴェルが上手く歌えない曲を途中で放り出し、突然できたその静寂のなかで彼は神経を集中させた。耳を澄ましても聞こえないだろうことはわかっていた。ゴスペルシンガーの懺悔は、讃美歌を歌う自身の声を彼が独りきりで聴かなくてはならない、そこにこそ意味があるのだから。

ディディマスは根元まで吸い尽くした煙草で新しい一本に火をつけ、ゴスペルシンガーがクローゼットのなか静かに跪き、額にかぐわしい水晶のような汗を滲ませ、濡れた金髪を耳元でカールさせながら何度も何度も〈千歳の岩よ〉を歌う姿を思い浮かべた。いまこの瞬間彼は跪き、神が授けた才能を使っている、そしてそれを使うというまさにそのことで彼はこの上なく苦しむのだ。ディディマスは口を尖らせて煙草に吸いつき、ゴスペルシンガーが懺悔している間にいつもするように、そのことに想いを馳《は》せた。

「苦しみこそ神が人に与えたもう最高の恩寵《おんちょう》なり」息を吐き出すように彼は言った。

それは彼のお気に入りの文句であり、彼という全存在の礎《いしずえ》だった。彼はときどき何時間も仰向けになり、その言葉を口にして過ごした。一点を見つめ、だが焦点は合わせず、そうすることで自分が横たわっている場所も己の体も世界も消え、言葉だけが残るように感じられるまで――苦しみこそ神が人に与えたもう最高の恩寵なり。そして言葉が母親の肉のように彼を包み、神の子宮のなかへと自分を導くまで横たわるのだ。

彼は昔から、苦しみが神聖なるものへの真の道であることを知っていた。ゆっくりとではあったが確実に、人生のはじめの十年で学んだのだ――父親が母親を殴り殺すまでにかかった十年間で。それは彼が十歳の時だった、殴打されて大量の血を流す母親が神に語りかけながら、二重折りにした革砥《かわと》を手に医者を呼ぶことを拒んでいる頭上の夫を祝福しながら死んだのは。その午後、ナイフを手にした彼の父親はカリフォルニア州サンフランシスコの波止場で見境なく暴れまわり、そこは彼が魚の頭をはね、はらわたを抜く係として働いていた場所だったが、海に落ち、ナイフで殺そうとしていた相手の男に罵《ののし》られ魚かぎ用のフックで刺されそうになりながら、溺れ死んだのだった。

ディディマスは孤児院に入れられた。感じの悪い子供で、背は小さく浅黒く、はじめはほかの子供たちを怖れさせ、後に怒らせることになるある種の激しさを内に秘めていた。彼は祈った、昼には仲間たちからのいじめを静かに耐え忍びながら、夜には嫌悪の愉悦に浸《ひた》りつつ針で自分の肌を刺しながら。なぜなら母親から教わっていたのだ、肉体を否定しそれを克服することでしか、天の王国に迎え入れられる道はないのだと。

眠りに落ちると、神の右手という高みから母親の魂が現れ、その自傷行為を良きものと認め、彼女は彼を預言者と呼んだ。

十七の時に孤児院を去り、アーカンソー州の男性修道会に見習いとして入った。すべて孤児院の役員たちによる計らいだった。彼のあからさまな信心深さは見逃しようもなく、彼らにそれはある種の狂気として映っており、いちばん面倒をみてもらえるであろう場所へと彼を送り届けることにしたのだ。ディディマスは拒絶しなかった。夜に神の右手にいる母親と直接話し、昼間にその会話を〈夢の書〉に記録してさえいれば自分自身でいることができたし、どこに住むかは問題ではないと彼は言った。

だがもちろん彼は間違っていた。規則は耐え難いものだった。食事が多すぎたし、休息も安全もそこにはありすぎた。茶色い男たちが茶色い壁の間を歩きまわり茶色いため息をつき、夜にはあまりに安心しきって眠る場所。ディディマスはどんどん沈んでいった。意に反して体重は増えていった。肉付きのいい自身の体を見つめて彼は慄いた。

自殺未遂がどうやって起きたのか、彼は思い出すことができなかった。覚えているのは気分がどんどん沈んでいき、とうとうアーカンサス州立の精神病院へ入院させられたことだけで、そこに入れられてようやく自分が何をしたのかを聞かされた。神に対する最大の罪が失敗に終わったことに感謝するあまり、ついには病院が右腕の静脈に点滴を刺さざるを得なくなるに至るまで、彼は断食を試みた。

精神病院のことはあまり覚えていなかった。実際、修道会とあまり変わらなかった。ひとつの例外をのぞいて。そこにはもっと会話があった。どんな人間にも耐えきれないほどの会話が。どこを向いても、そこには彼の母親について訊こうと待ち構えている誰かがいた。

「彼女はどれくらい天国にいるんだい？」

「しょっちゅう彼女と話してるらしいじゃないか、本当か？」

「あんたは……その……神様と話したことがあるのか？」

「彼はなんて言った？」

「三人で——神様とおふくろさんとあんたで——喋ったことはあるのかい？」

「どんなことについて話すんだ？」

「この世についてか？」

　数えきれないほどの白い服を着た白い男たちが白い壁の間を歩きまわり白いため息をつき、それにどうやら彼らは決して眠らないらしかった。誰も飽きることなく母親について知りたがった。だから彼は当然のことをしたまでだ。嘘をついたのだ、白い服の男たちが彼に望むようなやり方で。その見せかけのために彼は大部屋へ入るのを、やがて娯楽室へ入るのを、それから陽の光を得ることができるよう病院の庭に出るのを許されたわけだが、そこでかすめたのは陽の光ではなく院長の車で、それに乗って彼は脱走した。

　ディディマスは窓の内側に脚を引っこめ、黒々と笑う雌犬を見つめながら母親のことを思い出していた。彼女は聖人だった。ディディマス自身、死が訪れるそのときは聖人となるつもりでいたが、さしあたっての彼はまだ生かされている、とても、とても特別なことのために。母親が話してくれたのだ。十歳の頃からすべてを話してくれた。彼にゴスペルシンガーの後を追わせたのは彼女だった。

　カリフォルニア州のレッドウッドシティにある〈聖なる光伝道教会〉で、ワインの匂いが充満するなか酔っ払いたちに交じって夢見ながら眠っていたときのことだ、そこへいつものように、跪き、血だらけの口から笑みと血を吹き出している彼女が現れた。ディディマスは言われるがまま、ベッドから砂だらけの冷たい床へすべり出て祈りはじめた。だがそれでも彼女は解放してくれず、そこを離れなかった。硬く閉じた瞼《まぶた》の裏にひろがる血だらけの笑みで、祈り続けろと迫った。彼は不安な胸騒ぎと悲しみに囚《とら》われた。そして立ち上がり、教会の外の通りへと駆け出した。まだ陽は昇っていなかった。夜じゅう降りしきった雪はまだやんでいなかった。彼のむきだしの髪とまつ毛を雪が覆った。指が青く変色していき、その数ブロックの間ひとっ子ひとり見かけなかった。

母親が徴《しるし》のために自分を遣わせたことはわかっていた。それを受け取る準備も彼にはできていた。注意深く彼は歩き続けた、左右に目をくばり、街の上に広がる黒い空間をときどきのぞき見ながら。薄手の夏生地でできた背広と、首には暖かさとは無縁の糊《のり》の効いた聖職者用の襟しか身につけていなかった彼は、寒さで死ぬのだろうか、とぼんやり考えた。死が徴なのか？　自分自身の死が？　やっとこの世から旅立つことを母は許してくれたのだろうか。

猛スピードで角を曲がってきたトラックが、目の前の停車場に急停車した。冷たい空気のなかで防水シートをめくる音がし、彼の足元に荷台から放り投げられた新聞の束が着地した。トラックはそのまま音をたて、踏みならされていない雪の上にチェーンの跡を残しながら通りを走り去っていった。と、右手のビルの暗闇から、帽子とコートに身を包みマフラーを巻いた四人の少年たちが雪の上を駆け寄ってきて、束をほどき、より分けた新聞をそれぞれ肩に固定した袋に詰め込んだ。

「おじさん、一部どう?」

話しかけてきた少年は、口の周りに細工した穴をのぞいて顔全体をマスクで覆っていた。唇と舌が赤い。ディディマスは十セント硬貨を渡して新聞を受け取った。開いた新聞の一面に彼は徴を見た。それはゴスペルシンガーで、よくある情に訴える類の特集記事だった。写真のなかの彼は、オクラホマ州のスティルウォーターに集う罪人《つみびと》たちを前に、儀式ばった様子で汗に濡れて歌っていた。参加者のなかには著名な伝道者のババ・プラウ師もいる。ゴスペルシンガーはギャラを払って招かれたゲストだった。だがプラウ師はひと言も喋る必要がなかった。ババは用なしだったのだ。特集の肝はまさにそこだった。男も女も子供も、そこにいたすべての人間たちが、ゴスペルシンガーが四番目に歌った賛美歌で神の前にひれ伏した。ミサは同時多発的信仰帰依《きえ》となった。雪のなかに膝を埋《うず》め、ディディマスは祈りはじめた。

大型だがひどく痩せた犬たち特有の、蛇のようにくねる身のこなしで雌犬が近づいてくる。そいつはディディマスの真下、煙草の吸い殻で埋め尽くされたバスケットボール大の空間に座った。琥珀色の両目は幅広く、友好的だ。瞬《まばた》きなどまるでしないように見える。ディディマスは窓からその地面に降りていき、よだれの垂れるその顎で自分の肉を試したい衝動に駆られた。かつての自分ならそうしていただろう、いますらそうしないようしっかりと窓枠につかまっていなくてはならない自分がいる。苦痛という贅沢《ぜいたく》に身をまかせることはできなかった。ゴスペルシンガーの魂を操るべく母親に遣わされた身だ。懺悔がその唯一の方法だ。誰かが懺悔を命じなければならない。神の右手に座しその御言葉《みことば》を伝える母を持つ誰かが。

ゴスペルシンガーの前ビジネスマネージャー、ミスター・キーンが理解できていなかったのはそこだ。彼は懺悔の必要性を、ゴスペルシンガーの魂を導き操る義務を理解できていなかった、だからなぜディディマスが、彼のゴスペルシンガーのビジネスマネージャーとしての仕事を手に入れねばならないのかを理解できなかったのだ。彼を殺す以外に道はなかった。

ゴスペルシンガーとミスター・キーンはニューヨークの高級ホテル、ウォルドルフに泊まっていた。ディディマスは何ヶ月も彼らの後をつけていた。見境なく性交を求めるゴスペルシンガーの嘆かわしい習慣も彼は知っていた。ゴスペルシンガーが女人の聖なる神殿に対して働いている己の罪を、まったく悔いていないということも。それに、ああ！　その神殿の穢《けが》し様ときたら！　ミスター・キーンが視線をそらし無視している間にことに及ぶのだ。ディディマス自身は女を知らなかった。祈りのなかで母親がはじめて彼を預言者と呼んだとき、永遠の純潔の誓いを立てさせられたのだ。その彼がゴスペルシンガーの後をつけてきたのだ、クローゼットのなかやベッドの下に隠れ、明かり取り窓越しに覗きながら。伝道集会で、十五歳の少女が自分は救われた、魂は神と共にあるとむせびながらゴスペルシンガーの前に身を投げ出したその直後に、全裸の彼がその娘と獣のように繰り広げるスペクタクルをはじめて目《ま》の当たりにしたとき、ディディマスは自分の目を潰そうと思った。そうしてミスター・キーンを殺さねばならないと思うに至ったのだった。

ゴスペルシンガーが出掛けていることを確かめてから、彼は部屋のドアを静かにノックした。ミスター・キーンがドアを開けた。

「ゴスペルシンガーの件で来たのですが」ディディマスは言った。

「いまいないよ」ミスター・キーンは言った。「ところであんたは誰だ？」

「新しいビジネスマネージャーですよ」ディディマスは言った。

「失《う》せな。要らんよ、何を売ろうとしてるのか知らんがね」

「おわかりでないようですね」ディディマスは言った。「わたしはゴスペルシンガーの新しいマネージャーだと申し上げたのですが」

しばし無言のままミスター・キーンは彼を見つめた。それから辛抱強く子供か狂人に話しかけるように彼は言った。「警察を呼んでほしいかい？　そうしてほしいのかね？　留置所で一晩過ごしたい、そういうことなのか？」

ディディマスも辛抱強い声で言った。「死にたい、ということですか？　それが望みなのかな？　聖人であるわたしの母と天国で一晩過ごしたい、そういうことかな？」

ミスター・キーンは目を見開いた。顔の一部から血の気が引き、やがて蒼白になった。「なーーーんだとぉ？」

「ゴスペルシンガーを渡さないなら、あなたを切り刻んで河に捨てるが？」

ミスター・キーンは跳び退《の》き、顎のたるんだ肉を震わせた。ドアをロックする音が聞こえ、続いて夜間錠を閉める音がして、その向こうから受話器をガチャガチャさせながら、交換手！　交換手！　と叫ぶ声が聞こえた。

ディディマスはそそくさと立ち去り、夜になってちょうどゴスペルシンガーがカーネギー・ホールで主に訴えかけている頃に戻ってきた。それはミスター・キーンが取ってきた契約で、カーネギー・ホールでもよそでと同じように魂を救えるし、桁違《けたちが》いにいいギャラが出る、だからやれと彼は言った。戻ってきたディディマスはもう一度ミスター・キーンの部屋のドアを叩き、「電報です」と告げた。だがドアが開いたとき、彼が届けたのは電報ではなく頭部への一撃で、そのまま彼はミスター・キーンをイースト・リヴァーまで運び、そこですべてを説明しようと試みるのだった。諸刃《もろは》の斧を包んでおいた新聞紙を開きつつ彼は言った。「苦しみと苦痛は我らが主より受け継いだものなり」と。ディディマスは少年の頃にそれを学び、死にゆく母親の顔にそれを認め、夢のなかの人生で夜ごと彼女からその確証を得てきた。ミスター・キーンを殺すのは正しい行いだ、なぜならそれはディディマスが介入することを許し、そうすることでゴスペルシンガーの魂を導くことを可能にするからであり、それは聖なる天秤《てんびん》のバランスをとってくれる大いなる善にほかならない。だいいち、これはミスター・キーンのためなのだ。殺してやれば彼は確実に天国へ行くことになる。

すべての犠牲者は天国へ行く。ディディマスは修道院で過ごした短い期間、切りつけた両手首から静かに血を流しながら、キリストの身振りをしてうつむいているところを発見される前の話だが、そこで熱心に学んだことをはっきりと覚えていた。教会史と殉教者たち伝記本が特に好きだった。ローマにいるすべてのライオンがひとりは聖人を食っていることを、すべてのコロセウムでの死がその魂を天国への道に置くということを、疑った者などいただろうか？　それらのライオンは、信じるもののために進んで死を選ぶ男たちや女たちと同じくらい賞賛されるべきなのだ、なぜならライオンがいなければ、あのローマ社会のクズどもに聖人になるチャンスなどあっただろうか？　神に選ばれし男をカーネギー・ホールにブッキングしたジョージア州ティフトンの煙草農夫よりそのチャンスは少ない。こうしたことすべてを、斧で首を切りはなす前にディディマスはミスター・キーンに説明した。だが、ミスター・キーンの顔に浮かぶ表情からして、彼はちゃんと理解してはいなかった。

ディディマスにとって、これはまったくもって自明のことだった。この理屈はABCと同じくらい当たり前な、単に議論するに値しないものだった。すべては母から受け継いだことだ。彼女は、夢のなかで聖人への道の不思議さを彼に語りはじめるようになるまで、父親を、彼が考えつくかぎりもっともどす黒いやり方で憎んでいた父親を憎むことがいかに間違っているかを身をもって示した。それまでのディディマスは、邪悪な人生を歩もうと考えていた――目的もなくただ邪悪にだ――自ら地獄に堕ち、母親にした仕打ちに、最終的には彼女を殺すことになった仕打ちに対して、そこで父親をしつこく悩ますだけのために。ところが彼は発見したのだ、父親もまた天国にいるのだということを！　この驚愕《きょうがく》の事実に震えながら彼は目を覚ました。母親は注意深く説明した。

もしも悪が善に機会を与えれば、悪は悪であることをやめる。つまりもし悪が、後に元々の悪よりも大きな善に繋《つな》がる事態を引き起こせば、悪は悪であることをやめるのだ。この理屈を彼はすぐに理解した。そしてこの理屈から、苦痛と苦しみこそが神の人間に与えた最高の恩寵である、そう結論づけたのだ。もちろん、母親がこれに確証を与えた。彼女の指摘するように、苦しみなしでは殉教への期待はありえない。あらゆる宗教的熱狂は最大限の不快の探求、生命を賭《と》する危険への渇望であるべきなのだ。おまえのことなど聞いたこともない人々の住む見知らぬ土地へとわけ入り、彼らが聞きたくもなくまた理解もできないことを伝えよ。もし幸運が味方すれば彼らはおまえを殺し、おまえを食らうだろう。ああ！　皮を剝《は》がれ鍋《なべ》で煮られて異教徒たちの喉を下っていくことの幸運よ！　棍棒で殴り倒され煉瓦《れんが》で叩きのめされ、凶暴な犬どもに襲われる者は幸いなり。それこそが神への、公正なるものへの、道徳的人生への道である。

　ディディマスは震え、座っている窓枠の上で身をよじった。彼の下で雌犬が笑った。黒い口のなかで歯が黒々と剝き出しになる。彼の匂いを嗅ごうと、その濡れた鼻孔が広がるのが見えた。彼は窓から降りて部屋の床に跪き、祭壇に載せるように肘を窓枠の上に休ませた。空はところどころ翳《かげ》っていた。

「この雌犬め、わたしが欲しいんだな？」彼は言った。「おまえは歯で、わたしは肉だからな」雌犬は、唸るというより呻きに近い声をたてた。それはいとも純粋な悶《もだ》えの音に聞こえた。「邪悪なまねを働きたいのだろう？　そこに座って、命を奪いたくてうずうずしているな」彼の声は大きくなっていた。「だが今夜はわたしの番ではない。今夜はだめだ！」犬は両耳を後ろへ倒し、それから頭を引っ込めた。雲が一瞬だけ月を解放し、暗い口元を照らした。雌犬の喉から低い唸り声が聞こえはじめ、隠れ行く月に向けて高まっていく。「そうだ」ディディマスは叫んだ。「わたしの血を求めて吠えろ、雌犬め！　今夜はわたしを食えんぞ。絶対にな！」彼もまた、月が空に溺れていく場所を見上げた。はるかく遠くで、雷が轟いた。

5

ゴスペルシンガーにはひどく疲れる夜だった。夜明けまではまだ間があった。つかの間、彼は雷の音を聞いた。雨にならなければいいがと願ったが、空模様からして望みは薄かった。空は暗く、むせかえるようで、星は見えなかった。雨がエニグマに何をもたらすかを彼は知っていた。皆は彼が連れてきたと言うだろう。彼を指差し、囁くだろう。それについて冗談を言い、笑い合ったりはするが、心のなかでは静かにまた頑固に、彼が降らせたのだと確信したままだろう。それは彼が去るまで、エニグマから逃れることができるまで、よろよろと担《かつ》ぐことになるもうひとつの十字架にすぎない。

ベッドの上で寝返りを打つと、シーツが体にまとわりついた。自分の息で窒息するんじゃないかという気がした。周りにあるすべてが——部屋も壁も寝ているこのベッドも——実体がないように感じられ、どろどろとした生温《なまあたた》かい空気のなかを動いているようだ。彼は直面しているものを怖れ、それに直面しようとここへやって来た自分を憎んだ。外ではエニグマのすべてが彼を見つめ、彼に触れ、彼から慰めを吸い尽くそうと待ち受けている。皆キャデラックに集まってくるだろう、まるで天国へ連れて行ってくれる魔法の馬車ででもあるかのように。

それに今夜の伝道集会だ。彼の血管を悪寒が駆けめぐり、新たな汗がひとしずく吹き出す。両手で目を押さえ、苦痛に喘ぐように彼は身をよじった。今夜そこでは叫び声が、拍手が沸き、手と手を取り合い、手と手が振られ、惜しみなく差し出される友愛の情で溢れるだろう、必死になって神にすべてを捧げる兄弟たち姉妹たち、そして彼、ゴスペルシンガーは彼らが神を知り神と共にあるように、そこへ連れて行こうと懸命になるのだ。ああ、喜びに満ち充てるハレルヤの時よ！　神がその血をたぎらせ彼の喉から出《い》で、汗に濡れた彼らの顔と心に御身を顕すその輝かしく、有用で、宗教的な瞬間が続く間、ゴスペルシンガーにはすべてが素晴らしく美しく思える――自分の声でさえもが。

やがてその時は過ぎ、彼女たちがそこにいるのだ。女たち。そう女たちだ。きれいに洗われた顔の、目を開かれ心を開かれた無邪気な顔の娘たち、三つ編みにした金髪が、櫛《くし》で梳《と》かした黒髪が、巻き毛が、さらさら髪がその無垢《むく》な丸い顔を飾り、たったいま彼がもたらした神秘的な啓示体験を驚嘆に満ちた目に宿して彼を見上げる娘たち。厳しく命令的で、ほとんど好戦的な身のこなしで立ち、薄いコットン地の下でたっぷりとした胸が正反対の方角を指している母親たち。女体の海が、濡れて、激しく波打ち、微かに潮の匂いをさせながら讃美歌の合唱が止んだ後で祭壇上の彼を囲む、すると温かな波が押しよせ、彼の周りで渦巻き、集積したいきれと愛の匂いが漂ってくる。

女だけがやって来る、彼女たちの旦那《だんな》が来ることは決してない。男たちは集会後、教会やテントの裏に固まり、ぽつりぽつりと夜のなかへ足を踏み出しては三々五々、煙草を吸いながらぼんやりと立ちすくみ、ときおりおずおずと空を眺める、ゴスペルシンガーの歌った讃美歌の神が突然姿を現すのを待ちわびてでもいるかのように。

だが女たちはやって来る、ひきも切らずに。やがて彼は両手を差し出して彼女たちに触れさせ、顔を天井に向けて溺れまいとする。だがその海に溺れずに済んだことはなかったし、最初にやって来る肉体の波に沈みながら彼は神の存在をひしひしと感じるのだった――諦《あきら》めはせずとも自身を救う望みもないままに。彼の顔が女たちのなかへ落ちていく、目は血走り、ほとんど涙に濡れて、教会の祭壇上にいるときでさえこみ上げてくる己の黒い邪悪さに激しい怒りを覚えながら。そして女たちは、美しく歪んだ顔、悲しみに沈む赤く腫《は》れたその目を見て、彼の肉欲を宗教的恍惚と取りちがえ、神の前に無防備にその身をさらし、彼に降伏しながら、穏やかな一体感に包まれたリラックス状態に飲み込まれていく。そしてまさにそこで、この無防備な瞬間に、彼はその日の女を選ぶのだ。彼はあらゆる場所へ連れ出すことができた――教会の裏手、女のアパート、ホテル、さらには、神は姦淫《かんいん》者を許さないぞと肩越しに叫ぶディディマスが時速一二〇マイルで転がすキャデラックの後部座席へさえも。

ゴスペルシンガーはうつ伏せになり、窓の外を見た。一瞬、一本の樹のような稲妻が空に走るのが見えた。汗に濡れた肘に顔を埋《うず》める。もうじき長く、耐えがたい暑さのエニグマの一日がはじまり、そのなかを疲れ切って歩かなければならないだろう。体の肉が重石《おもし》のように骨を圧迫するのを彼は感じた。

クローゼットのなかで最後の〈千歳の岩よ〉を歌っていたときから、まったくひどい夜だった。長く引き延ばされた歌声のような音が外から聞こえてきていたのだ。距離のせいか自分の声量と高さとちょうど同じように感じられ、気が散って仕方がなかった。耳を傾け続けているうちに、犬どもの一匹が遠吠えをしているのだと彼は考えた。最後まで歌おうと、一言一句違えまいと拳《こぶし》に力を込めて集中しようとしたが、音程を上げたり下げたりする犬に長いことつけ回されるうちに、自分自身が歌っているのではなく遠吠えしているように思えてくるのだった。終《しま》いには言葉が聞こえなくなり、どんなに懸命になろうがちゃんと歌っているという確信が持てなくなってしまった。

犬が鳴きやむと彼も歌を止めたが、懺悔を終えることができたのどうかわからなかった。腿《もも》から膝までが痺《しび》れていた。背中が痛み、口のなかは砂のような味がした。クローゼットからベッドまでなんとか這い出すと、倒れ込んでベッドカバーに顔を埋めた。あの犬のせいで台無しだ。まったくリラックスできていなかった。いつもなら讃美歌と歌声――彼の人生を淀《よど》みなく流れる甘き呪い――は、懺悔の終わり間近の数分に胸をむかつかせた。自分の声の響きとともに閉じ込められるのは、小枝で折檻《せっかん》されるのに似ていた。すべてがうまくいけば彼は清められ、自身の行いの責任から解放される。だがあの犬に台無しにされ、そのせいで彼は眠ることができなかった。ディディマスからの懺悔の命に、彼は麻薬のように依存するようになっていた。ミスター・キーンを恋しいと思わない理由はもっぱらそこにあった。ディディマスは人の眠らせ方を知っている。

メリーベル。彼女は影のように心のなかに入り込んでくる。死んでくれたことを彼は喜んだ。いや、「喜び」は違う、彼女が死んで彼は安堵《あんど》した。だがそれは死んでくれて嬉しいと思うのと同じじゃないのか？　そうであると知っていた彼は起き上がってまた〈千歳の岩よ〉を歌おうと思ったが、またクローゼットのなかへ這い戻り、まして歌う力など残されていないと感じた。彼はゆっくりと息を吸って吐くよう自分に課した。規則的に。吸って、吐く。明日のことを忘れ、同時にそれに備える元気を取り戻すには眠らなければならない。また犬が遠吠えしていた。彼は誰かの叫び声を聞いた気がした。おそらく目を覚まされた父親が犬をどやしつけたんだろう。

眠気にかられた遊泳状態のような意識のなかで、だんだんと遠吠えは弱まっていき、彼は深い眠りについた――と同時に目が覚めている自分にも彼は気づいていた。ベッドの脇に誰かがいる。月は部屋から去り、暗闇のなか横にある影をかすかにしか見分けることができない。その誰かがベッドの脇に跪いた。温かくすべすべした手が彼の手を包む。

「あたしの坊やは眠っているのかい?」それは母親だった。

「なんなの、母さん?」目の焦点を合わせて目を覚まそうとしたが、眠りの水面をゆらゆらと漂い、軽くパニックになりながら何かがおかしいと感じているのに、何の反応も示すことができなかった。

「おまえと話をしにきたんだよ」

「ぼくも……起き……」できる気もせずそのつもりもない気はしたものの、ともかく起きるそぶりを見せた彼を母親は手で押し戻し、片腕で彼の頭をあやすように抱きかかえた。母の髪とゆったりと温かな体の匂いがし、まるで昨日か、それともたったいまのできごとであるかのように彼女の膝の上に座っていた頃のことを、自分がまだゴスペルシンガーではなかった頃のことを彼は思い出した。彼はまだ母親の膝に座るただの小さな男の子で、満足していた、そこは安全で、愛されていたからだ。「しーっ」彼女が言う。「いいから、静かにおし」自分の息づかいが彼の息づかいと重なるのを待ってから、彼女は話しはじめた。「うちへ帰っておいで。帰ってきて、またあたしの子になっておくれ。ゴスペルは捨てて」

　彼女の腕のなかで彼は向きなおった。暗闇のなか、彼女の両眼は瞬きするブラックホールのようだった。いま聞こえた通りのことを言ったのだろうか？　母親、いつでも彼が歌うのを聞くのが大好きだった彼女が、それをやめてしまえと、そう言っているのか？

「もう二度と離れてほしくないんだよ」彼女は言った。「おまえは歌をやめなくちゃ」

「歌をやめる?」彼は言った。「本気じゃないんだろ、母さん」

「嫌な予感がするんだよ。なにもかも大きくて、複雑になりすぎてる。みんな求めすぎるよ」

「それじゃ、母さんの望みはなんなの?」彼は訊いた。

「おまえは出ていくたびにまた戻ってくるのが長くなっているだろ」

「そうだね、けど、ぼくだって寂しいのはわかっているだろ、恋しいよ——みんなのことがね。アメリカは広い、それにぼくは歌手——つまり、葡萄の園の働き手なんだ、歌がいっているように、その葡萄園は、そう、すごく大きくてぜんぶ回るなんてとても無理なんだ」

「あの歌のことは知ってる。でもあたしは葡萄園のことなんか話しているんじゃない。

エニグマと、おまえの話をしているんだ。エニグマに帰ってきて、ぜんぶ忘れてあたしたちみんなと一緒にいておくれ。おまえが必要なんだ。父さんはおまえを頼りにしてる。送ってくれたお金は何の役にも立ちはしない。ほんとうの意味じゃね。ここに、この養豚場に父さんはゲルドとマーストといるんだよ。考えてもごらん、一人は一日中ギターばかり弾いて、もう一人はハンモックに揺られてばかりだろ」

「でもそれなら、誰か雇えばいいじゃないか」ゴスペルシンガーは言った。「できるくらいのお金は送ったんだし……」

「エニグマにゃ使える働き手はいないね。誰にも来てほしくない。父さんは自分の持ってるものが欲しいのさ」

「ぼくだって父さんに持って……」

「あたしたちには権利があるよ。おまえをこの世に産み落とすのだって、マーストやゲルドやアヴェルや、死んじまったおちびを生むのとおんなじ苦しみを味わったんだ」

「ひどいな。ぼくはこの家を建てたしトラックのお金だって送っただろ？　少しくらい感謝してくれたっていいじゃないか」

平べったく、温かな手のひらで彼女は彼の額に触れた。「どれもこれもおまえじゃないだろ。エニグマじゃ新しいトラックなんて必要はないのさ。ほかに誰も持ってやしないんだからね。あの子たちも乗らなくちゃいけないのが嫌でわざと壊したんだろ。それに、最初に家のなかへ豚たちを連れ込もうと言ったのは父さんさ。なぜそんなことをしたのか、いまもわからないしあの人だってわかっちゃいないよ。でも、父さんは町から人を連れてきちゃ裏の部屋んなかにいる豚たちを見せるのが好きなのさ、こんな立派な家のなかに豚がいるなんてって誰かが言うだろ、するとどの道おれたちは部屋なんか使ってない、とこうさ、まあたしかにそれもそうだけれど、それが豚たちを家に入れとく理由になんかなるもんかね」

ゴスペルシンガーはかすかに顔をそらした。「ぼくはできるかぎりのことをしたよ」

「わかってる」

「ゴスペル歌手がゴスペルを歌わないなんて、正しいとは思えない」

「そうだね」彼女は言った。

「小さい頃から歌ってきただろ」彼は言った。「養豚場のことなんかわからないよ、長くいるこっちの世界にくらべたら」

「何度も考えたよ、そのことについてはね」彼女は言った。「氷みたいにぞぞっとくる嫌ぁーな予感がするんだ。何かがおかしいに違いないよ。おまえは知らないけど、フェリックス・バラードの叔父さんは鳥たちが聞きにやってくるくらい綺麗で素敵な声をしていてね。あの人が歌うと心のなかに何だかいい香りのものが開くみたいだった。女たちは泣いて、男たちは喧嘩《けんか》相手と握手をしたものさ」

「ぼくは叔父さんの声を持っているってよく言われるよ」ゴスペルシンガーは言った。「容姿《みため》も似てるところがあるって」

「叔父さんはカラスみたいに真っ黒な髪で、ローズ印のポマードべったりだったってとこ以外はね。でも違いはほかにもあるよ。フェリックス叔父さんは一生懸命に一晩中歌ったもんだけど、それで何をもらったと思う？　豆を一袋とか鶏を数羽さ、ティフトンへ出るついでに例のポマードをいくらか買うための五十セントばかしってこともあった。あの人は騾馬に乗って家へ帰ってきたもんさ、二羽の鶏の脚と脚を結んで、それを鞍の取っ手にひっかけて、まだ歌いながらね。あの人がハリキンの沼半マイルまで来ると声が聞こえたもんだよ」

「昔からみんなに彼の話を聞かされたな」ゴスペルシンガーは言った。「瓜《うり》二つだって」

「それなら、いいかい、どうしてみんなはおまえにはそんなに金を払うんだい？　いままで一度も口を挟んではこなかったけど、あたしはああいう金は信用してなかったよ、はじめっからね。いまじゃこれまでにないほど悪くなってる。金が増えていく一方じゃないか」

「そういうものなんだよ、母さん。テレビスタジオに豆を一袋とか鶏を数羽よこせなんて言えないだろ」

「馬鹿にする気かい？　あたしが言っているのはそんなことじゃない。なんでそんな大金なんだい？　テレビに映っていないときでもそんな大金をおまえに払うのはどうしてだい？　いったい何に対しての金さ？」

「ぼくがしていることに対してだよ」彼は言った。「ゴスペルを歌うことさ」

「信じられないね」彼女は言った。「おまえは讃美歌を歌ってるだけだろ、なのに銀行の偉いさんがティフトンからじきじきに、四千ドルの小切手を持ってやってくるなんざ」

「トラックが要るって言ったのは母さんじゃないか。ティフトン銀行に金があったから手紙を書いて小切手をお願いしたんだ。トラックはただじゃない。金を払わなくちゃ」

「母親にそんな口をきく子に育てた覚えはないよ」彼女は物憂げに立ち上がった。「それに、連中がいったい何に対しておまえに金を払うのか、あたしにはどうしてもわからない。あたしにわかるのは、そのせいでよくないことが起きる気がするってことだけさ」ドアへ向かう彼女の音を彼は追った。音はそこで止まった。ドアは開かなかった。彼は待った。

「どう言えばいいんだろう」ようやく彼女は言った。「でもこれだけは伝えておくよ、メリーベルのこと、あたしがどんなに不憫《ふびん》に思っていることか」

　ゴスペルシンガーはじっと動かなかった。彼女の名が口にされただけで怖れが、何の根拠もありはしないと自分にいい聞かせている恐怖の音色が彼の内側に響いた。彼女は死んだのだ、そして結局のところ、死は終わりを意味する。彼はもうたくさんだった。

「おまえが電報を受け取っていなくて残念だよ、帰ってきてこんな風に知らされるなんてね」彼女は言った。

　喉を詰まらせたような音で彼は応えた。

「わかってる、わかってるよ。このことについちゃ、あたしとカーターさんとで何度も話したよ。どちらにとっても悲劇さ、おまえとメリーベルと。それに、おまえがこんな風に藪《やぶ》から棒に知らされることになるなんてねえ」

「いいんだ、母さん」彼女に早く出ていってほしかった。

「あの人、メリーベルに歌いかけてほしがってるよ。おまえも明日のうちに行ったほうがいい。日曜には埋められてしまうだろうから」

　ゴスペルシンガーは目を開けた。「葬式の前に歌いかけてほしいっていうことなの？」

「葬儀場でね」彼女は言った。

彼は片肘をついて身を乗り出した。「なぜ葬儀場に置いているの？　なぜ家へ帰してやらないんだろう？」

「カーターさんがあの子にはあそこが相応《ふさわ》しいって。防腐処理だのなんだのみんな済ませて、おまえが着くまであそこにいられるようにしたのさ。町のみんなも言ったよ、葬儀場がふさわしいって、あの子に敬意を表してのことさ、わかるだろ。なにしろあれはおまえの娘だったんだからね。ああして葬儀場に寝かせておけば、みんな立ち寄っておまえのたったひとりの娘に最後のお別れができる」

ゴスペルシンガーはまたベッドに倒れ込んだ。

「何かしてやれることがあればいいけど」彼女は言った。「何もない。もう寝ることにするよ」

「ああ、母さん。いいんだ」

ドアが開いたが、やけに早く閉じられた。ベッドカバーから伺ってみても、ゴスペルシンガーには暗い壁を背に立つ彼女の姿は見えなかった。彼女の息づかいだけが聞こえる奇妙に長い一瞬があった。

「ねえおまえ」彼女は言った。「どうしても訊いておかなきゃいけないことがあるんだ。ずっと気になっていて仕方がないんだよ」

それが何なのか彼は訊かなかった、メリーベルについてのことじゃないかと怖かったのだ。

「おまえ、人を癒せるのかい？」

「なんだって！　ぼくになにができるって？」

「癒すことさ。おまえは人を元どおりにできるのかい？」

「できるもんか」彼は言った。

「みんなはできるって言ってるよ」

「言われてることは知ってるさ。デタラメだよ」

「ずいぶん前に、ある男の人がエニグマにやって来てね」母親は言った。「アトランタでおまえを聴いたっていうんだ。おまえの声に神様を聴いたって」

「その人が聴いたのはぼくの歌さ。神様じゃない」

「おまえの声には神様が宿ってるとみんなが言うじゃないか」

「そう、それは知ってるさ」

「シンシナティでおまえがやったっていう集会の記事を読んだんだよ」彼女は言った。「ティフトン・バナー新聞でね。エニグマ中のみんなが読んだよ。車椅子の人が立ち上がった、目の見えない人が説教壇に上って聖書の一節を読んだって言うじゃないか」

ゴスペルシンガーには、いま聞こえているのが彼女の息づかいなのかそれとも自分のそれなのか、わからなくなっていた。

「そんなことがあったのかい？」

「ぼくにはいっさい関係がないことだ。ぼくは何もわからないよ」ゴスペルシンガーは言った。「ぼくについては、ぼくは歌っていて、歌い終えるとそうなっていた。だけど、ぼくじゃない。彼らはぼくを雇って、ぼくはゴスペルを歌った。彼らが金を払って、ぼくは立ち去っただけだ」

「怖ろしいことだ」母親は言った。「喜ぶべきだけど、あたしは怖いよ。みんながあんな大金を払うのは、そのせいだと思うかい？」

「ぼくにわかるのはぼくが歌手で、それ以上でも以下でもないってことだけさ」

「歌うのは好きかい？」

「ときどきはね」

「おまえが外にひとりでいるときでもただ家の周りを歩いてるときでも、歌ってるのを聞いた覚えがなくってね。鼻歌すらないよ。フェリックス・バラードの叔父さんはいつだって起きたらもう歌っていたものさ、見かけたときはいつでもね、ちょっとでも歌う隙《すき》をうかがっていたよ」

ドアが開き、閉まると彼女はいなくなっていた。

そしてぼくは――彼は考えた――ちょっとでも女のあそこを手に入れる隙をうかが

っている、か。それが自分とフェリックス叔父の違いなのか？　そうではないことを彼は知っていた。まだ幼く、この声に変わりはじめた頃、フェリックス叔父についての意地の悪い話を聞いたことがあった。彼もただでは髪にローズ・ポマードを塗りたくりはしない、と。いや、ゴスペルシンガーとフェリックス・バラードの違い、それは彼についての一度も聞いたことのない部分にこそあるのだ。フェリックス叔父が誰かを回心させたことがあるという話は一度も聞いたことがなかった。それに、どうやら歳をとりローズ・ポマードも使わなくなるにつれて、人を回心させようと必死に頑張っていたらしい。自分で少しばかり説教さえするようになっていた。説教の終わりに、叔父は〈われに来《こ》よ〉を歌った。誰もやって来はしなかった。

　だが人々はゴスペルシンガーのもとへはやって来た、ひきも切らずに。ゴスペルシンガーは魂を救うことができる、それはこの世の真理であるかのようだった。彼がどんなに懸命に反論したところで、罪人たちはいたるところで彼の声の力強さのなかに神を見た。すべての厄介ごとの元凶はそれなんだ、彼はひとりごちた。なぜならそれは真実だから、人々は彼ではない何かであることを彼に求めはじめた。なぜならそれは真実だから、人々は彼にはできないあれこれができることを彼に求めはじめたのだ。ゴスペルを歌うのを諦めるつもりはなかった、エニグマから逃れ好きなように生きることを可能にしたのは歌なのだ。好きなように生きることを諦めるつもりもない、自分の歌が、どういうわけか彼には決して理解できないが、魂を救うからといって。

はじめて人を回心させたのは二十歳の時だった。そうしようと思っていたわけではない、ただそうなったのだ。すでにジョージア州オールバニでテレビに出て歌った経験があり、フロリダ州タラハシーの夜通し行われる賛美歌集会にも何度かメインの呼び物として参加していた。彼は自分の声域の豊かさに目覚め、ある野外集会では、年長のゴスペル歌手たちの一人に役者としての将来を有望視されたりもした。そしてその年の春の、ある心地いい日曜の午後にそれは起きたのだった。

翌朝は初のアトランタ行きで、早くから出発することになっていた。彼に特別な興味を示し、収益の四〇パーセントでマネージメントすることに同意したミスター・キーンと一緒で、一度も列車で旅をしたことがなかったゴスペルシンガーは、とても興奮していた。彼の人生を甘美なものにし、心を浮きたたせていたのは、列車に乗れるという考えや新しいスーツを買ったばかりだという事実（三着目で、父親曰《いわ》く、エニグマの男たちが一生で持つより多かった）、あるいは単にまたエニグマから出ていけるのだという期待だったのかもしれない、それは否定できない。だがどうであれ、その午後に〈ビッグ・ハリキン第一原始教会〉で立ち上がったとき、彼はそこに特別なものをもたらしたのだ。それは声だけでも、声域でも声量でも優美さでもなかった。そうではなく、それは彼のすべてなのだった。彼の体、彼の熱意、彼の声が渾然一体《こんぜんいったい》となって、いちどきに全感覚に触れるような印象を人々に与えたのだ。教会にいた者たちは目と耳だけで彼を感じたのではない、指のなかにも、手のひらや腕の表面からも感じることができる、そう思ったのだ。それは温かく、焚《た》き火から届く熱のようだった。それに舌の上に、口や喉のなかにまで広がっていく甘み、それは、あの嗅覚《きゅうかく》だけではなく味覚も刺激するハニーサックルの香りのようだった。

彼が歌ったのは一曲だけで、〈ここは我が家にあらず〉だった。

歌い終えると教会は静まり返っていて、誰もが息を殺していた。その静寂に、はじめは咳《せき》を押し殺したような静かな音がまじり、やがてそれは大きなむせび泣きになっていった。誰も目を上げようとはしなかった、困惑していたのだ、なぜならエニグマの教会の、いままさに中心に訪れたのが神であることをすでに理解していたからだ。だが彼らはやがて見渡しはじめた、目の端から、ボネットの下から、そしてそこに、側廊のベンチのいちばん端に彼女が座っていたのだ、頭をもたげ、白い肌を熱《ほて》らせ、堂々とした穢れのない十七歳の体を脈動させ、すすり泣き、そこにいるすべての男たちに、神の家に座り贖《あがな》いの奇跡を目にしているというのに、彼女のその回心した肉体を目の当たりにしてたちまち劣情を抱いてしまう己の魂の弱さを感じさせながら。

メリーベル・カーターは席から立ち上がり、側廊へと出た。彼女はそこに立って、教会内の前方で讃美歌が終わりじっとしたままでいるゴスペルシンガーを眺めた。彼は救われた人々を見たことがあった。どんなだかを知っていた。もはやそれは疑いようのない事実だった、彼女は救われたのだ。彼女の目は輝いていた。至福の光が顔に溢れていた。紅は引いていなかったが、口は潰れたさくらんぼのように赤く濡れ、ほんの少し開いていた。ときどき舌が唇の裏、上、と動くのが見えた、何か言おうとしているがどうしてもそれができないかのように。なぜならそれは言葉を超えた何かだったからだ。説教師がミサをはじめる最初の一言すら口にする前に、彼女が救われ生まれ変わり参列者のなかから立ち上がったことに彼は仰天し、立ったまま釘付けになっていた。自分に向かって近づいてくる彼女を彼は見つめた。ようやく事の重大さに打ちのめされたとき、彼女はすでに彼までの距離の半分を過ぎていた。

ぼくはたったいま彼女を救ったんだ！　理解した彼は尻込みした。後ろへ一歩よろめきさえした、倒れるんじゃないかと手を前に突き出しながら。そんなことはありえない！　そんなつもりじゃなかった！　それなのにいま彼女はこちらに向かってくる、あきらかに彼が与えた光に顔を輝かせながら。だいいち彼には信じられなかった、歌っていたとき歌詞に注意など払っていなかったし、教会も信徒たちのことも考えてなどいなかった、まして神について想いを馳せてもいなければ誰かの魂を救おうなども考えていなかったのだ。何度も歌ったことのある歌だったから、口を開き、歌いはじめさえすればあとは勝手に進む。本当のところ彼が考えていたのはステーキ——赤くて彼の手首くらい分厚い――それにフライパンいっぱいのビスケットのことだった。エニグマじゃいいステーキは買えなかったし、ミスター・キーンが約束してくれていたのだ、アトランタ一のホテルの最上級のベッドとステーキを、もしアトランタまで行ってテレビ局のオーディションを受けるなら、と。

彼は近づいてくる彼女を見つめることしかできなかった。アーメン、と誰かが静かに言った。ほかの誰かがもっと大きな声でそれに応えた。そして彼女は彼の目の前にいた。跪き、彼の手を取ってそこに口づけした。彼女は泣いていた。前に出た説教師が彼女の頭に手を載せ、祈りはじめた。彼女はそれを無視し、ゴスペルシンガーを見つめ続けた。彼女は這って彼の下ににじり寄った。彼女の片腕が彼の足に触れる。まったくもって恥ずかしかった、メリーベルは彼の友人であり子供の頃の遊び相手だっただけでなく、恋人でもあったからだ。

「主《しゅ》が見えました」彼を見上げ続けたまま彼女は言った。ゴスペルシンガーは応えず、目を合わせようとしなかった。「神に栄光あれ！」誰かが言い、「アーメン、アーメン」と続いた。突然、彼女は大きく喘ぐようにすすり泣いて突進し、そして彼の両膝をかき抱くと、頭から説教師の手を振りほどいて彼の両足に顔を埋めるのだった。

ゴスペルシンガーはベッドの端で起き上がった。いま彼女は死んで、この瞬間もエニグマ葬儀場に横たわっていることを思い、つかの間の悲しみと物思いに沈んだ。そしてようやく彼は彼女を愛してなどいなかったことを知ったのだ。だが神は知っていた、彼女がベッドでは格別だったということを。

彼は窓まで行って外を眺めた。離れ家、何も植えられていない小さな畑、そしてその向こうのこぬか雨のなかでうねる沼。だが雨も人々の来訪を止めることはできない、かえって多くの連中を引き寄せるだけだ。畑にはすでに数台の馬車が停まり、軛《くびき》を外され足枷《あしかせ》をはめられた騾馬たちが佇《たたず》んでいる。ときおり車のクラクションやエンジン音が聞こえてくる。家の前の道はエニグマの人間たちで埋め尽くされるだろう。ティフトンやオールバニ、それにはるばるサバナからやって来る者たちもいるだろう。だがほとんどは、彼の同胞たちのなかでも最悪の部類の連中になるだろう。病人に、盲人に、足萎《あしな》えたちだ。町にはいまごろ人が集まりはじめているだろう、車で、トラックで、今夜彼を聴き神の手による奇跡を目撃しようという人々を引き連れた、旅行代理店のツアーバスで。まったくうんざりだった。彼はため息をつき、両手で額を押さえた。はじめる前からもうくたくただ。窓から向き直るとマーストのギターに目がとまった。部屋の角にある椅子の背に赤いストラップでぶらさがっている。アヴェルとマーストが来たのがいったい夜の何時頃だったかさっぱりだった。だがともかく遅くで、母親が出ていった後だった。彼は片耳からマーストのギターを、片耳からアヴェルのハミングを聞かされて起こされた。大きな音ではなかったが、それは音楽でもなかった。石板の上を爪《つめ》で引っ掻いたような感触が歯から歯を走った。

「たのむよ」ゴスペルシンガーは言った。「たのむ」

「こういうのを弾けるやつにはテレビで大金が待ってるんだぜ」とマースト。

「練習したのをちょっと見てほしいのよ」アヴェルが言った。闇がひどい歯並びを隠し、形のいい口が彼の目の真上で動いていた。

ゴスペルシンガーは片手で顔を覆い、別の手で二人を追い払った。「見せないで。ディディマスのところへ行きな。マネージャーは彼なんだから。ラジオとかテレビとか、そういうことに詳しいよ」

マーストが乱暴にギターをひっ叩《ぱた》いた。拳でパンチでもしたのかもしれない、そんな音がした。「なんであいつに見せるのさ? ディディマス? 人が数えるより早くお金を稼いでんのは兄さんだろ。兄さんがオーケーならオーケーってことさ。ディディマスだって? まじで誰って感じ」

「ねえ起きてさ、ヘッドボードに寄りかかってよ、一分もかかりゃしないわ」とアヴェル。

ゴスペルシンガーは唸ってベッドから起き上がった。「わかったよ」彼は言った。「でも急いでくれ。ささっとな」

「よし、がってんだ、兄弟」マーストは言った。

マーストはばねのように跳ね上がり、片手でギターを叩きつけ、妹を煽《あお》りに煽って「もっとやれ」とか「どんどん振れ！　そいつを振れ！」と叫んだ。

自分のパートになると、アヴェルはベッドの足元で止まり、ゴスペルシンガーと向かい合って頭の後ろで手を組み、その場に両足を固定して体を動かしまくった。両肘と尻を前に突き出して体を弓のようにくねらせる。唸り声を上げる。マーストが叫ぶ。そして途中で突然、ある夜窓のなかを覗き込むと小学校時代の恋人が親友とキスをしているのが見え、芝生のうえに倒れ込んで人生が終わってしまったと犬のように泣く高校生の少年についての歌を歌い出すのだった。

だがほとんどは踊ってばかりだった。部屋中を行ったり来たり、ベッドの周りを回ってはまた戻り。彼女はぐるぐる回転して唸っては飛び上がり、膝を折り曲げて屈み、両腕をはためかせ、雄鶏《おんどり》みたいに首を伸ばし、目を回し、舌を突き出してから引っ込めて、どうでもいいわ風の顔を作ってみせるのだった。そうしている間ずっと尻を分速九〇回転で動かしながら。

やっとのことで終わると、彼はたまらなくほっとした。二人は揃《そろ》ってベッドの足元にぶら下がって息を切らし、彼の言葉を待った。顔を真っ赤にしている。にんまりと大口をひろげている。

「それで？」マーストが急《せ》かした。

「そうだな……」ゴスペルシンガーは口を開いた。「ほかとは違うね。そう、それだ、違って見えたよ」

　二人の顔が曇った。「ちがってるだって！」二人は叫んだ。「イヤよ、そんなの」アヴェルは言った。「ひどいじゃない。ほかとちがうだなんて。みんなみたいじゃなきゃダメなのに。テレビに出てるみんなみたくさ」

　マーストは悲しげに頭を振った。「こいつ、毎週毎週テレビに出てる女の子たちを見て練習したんだぜ。いい線いってると思ったのに」

「よかったって意味さ」ゴスペルシンガーは言った。「みんながやってるよかだんぜんいい、だからほかと違うって思ったんだ」

「おれたち人よか上手くなりたいってんじゃないんだぜ」マーストは言った。「有名になって大儲けしたいだけさ」妹に向き直ると彼は言った。「アヴェル、きっと練習しすぎたんだ。ちょっとばかしおさえてアレを振んなきゃ、テレビでみんながやってるくらいの感じでさ」

「あたしが才能をほんの少し出さないようにしたら、エンターテインメントの世界でやってけるって思う？」失敗を悔やむような目でアヴェルは訊いた。

「そうだな」ゴスペルシンガーは言った。「ぼくが思うに……」

「たとえばこんな風によ」アヴェルは言った。

マーストが両手でギターを叩き、アヴェルはまた踊りだした、だが今度は装飾的な部分はなしで。膝を曲げたり腕をひらひらさせたり顔を歪めたりと忙しくしなかった。ダンスには直感的なところだけが残った。ゆっくりと右に左に体を揺らすのだが、揺れている間、物凄《ものすご》い力と速さで尻を前に突き出すのだった。

「いいぞ」マーストが叫ぶ。「いい感じになってきた。アレを振れ!」

終えると、喘ぎながら彼女は訊いた。「こういうこと?」

ゴスペルシンガーはどさりとベッドに背をあずけた。「まあ、そうだね」優しく言った。「ディディマスに見せるといい。テレビのことなら彼が知ってるよ」

「おい聞いたか」アヴェルを小突きながらマーストは言った。「上出来だってさ」

「ディディマスさんにも見せたほうがいいんじゃない」アヴェルは言った。マーストに話しかける彼女はゴスペルシンガーに背を向けていた。まるで保証を得たいま、彼はもう消えてしまったかのようだった。

「見せるってなんのためにさ?」

「あたしたちをどうやってあれに出すか知ってるからよ」彼女は言った。「ただできるってのと、みんなが見てる前でできるってのは別物でしょ。見えないところでやってたって誰も百万ドルくれやしないもの。ライトが当たるところに出てかなきゃ」

二人はすでにベッドから離れていた。アヴェルがちょうどドアに手をかけたとき、マーストが振り返った。「よかったら」ゴスペルシンガーの方に向いて彼は言った。「このギターは今夜ここに置いとくよ」そして角の揺り椅子に赤いストラップを引っかけていったのだった。

ゴスペルシンガーは慌ただしく着替えていた、雨のことや、道にいる人々や、待ち受ける伝道集会のことを考えまいとしながら。出ていくとダイニングは人でいっぱいだった。マースト、アヴェル、父親にディディマスがテーブルを囲んで座り、それにテーブルとストーブの間を動き回る母親、そのほかに四人の男たちがストーブの前に並んで椅子に座り、服を乾かしていた。そのうち二人は盲人で、全員ひどく年取っていた。一人は無地のハンカチのなかにゆっくりと、規則的に、静かに咳《せ》き込んでいる。自分の席まで歩いていくゴスペルシンガーをストーブの前の四人の顔が追う。二人の盲人は気恥ずかしそうな笑みを浮かべ、同時に部屋へ入ってくる彼の足音を、椅子が引かれる音を聞き、それから彼がいるだろう静かな空間を見つめた。

「おまえの分も用意できてるよ」母親が言った。

彼の前にハム・アンド・エッグを載せた皿を置く。彼はストーブの前で静かに並ぶ四つの顔をまっすぐに見つめた。一人の片足が膝のところで終わっているのが見えた。ほかの三人のことはあまりまじまじと見ないように努めた。

「あまり腹が空いていないんだ」彼は言った。

「少しでいいからお食べ」彼女は言った。「おもての道に人がいっぱい来てるよ、見たこともないくらいいる」

「雨のせいさ」マーストが言い、フォークでビスケットを刺した。

「黙ってろ」父親は言った。「まったくとんだお喋りだな、おまえって奴は」それからゴスペルシンガーに向き直った。「ネッド・サーストン叔父を覚えてるな？」

反射的だったので止まることもできずに、ゴスペルシンガーは父親が指差す方をそのまま見てしまった。ストーブの裏で、濡れた服と古靴の山が床の上で動いた。徐々にめくられていくとそこに顔が現れた。鼻があるべきところにはただれがあった。充血し濡れた両目が瞬きする。薄い片手が持ち上がった。

ゴスペルシンガーは皿を押しやった。「うん」彼は言った。「もちろん、覚えてるよ」なんとか微笑もうとした。

「おまえもディディマスさんの食習慣にならっちまったのかい」母親は言った。

ディディマスは皿を押しやった。食べたのはスプーン半すくいのトウモロコシ粥《グリット》だけで、いま彼はマグカップからぬるま湯をすすっていた。「肉体は魂の鏡なり」彼は言った。「肥え太る者は破滅へと向かうものですよ」

「食べていない者は働く者にはなれんとも言うがね」父親は言った。

「仕事ならありますよ、たくさんありますとも」ディディマスは言った。「わたしの仕事は魂たちです」

「わしは豚どもさ」父親は言った。

「ゲルドは昨日帰らなかったの？」ゴスペルシンガーが訊いた。

「そう、あいつらしくないな」父親は言った。「いつもはテーブルと横になれる場所からあまり遠くへは行きたがらん。今夜の飯どきまでに帰ってこなかったら、マーストに騾馬で探しに行かせよう」

「嫌だよ、騾馬なんて」ふてくされたマーストが言った。「騾馬に乗るなんてロックンロール歌手には向いてないよ」

「なら歩くんだな」父親は言った。「どのみちわしの騾馬だってロックンロール歌手なんぞ乗せたかないさ」

「新しいトラックじゃだめなのかい？」ゴスペルシンガーが訊いた。「走らないほどぼろぼろなの？」

「オーバーヒートさ」父親は言った。「そこのロックンロール歌手がクランクケースに水を入れて、ラジエーターにはオイルを入れてオールバニに向かったのさ。と言っても、そう遠くまで行けやせんかったがね」

マーストはゴスペルシンガーを見つめた。そしてすまなそうな声で言った。「おれとアヴェルがテレビに出られるチャンスだったんだ。ゲルドも一緒だった。大興奮でおれなんて息もできないくらいさ、それで父さんがいま言った通りのことをしちゃったんだ。テレビで歌おうって奴なら誰だってそうなってもおかしくないよ。おれはせいいっぱいやったんだぜ。頑張んなきゃって」

「頑張ったってどうにもならん。親父がよく言ったもんさ、片手で頑張って片手に糞を垂れてどっちが先にいっぱいになるか見てみろってな」

「あんた！」母親は言った。「そんな話およしよ。ディディマスさんがどう思うか」

「この人はわしのテーブルについてるんだ、わしがこの人のにじゃない」そう言って立ち上がり、部屋を出ていった。

「父さんどうしたの？」ゴスペルシンガーは訊いた。

「近頃どうもおかしいんだよ」母親は言った。「おまえたちのことが心配なのさ、マーストのギターにおまえの……」

「心配しっこないさ、もしおれのギターが何百万ドルも稼いだらね」マーストは言った。

「……ゲルドは寝転がってお日様にやられてるし、おまえはいつも遠くで知らない人たちのなかだろ」

母親はストーブまで行き、カップにコーヒーを注いで砂糖とミルクを入れ、ネッド・サーストン叔父にそれを手渡した。ゴスペルシンガーはなんとか彼がそれを飲むのを見まいとした。戻ってきた母親は彼の隣に腰掛けた。

「なあおまえ」彼女は言った。「メリーベルのこと、そりゃあ悲しいだろう。ほんとうにひどいことだ」

ネッド叔父がカップから飲んだとき、ただれがコーヒーに触れそうになった。ゴスペルシンガーは目をそらし、自分の皿を見下ろした、固まりつつある卵の黄身のなかでグリットが冷めていく。

その間に父親はどかどかと足を鳴らしてキッチンに戻ってきて、ゴスペルシンガーの対角線斜め向かいの角にある椅子に座っていた。「雨が激しくなっとる」顔を紅潮させ、いらついている。彼は足を組み、そして解いた。まっすぐに息子を見つめる彼の目はぎらついていて険しかった。ゴスペルシンガーにはそれが雨の影響だということがわかっていた、怖れさえ抱かせたのかもしれない。父親の心のなかでは、エニグマ中の人々の心がそうであるように、雨はゴスペルシンガーが連れてきたものなのだった。それはいいことだったが、同時に怖ろしく異常なことでもあったのだ、雨をもたらすことができる人間は、それを奪うこともできるのだから。ゴスペルシンガーが否定してもどうにもならないだろう。本当のところ、もしゴスペルシンガーが「ぼくが雨を連れてきたんじゃない」と言ったら父親はショックを受けるだろう、声に出してそんなことを言うのは明らかに愚かで、ありそうにないことだからだ。誰もそれを口にしないし、エニグマじゃなおさらのことで、冗談めかしてうっかり口にすることはあるが、だからといってそのせいで皆が思ったり信じたりすることを止めることにはならない。だから父親は座ってただ彼を見つめていたのだ、慈悲深き鬼子、善への怖るべき可能性たる彼、自分がこの世界にもたらし育て愛したが理解することはできず、いまや自分の手を離れ世界のものになってしまった彼を。

母親が長さ二フィートはあろうかという大きな木の盆を持ち上げた。四つ五つのブリキのカップを添えた鉄のポットと、砂糖の入ったボウルが載っている。「外のポーチと道にいる人たちにコーヒーをと思ってね」

ポットを持って出ていった彼女はすぐに戻ってきた。ゴスペルシンガーはなんとかシロップを塗った小さなビスケットを食べ終えたところだった。

「おまえ、外はひどい天気だよ。みんなが出てきて話せないかって言ってるけど、どうだい？」

「いいよ」彼は言った。「よろこんで行くと伝えて」

この瞬間がいちばん怖ろしかった。ときには彼が家にいるという噂《うわさ》が広まることなく、エニグマの町にキャデラックから降り立つまで帰省していることが知られないこともあった。だがそれも同じことだ。ゆっくりと、家や店のなかから、通りの両端から、救いのない、不具の体の、盲《めし》いた者たちがのそのそと現れる。彼らは通りにいる彼のもとへやって来て奇妙な、説明不可能な癒しを引き出す。ともかく怖ろしく落ち着かない気にさせられるとしか言い様のないことだった。彼は椅子を押してテーブルを離れ、廊下を歩いていった。ディディマスが脇にぴたりとついてそれに続いた。

「きみの弟と妹だが、来年テレビや公の場に色々と出ていけば、五百万は稼ぐだろう」ディディマスは言った。

「でも、あいつらひどいもんじゃないか」ゴスペルシンガーは言った。

「ひょっとして一千万かもしれん」ディディマスは言った。

彼はドア口に立った。海のなかへ飛び込もうとでもするように深く息を吸うと、ドアを開きポーチへと出た。家の前の道には車やトラックがおそらく二十台は駐められて、みな古く、フェンダーがなかったりフロントガラスがないものもあった。家の右手にあるオークの低木の周りに馬車が五台集まっている。畑にはもっと多くの馬車が見える。何人かはポーチにいたが、ほとんどは車のなかやトラックの運転席や馬車の荷台に座っていた。ポーチにいた二、三人が彼の名を呼ぶ。彼は応えず、ただ微笑んで手を振った。車とトラックのドアが開きはじめた。突然ポーチの端で犬同士の喧嘩がはじまり、静かに降りそそぐ雨音にまじって獰猛にぶつかり合う音や顎で引き裂くような音が聞こえてきたが、それも同じく突然止んだ。

彼はポーチに立ち、人々が車やトラックや馬車の下から出てくるのを見つめた。

メリーベルを回心させたあと、ミスター・キーンが駆け寄ってきて彼の腕と肩のあたりをつかみ、きみは成功するだろう、ゴスペル歌唱ビジネス界のトップに駆け上がるだろう、たったいま成し遂げたようなことができる者は誰でもこの世で最高のものに値するし、きみはそれを手に入れるだろう、そう耳元に囁き声でまくしたてた。そして実際にそうなった。最高のホテルの最高のベッド、最高の食事、それに女たち。だが彼には助けることができないのだ、話して聞かせても信じようとはせず、そのうえ彼に触れ、彼を愛す権利を主張する、これらの不具の者たちと向き合わなければならないことにくらべたら、それがいったい何だというのか？

階段の上に置かれた揺り椅子に彼は腰を下ろした。ディディマスははじめその背に肘をかけゴスペルシンガーの肩の上に屈んだが、ゴスペルシンガーに言われて後ろへ退がった。彼は椅子の右手後方にしゃがみ込んだ。ディディマスに、この情け容赦のない、苦痛と苦悩を神の口づけとして受け入れよとすべての者たちに説く男に、彼と同じようなことを口にするかもしれないにせよ、これらただ安堵を求めているだけの人々の話を聞かせたくはない。

いま目の前にいる、座っている彼のもとへ最初にやって来た女は年老いて歯がなく、無数の皺に飲み込まれて反転したような顔をしていた。肉のない痩せこけた体に、古ぼけたワンピースがまっすぐ垂れ下がっている。彼女は男用のドタ靴を靴下なしで履いていた。片方の踵が外れていて、ゆっくり揺れるように足を引きずって歩いた。

「わたしらみんな、帰ってきてくれてうれしいよ」彼女は言った。

「ありがとう、おばあさん」彼は言った。まだ子供だった頃にも、いまとまったく同じように見えた彼女の姿を思い出すことができた。当時もおばあさんと呼んでいた。

「ぼくもうれしいよ」

「夏の日照りにゃ冷たい雨に勝《まさ》るものはない」彼女は言った。

「たしかに、体を冷やしてくれるね」彼は言った。

「まえに降ってから、もう二ヶ月かそこらたってるでね」彼女は言った。「今夜おまえを聴きに行くよ。転んで尻のところをやっちまってからひどく具合が悪くてね。それから一日か二日はもう家から出てなかったけど、今朝がた空を見たら雨が降ってるし、今夜はおまえが歌うっていうじゃないか、だから自分に言ったのさ、もう片っぽの尻がだめになったって聴きに行こうじゃないかってね」

彼のシャツから糸くずを払おうとでもするように、彼女は手を伸ばしたが、結局は指先で袖口に触れただけだった、優しく、こっそりと、きまり悪くなったメイドが最愛の恋人の手を取るかのように。

「おばあさん」彼は言った。「雨が降ってくれてぼくもうれしいんだ、でもそんなことでわざわざ集会に来るだなんて。ぼくは歌を歌うだけなんだからね、天気予報士じゃあるまいし」

次の者に譲ろうと踵《きびす》を返す彼女の横顔は、こぶで膨らんだ長い鼻が顎へ向かって垂れさがり、くぼんだ口の下へと弧を描いていた。彼女は目の端からいたずらっぽく彼を見た。「わかってるとも、それがおまえの務めさね！」そう言ってウィンクするのだった。

彼女と交代でやって来たのは、顎に灰色の無精髭、カーキ色のズボン、肌と同じような色にまで染みで汚れた肌着の老人だった。彼の後ろには列ができていて、家から道の先の発育の悪い糸杉のあたりまで延びていた。老人は少年を連れていた。車椅子に乗った少年だ。ショートパンツを穿いたその足は細く白く、くるぶしのあたりで少し内側に曲がっている。少年の頭はぐらついていた。まるで首のうえに載せてバランスをとっているみたいで、ときどき彼から逃れて片側や前方にがくんと倒れた。車椅子は古く、錆がクロームメッキの表面をカビのように覆っている。止まっている状態でさえそれはキーキーと音をたて、どうやら少年の頭の動きに合わせて、いわば対位法的に、右に滑ったり左に滑ったりした。座面の詰物は擦り切れてなくなっていて、座れるように麻袋が敷き詰めてあった。

後ろでドアが勢いよく閉められる音がすると、マーストとアヴェルが出てきてポーチに腰かけ、足をぶらぶらさせた。マーストは部屋からギターを回収してきていた。

赤いストラップで肩からかけている。彼はチッと歯を鳴らし、手慣れた感じで爪楊枝を口の片側から片側へと動かした。「まあまあの客足だね」彼は言った。

その少年の目に揺れはなかったが、焦点は定まらずヤグルマギクのような色だった。まっすぐにゴスペルシンガーを見つめている。少年は微笑み、口から涎を垂らした。老人は反射的に屈んで、尻ポケットから引っぱり出したぼろ切れで少年のシャツの前を丹念に拭った。

「はじめまして、だったと思いますが」少年から目を背けようと老人を見つめながらゴスペルシンガーは言った。

「アデルから来た」彼は言った。「二人してエニグマに泊まってあんたを待っとった、一週間ちかくになる」

「遅れて申し訳ない」ゴスペルシンガーは言った。

「そんなことはいい」彼は言った。「こうして会えた。わざわざアデルから連れてきたのはあんたに会わせるためだ。この子はわしの孫でな。父親は死んで母親は来れなんだ、再婚して白股腫《はっこしゅ》でベッドから出られん。だからわしが連れてきた」

「会えてうれしいですよ」ゴスペルシンガーは言った。「名前は?」

少年の顔の位置に口がくるように屈んで老人は言った。「そら、名前を言うてみい」少年の頭がバランスを失い、がくんと倒れる。老人はその背後にぴったり寄り添って優しく、辛抱強く続けた。「言うてみい。名前だ、な・ま・え！　な・ま・え！　ゴスペルシンガーに向かって、そら」

少年の口が開く。曇った、ヤグルマギク色の目が細められる。大きな赤い舌が隆起し、口のなかをでたらめに動く。そして唐突で虚《うつ》ろではあるが、二音節にわかれた音を出した。少年は満面の笑みを浮かべ、老人も一緒になって笑った。「そうフレディー、この子の名だ、フレディー」彼は言った。「フレー…ディー。よほど注意して聞かんとわからんが」

マーストがふんぞり返り、ゴスペルシンガーを見て言った。「みんな待ってる間のひまつぶしに、おれとアヴェルでちょっとした曲やるのを聴きたいんじゃない？」

「だめだ」ゴスペルシンガーは言った。

だがそれはほとんどささやくような声で、マーストが訊き返すと、ゴスペルシンガーの背後に座って一心に〈夢の書〉に書き込んでいたディディマスが黙るように言うのだった。

「なに書いてんだい？」マーストは訊いた。

「黙ってくれ」ディディマスは言った。「書き留めなきゃならん」

「今夜の集会に行くからな」老人が言った。

「それはうれしいですね」ゴスペルシンガーは言った。「ウディ・ピー師は最高の説教師ですから」

「どのみちこんなお客たちに演《や》ったってムダよ」アヴェルが言った。「半分は見えないし半分は聞こえないんだもん」

「おれの演奏とおまえのダンスなら」マーストは言った。「なにかしら感じるさ。アーティストってのはできるだけたくさん練習しなきゃいけないんだぜ」弦の一本をきつく張って親指で試すと、また弛《ゆる》めた。

老人は話し続けた。「テレビである男を見たが——フレディーの母親が持っとるんだ、こんどの旦那がシアーズに勤めとってな——その男は盲人の目を開いたり足萎えを歩かせたりしておった。頭をぐっとつかんでな、神様のお力をなかに送り込むようにして」

ゴスペルシンガーは老人を見つめ返し、何も言わなかった。ディディマスは鉛筆の先を舌にちょんと当て、素早く書き留めた。

少年の肩を叩いて老人は言った。「ここにいるこの坊主はな、わしらにとって最後なんじゃ。わしに兄弟はおらんし、主に召されるまえに息子が残したのはこの子だけだ、畑におったあいつを雷でお打ちになったのだ」屈んでフレディーの口をぼろ切れで拭う。「テレビで見たあの御仁がおるのはどこか遠いとこだで、アデルにやってくることはなかろう、エニグマより望みがうすいのもわかっとる。ともかく彼が歌うのめに来た」

「ディディマス」ゴスペルシンガーは言った。「小切手を、車椅子用に」

老人の黄ばんだ顔が曇った。「椅子はいらん。フレディーとわしは今夜の集会のために来た」

ディディマスがゴスペルシンガーに見えるように小切手を渡す。それを二つに引き裂くと彼は言った。「もっと高額だ、車椅子は値がはるんだぞ」

「金はいらん」老人は言った。「集会に行くからそこで……」

言葉が途切れたのは、皆が耳にした音が老人にも聞こえたからで、そこにいる皆と同じように振り向いて、松とモチノキの茂みから小道へと続く轍だらけの道から、ゴスペルシンガーのものとほとんど同じキャデラックが現れるのを見つめた。車はそのまま家の真正面までゆっくりと進んだ。足枷をはめられた騾馬たちがその方角に臀部《でんぶ》を向け、肩越しに振り返って耳をそば立てた。運転しているのは若い女、目の覚めるような赤毛の女だった。ゲルドがその隣に座っている。その目が白い髪の下で、蒼白い顔と対照的な暗さをたたえている。ゴスペルシンガーは乗っているのは二人、ゲルドとその女だけだと思ったが、やがて駆動しているワイパー越しに第三の頭が、異様に大きな頭が見えた。その髪は長く黒く、両目は飛び出ていた。

ゲルドがドアを開け、ぎこちなく雨のなかに降りたって二本の松葉杖《まつばづえ》に前屈みに寄りかかる間も、エンジンは掛けられたままだった。体の後ろでぶらぶらさせている右足は、膝まで白く分厚いギプスに覆われていた。

ゴスペルシンガーの視線はキャデラックのなかの女のそれを捕らえた。ぽってりとした唇に幅広く形のいい口をしている。ゆっくりと、彼から目を離さずに、彼女は微笑んだ。歯は小さく、ほんの少し尖《とが》り、白かった。

「たいへん、怪我《けが》したんだわ」アヴェルが言い、立ち上がった。

マーストと二人で松葉杖に寄りかかって立っているゲルドのところに駆け寄る。ポーチの階段を降りたゴスペルシンガーは、女がキャデラックの向きを変えて州道に続く道へと走らせるのを眺めた。

アヴェルとマーストがゲルドの片側に立ち、もう一方の側には老人に拒絶されてこともなげにフレディーの膝に小切手を落としてきたディディマスがいた。何があったのか訊こうと皆がいっせいに喋り出すと、ゲルドは何も答えずまっすぐに前を見つめたまま、歯を食いしばって二本の松葉杖を前に投げ出し、その間をいい方の足で蹴りながら家に向かってひょこひょこと進み出した。

「何があったの?」アヴェルが叫んだ。「いったいどうしたのさ?」

「せめて手だけでも貸させてくれないかな」横を通り過ぎるゲルドにゴスペルシンガーは言った。

「よお」マーストが言った。「なんでキャデラックに乗ってたのさ？　だいたいあれって誰のだい？」

ゲルドは跳ね続け、ポーチにいる人々の連なりが分かれて道を開けると、階段で手こずりはしたが、ゴスペルシンガーからもマーストからもアヴェルからも助けを受けようとはしなかった。

さっきの老人がゴスペルシンガーを捕らえ、驚くほど強い力で彼をつかんだ。彼は小切手を差し出した。それは二枚に引き裂かれていた。「これを」彼は言った。「わしらは金が欲しくて来たんじゃない」

「受け取っておくべきでしたね」ゴスペルシンガーは言った。「ぼくなら受け取っておいたでしょう」

老人は車椅子の少年のもとへと戻っていった。ディディマスがゴスペルシンガーの脇で立ち止まった。

「あれが彼なんだろう？」ゴスペルシンガーは言った。

「誰のことだ？」階段とポーチの向こう、マーストが押さえているドアのなかへ前屈みに入っていくゲルドを見つめながら、ディディマスは訊き返した。

「フットさ」ゴスペルシンガーは言った。「あの車のなかにいたのはフットだ」

「そうとも」

「一緒にいた女は?」

「彼の女だ」ディディマスは言った。

「フリークなのか?」

「いいや」

「いい女だった」ゴスペルシンガーは言った。

「いちばんの美人だな」ディディマスは言った。「わたしが思い出せる限りでは」

「フットはフリークだ」ゴスペルシンガーは言った。「醜いフリークだ。あんな綺麗な女がなぜフリークと?」

しばし無言で彼を眺めた後でディディマスは言った。「彼を愛しているのだ」

ディディマスがポーチの階段を駆け上がり、ゴスペルシンガーは振り返って、キャデラックが森のなかへと消えていったあたりを見つめながらゆっくりとその後に続いた。

居間では、ゲルドが目の前にまっすぐ突き出したギプスの端をスツールにちょこんと載せてカウチに座っていた。

「何があったか話すつもりがあるのか、それともはらわたが煮えくりかえってるみたいにずっとそこに座ったままでいたいのか?」父親が訊いた。

「ばかやっちまったんだ」ゲルドは言った。「それだけさ」

「まったく、弟に挨拶もなしで」母親が言った。

ゲルドは部屋に入ってきてからずっとゴスペルシンガーを見つめ続けていたが、いま母親を見るために目を離した彼の唇は、顔よりも白かった。「いやぁーーーー、したとも」彼は言った。「聞こえなかったかい、ちゃんと言ったぜ」

「何があったのか、ぼくは知らなかったけど」ゴスペルシンガーは言った。「昨日の晩、みんなで心配してたんだ」

「おれのことなら心配ご無用さ」ゲルドは言った。「自分の面倒くらい見れる。もし見れなくたって見てくれる人を知ってるしな。だからこれ以上おれを心配するのはよしてくれよ」

「口に気をつけるんだ」父親は言った。「弟はおまえを助けようとしてるんだぞ」

「こいつがこれ以上おれを助けようってんなら我慢ならないね」ゲルドは言った。

「なんだって？」ゴスペルシンガーは訊き返した。

「どうしてキャデラックに乗ることになったんだい、怪我した足でさ？」マーストが訊いた。

「つまりあれだ……むこうに例のひどい道があるだろ。それにあのぼろトラックだ。豚を避けようとして道から落ちちまったのさ」

「ほんとかよ、そりゃついてないね」マーストは言った。

「なんだ、それじゃぼくらはすぐ脇を通ったはずだ」ディディマスを見ながらゴスペルシンガーは言った。「トラックがいたすぐ脇を」

「しまった、アヴェル」マーストが言った。「外に戻ってもうちょっと客たちを見てみようぜ。わるくない人数だからね。なんか一曲やってみてもいいしさ」

「おまえが来た頃には手遅れだったんだろ」ゲルドは言った。「たぶん、もうぜんぶ済んでおれもいなかったんじゃないか。あの人が通りかかってティフトンまで脚を診せに連れてってくれなかったら、どうすりゃいいかわからなかったね」彼はゴスペルシンガーを見つめていた。「脚を怪我して溝んなかにひっくりかえってるのは楽しくないもんだぜ。雨が降り出してりゃとくに」

エニグマの道を通るキャデラックはそうないし、彼を連れてきた連中はいったい誰なんだ、と父親は喋っていたが、すでにマーストは興味をなくしていた。どのみち彼の知っている人間じゃない。

彼がアヴェルを連れてポーチに出ると、三歳になる目の見えない娘を連れたハイラムがそこにいた。

「ゴスペルシンガーは？」彼は訊いた。

「なかにゲルドといるわよ」アヴェルが言った。「ゲルドに何があったか知ってる？」

「出てきてもらうように言ってくれんか？」ハイラムは訊いた。

「道から落っこちて脚を折ったのよ、豚のせいで」アヴェルは言った。

「なあ」とハイラム、顔は紅潮し、気が気でない様子だ。「よそ者たちでエニグマは溢れかえってる。みんなわたしのところへ、メリーベルの周りに集まるんだ。一か八かでわたしはここへ来とるんだ、年老いたカーター夫人以外あそこの面倒を見る人間を誰も残さずにだ、だがあの人は三日もメリーベルから目を離しとらんし自分の周りで建物が乗っ取られても気づかんだろう。頼むから、ゴスペルシンガーを連れてきて娘に会わせてやってくれんか」

「兄さんならすぐに出てくるって」マーストは言った。「ゲルドと喋ってるだけさ。さあアヴェル、いっちょこのお客たちの緊張をほぐしてやろうぜ」ギターを何度かぶっ叩いて跳び上がると、尻と膝を振って関節の具合を確かめた。

ポーチの前にいま列はできていなかった。誰もがゴスペルシンガーの戻りを待って雨宿りしている。車椅子の車輪が作った並行する二本の線が、霧雨に沈む砂へ向かって消えている。二人の前にはハイラムだけが立ち、雨を無視して娘の手を握っていて、びしょ濡れの髪の下の彼女の目は、あらぬ方向を見つめていた。

マーストは両手両足をひろげ、首からぶら下げて輝いているギターを叩いた。何台かの車とトラックの窓がゆっくりと開けられる。手足の悪い者たちのうち若い何人かが馬車の下から姿を見せた。ステージのようになったポーチの前の芝地を人々がまた埋めはじめる。車椅子を押した老人までやって来た。アヴェルが床板を足で鳴らしはじめるとフレディーがうれしそうに笑う。涎を垂らす彼を根気よく老人が拭った。

ゴスペルシンガーがポーチに戻ると、すでにマーストはギターでコードを鳴らしはじめていた。ディディマスがすぐ後ろに従い、〈夢の書〉に何かを書きつけている。

「何をしている?」ゴスペルシンガーが問いただした。

「ちょっと歌おうかと思ってさ」マーストは言った。

マーストに何か言おうとする前に、盲目の娘を連れてポーチの上を近づいてきていたハイラムがゴスペルシンガーの肘をつかみ、振り向かせた。「一か八かで来たんだ」彼は言っていたがゴスペルシンガーは見ておらず、どのみち聞いてもいなかった。一人の男が群衆をかき分けて出てきて、いまポーチのちょうど端に立っていた。明らかに白人だったが、その肌はほとんど黒かった。ひどく痩せていてその首は体からではなく糸に吊られた古着の袋から生えているように見える。その目は暗く単色で、瞳《どう》孔《こう》と虹彩《こうさい》の境目がなかった。

「おいあんた！　ゴスペルシンガー！」男は叫んだ、古いグラスがゆっくりと割れるような声だった。「吹きつける雨のなか六〇マイルの道のりをやって来た――刈り取った煙草の葉を畑に放りだしたまんまだ、燃えちまおうが濡れちまおうがな――吹きつける雨んなか六〇マイルをやって来たのは、あんたが按手《あんしゅ》（人の頭に手を置いて聖霊の力を呼び起こそうと祈ること）

をためらわず神の御力を求めるお人と聞いたからだ。あんたは治療者《ヒーラー》だとな。国中みんなが言っとる、あんたは治療者《ヒーラー》だと。今晩、あんたは頭に手を置いて主の御力を呼び出すな?」

ゴスペルシンガーは後退《あとずさ》った。彼は男の顔に死を見た。狂ったように、必死に、生を求め追いすがるその目に彼は慄いた。人生で一度たりとも、癒そうという意志を持って誰かの頭に手を置いたことはなかった。それができると言ったことだって一度もない。だが人々がそう言っていることは知っていた、彼にはそれができる、病人を癒し、足萎えを歩かせることができる、と。そしていま彼の目の前に、その病は死であり、その時が迫っている男が立っている。暗く色彩のない目と肌がそれを物語っていた。彼の周りに漂うその香りは煙のように、あまりにはっきりとしていた。

「膝をついてくれるだけでいいんだ」彼の腕にすがりながらハイラムが言った。

ゴスペルシンガーはディディマスに向かって小声で言った。「キャデラックだ」ディディマスは本を閉じ車へと向かった。ゴスペルシンガーがその跡を追う。階段まで行ったがそこで止まらざるを得なかった。ハイラムが両手でコートを捕まえ、眼下の前庭には黒い白人の男がいた。

マーストがギターを二度ぶっ叩き、アヴェルが大袈裟《おおげさ》に体を揺らす。

「跪いてくれないとこの子にはわからない」ハイラムは言ったが、ゴスペルシンガーは応えず、ディディマスが運転席に座り、すでにエンジンをかけて後部ドアを開け放った状態で待つキャデラックの方を見つめ続けた。ハイラムがまたコートを引っ張りながら言う。「ちょっと屈むだけでいい、跪くんだ」

「答えとらんな」男が言った、その服が棒切れのような空っぽの体の周りで渦を巻く。

ゴスペルシンガーは勇気を振りしぼり、前庭に立つ男を見下ろした。「神がお許しになることはすべからく」彼は言った。「なされるでしょう」ほかの病める者たちに目を向ける。「皆さん」彼は言った。「ぼくはエニグマまで行かなくちゃならない。メリーベルが待っているから。母親が彼女に歌って聞かせてほしがっていて、どうしてもやらなくちゃならないんです。ひとりひとり皆さんと話せなくて残念だけど、今夜があるから。今晩会いましょう」目を向けることなくハイラムを振り払い、彼は階段を降りた。

黒い男は動かなかった。その顔は翳《かげ》りを増したようだった。通り過ぎるとき一瞬見つめた彼の両目は、あまりに空っぽで底が知れず、まるで頭蓋骨のなかを覗いているようだった。ゴスペルシンガーは思わず駆け出した、まるで見えない糸で繋がれているかのように男がその後を追った。

憤激まぎれの臆病風《おくびょうかぜ》にかられて振り返ったゴスペルシンガーは、自分に触れようとしている男を怖れ、文字通り彼の顔めがけて叫んだ。「退がれ！ ぼくを追うのはやめろ！」男は立ち止まった。落ち着きを取り戻したようではあったが、その目はゴスペルシンガーをしっかりと見据えていた。「今夜、あんたは按手をする。やるのだ」彼は言った。それは質問ではなく、声明だった。

ポーチではマーストがギターをかき鳴らし、アヴェルと二人で列車に轢《ひ》かれたガールフレンドの死体を救い出し、その手に自分の高校卒業記念のリングが握りしめられているのを見つけるティーンエイジャーの少年についての歌を歌い出した。アヴェルは〈ゴート〉も披露《ひろう》した、マーストと二人ででっちあげたダンスだ。

「おい！」ハイラムが叫んだ。「なあ待ってくれ！」だがキャデラックの後部座席に跳び込むまでゴスペルシンガーは決して立ち止まらなかった。

歌い続けるアヴェルの声の向こうで、マーストが狂ったように叫んでいた。「そいつを振れ！　大丈夫、うまくいくさ！　いくさ！　いくさ！　いくさ！」

6

車は養豚場を離れる薄暗い道を揺れながら疾走した。茂みや垂れ下がる枝が横腹を引っかき、ディディマスは雨でぬかるんだ轍《わだち》から外れないよう格闘した。泥水の膜を後方へ噴き出しながら進んでいく。

「どこへ?」ディディマスが叫んだ。「どこへ向か……」

「遠くへ、遠くへだ」大声でゴスペルシンガーは言った。そしてまた何か言おうとするディディマスを、狂ったように両腕を振りまわして黙らせた。「いいから運転しろ!」

だが、エニグマで車を向けられる場所は限られていた。時速五〇マイル近くで二二九号線に入り、ディディマスが町へ向けてハンドルを切るやいなやゴスペルシンガーは叫んだ。「Uターンしろ、こっちじゃない! 反対だ!」ディディマスは見事な反射神経でハンドルを目一杯回し、水と泥の飛沫《しぶき》を盛大にあげながら溝を越え、また路上へキャデラックを戻した。車がエニグマを出てティフトンへ向かうと、ゴスペルシンガーはクッションに背をあずけて目を閉じた。「もういい、ゆっくり走《や》ってくれ」彼は言った。ディディマスは四〇マイルまで速度を落とした。しばらくしてディディマスは言った。「バイブレーターを点けるかね？」

後部座席で体を伸ばし、彼は言った。「そうだな」

ディディマスがスイッチを入れるとゴスペルシンガーの体は揺れ、振動した。「音楽は？」ディディマスは訊いた。ゴスペルシンガーが答えずにいると、ディディマスは別のスイッチに触れてテープ・コレクションから一本を選び、車中に設置された十台のアンプからマーチング・バンドの、金管楽器とたっぷりのドラムの音が流れ出した。それはゴスペルシンガーのお気に入りの音楽だった。最初のテープが終わると、ディディマスはもう一度訊いた。「どこへ……」

ゴスペルシンガーが片手を振る。「国道四一号線だ」彼は言った。「どこか食事できるところを探してくれ、レストランかどこか」アレクサンダーズ・ラグタイム・バンドの旋律に乗せて車は加速していった。

マートルとボブの店は四一号線沿い、ティフトンとコーデールの間にあった。そこはあらゆる種類の荷を満載したトラックたち——貨物やピックアップ——でほとんど隠れていた。北へ向かうじゃがいもや牛、南へ向かう二段積みの車両などだ。薄汚れた一階建ての店で、奥行きのないブロック造りの建物一面に、ガソリンやオイルやコーヒーやタイヤや無料の氷水などの、鮮やかで色とりどりの看板が貼られている。霧雨が降り注いでいた。少し離れた給油器の前に牽引《けんいん》トラックが駐められ、黒いつなぎにゴム長靴を履いた男がエンジンルームから尻を突き出していた。

ゴスペルシンガーは完全に停車するのを待たずに車から降りた。ディディマスがその後を追う。店内では、潰れた黒いキャップをかぶったまま食事にがっつく運転手たちの間を、三人の疲れた顔のウェイトレスが退屈さを顔に貼り付けて忙しく動いていた。あらゆる物にかすかなガソリンの匂いがまとわりついている。ひび割れたプラスチックの奥で赤と緑と紫のライトがせわしく瞬《またた》くジュークボックスが、愛と十六の若さで死ぬ運命についてがなっていた。カウンターの向こうには、ドーナツとノードーズ（眠気防止のカフェイン錠剤）と油紙で包んだサンドウィッチの山、ジッポーライターのラック、裸の女たちが満載の絵葉書や立派な羽根飾りをかぶり呆然とした顔で鰐《わに》たちと取っ組み合うインディアンの絵葉書などのラック、それに「わたしたちはあなたの灰皿に小便なんてしません――便器に吸い殻を捨てないこと」とか「個人小切手使用不可――去年の分がまだたっぷり残ってます」といった油でベトついたサインが見える。

「注文は？」ウェイトレスが片足で立ち、平べったい尻を片側へ突き出して体で汚れたクエスチョンマークを作った。淫《みだ》らな蜜蠟《みつろう》じみた化粧が鼻と両目の周りで剝げかけている。おそらく二十歳より下だろう。

ゴスペルシンガーはちらと見上げ、脱色した髪の黒い根本の輪っかから、薄くくぼんだ胸元へと視線を走らせた。「グリットを」彼は言った。「それとハムアンドエッグ、バターたっぷりのビスケットにパンケーキも付けてくれ。三皿分頼むよ」

「飲み物は？」

「牛乳を、いちばん大きなグラスで」

「そっちは？」

「ぬるま湯を」ディディマスは言った。

「ぬるま湯なんて置いてないよ」芋虫《いもむし》のような両眉を波打たせ、乱暴かつ静かにガムを嚙みながら彼女は言った。

「コーヒーを」ディディマスは言った。「ならコーヒーをブラックで」

ウェイトレスが去ると、ゴスペルシンガーはポケットから片手いっぱいの硬貨を取り出して、目の前のテーブルにひろげた。彼は一本の指でコインを動かし、ピラミッドや三角やひし形を作った。

「腹ぺこだ」ゴスペルシンガーは言った。「減りすぎて倒れる寸前だよ」

ディディマスは吸っていた煙草でもう一本に火をつけ、じっと彼を見つめた。「エニグマに行くと彼らには言っていたが」彼は言った。「例の娘に会いに」

「それが？」ゴスペルシンガーは言った。「何か腹に入れるのが先さ。それとも考えが変わったんだ。そうさ。メリーベルに会いに行ったりなんてぜんぜんしないかもな」

「本気ではあるまい」ディディマスは言った。

丸一分間、静かにしていたジュークボックスが突然光り、震えてまた曲をかき鳴らしはじめた。その話題を続けるでもなく、二人は黙って食事を待った。三曲二十五セントの最後の一曲が終わる頃、先ほどのウェイトレスが両腕いっぱいに皿とソースとグラスを危なっかしくひろげて戻ってきた。フォークとナイフと皿を、盛大な音をたててテーブルの上に投げ出す。ゴスペルシンガーはパンケーキを丸め、二つに切り分けた。真ん中は生焼けで、白くねばねばした液状ゴムのようだった。彼は全体に手早くシロップをかけ回し、口のなかへ突っ込んだ。「んーーーーー、うまい！」

「ヒドい代物だ、見たくもないな」ディディマスは言った。

「あんたは食べなくていいさ、ぼくには必要なんだ」生の黄身三つをグリットに混ぜながらゴスペルシンガーは言った。テーブル越しに屈み込み、聞こえるように彼は叫んだ。「今朝は何も食べなかったんだ。食べられなかったのを見ただろう?」

前屈みになってディディマスが叫ぶ。「ああ、見たとも」

ジャーンとギターをかき鳴らす音でジュークボックスが止まり、ゴスペルシンガーとディディマスは、しんと静まり返るなか鼻と鼻を突き合わせて座っていた。

　ゴスペルシンガーは嚙むのを止めて飲み込んだ。何度か瞬きをすると彼は言った。

「思うに」ジュークボックスなしで囁き声になっていた。「ぼくらは出ていくべきだ」

「まだ食べ終わっていないが」ディディマスは言った。

「エニグマを、という意味さ」あたりをさっとうかがう。誰ひとりまったく彼らに注意を払っていなかった。とんでもない太鼓腹で腰のないトラック運転手が、ポケットに手を突っ込んでジュークボックスへと向かった。「考えていたんだ、車に乗り込んで出ていくべきだとね。とっとと出ていくのさ」

　ディディマスは煙草をもう一本取り出した。「そうすべきだとはとても思わんね。得策ではないな、きみにとって」

「ぼくはそう思う」

「わたしは思わん」ディディマスは言った。「我々はとどまるべきだ」

　ゴスペルシンガーは口いっぱいに食べ物を詰め込み、嚙んで、飲み込んだ。

「我々？」ようやく彼は言った。「そう言えもするさ。皆が追いかけてるのはあんたじゃないからな」

「わたしを追いかける？　どういう意味かね？　きみは誰かに追われているのか？」

　ゴスペルシンガーは妙な具合に身悶えた。「どういう意味かわかるだろ？」

「いや、わからんな」ディディマスは言った。

ジュークボックスが唸りを上げて息を吹き返し、トラック運転手は巨大な腹を機械に押し付けて寄りかかり、夢見るように微笑んだ。

「なにもかも悪く転びすぎた」ジュークボックスの音量に対抗するため声を張り上げて彼は言った。「ぼくが振りかえるたびにやって来るあのおぞましい連中ときたら」彼は叫んだ。「どこを向いても必ず誰かが何かを求める。けど、あんな連中なんぞ知るかってんだ。アトランタへ行っていちばんいいホテルを見つけてチェックインするぞ。そもそもよくない思いつきだったのさ。戻ってくるべきじゃなかったんだ」

「人はいつでもやって来る」ディディマスは言った。「何であれきみが与えることのできる祝福を求めてな。ここだろうと、どこだろうとそれは変わらん」

「ぼくが朝食を食べようとしていたとき、何がキッチンに座っていたか見たか？」

「不幸な者たちだ」ディディマスは言った。

「それにぼくらが抜け出す直前に現れたあいつは？　黒い奴は？」

「きみの前に現れた者たちより、もっとひどい人々をわたしは見てきた」ディディマスは言った。「きみを苛立たせているのはそんなことじゃないな。エニグマに横たえられているという娘のせいだろう。わかっている」

ゴスペルシンガーはパンケーキの切れ端でシロップを拭うと、指を舐《な》めた。「彼女は関係ない」彼は言った。

「ありえんな」ディディマスは言った。「話すんだ」

「話すことがあれば話すさ」彼は言った。口いっぱいに食い物を頬張《ほおば》り、残りの牛乳で飲み下した。手を振って合図すると、ウェイトレスが大きな紙パックを手にテーブルへやって来てまたグラスいっぱいに注いだ。

「どちらにせよ、関係のないことだ」ディディマスは言った。「話しても意味はない。問題は、きみは立ち去ることはできんということさ」

「できない、だと！」酒場の看板娘のために家庭を捨てたトラック野郎の歌越しに、彼は叫んだ。「ぼくはしたいようにするまでさ」

「もちろん、できるとも」ディディマスは言った。「だが、いまここを去ればきみのイメージは地に落ちる。わたしはきみを歌わせるとウディ・ピーと契約したのだ。三分間のスポット広告が南部中のラジオとテレビで先週から流されている。ジョージア最大のテントをいっぱいにしておいて当日現れないゴスペル歌手など、許されると思うのかね」

　返答に、ゴスペルシンガーはパンケーキ一枚を丸ごと、一口で貪《むさぼ》った。

「もちろん」ディディマスは言った。「きみの言うように、背を向けてここから走り去ってイメージを台無しにして、誰もきみの歌を聞こうとは思わなくなった来年エニグマに戻って、膝まで豚の糞尿《ふんにょう》にまみれることはできるがね」

ゴスペルシンガーの顔が不愉快さの上をなんとか綱渡りし、やがて微笑みへと落ち着いた。「冗談だよ。もちろん、本気なもんか」大きな音でげっぷをすると、ゴスペルシンガーは指についたバターとシロップをしゃぶった。「エニグマへ戻るよ。彼らが望むことをやって金を受け取ってとっとと退散するさ」前屈みになって彼は続けた。

「だけどこれだけは言っておくぞ、これで最後だ。二度とごめんだ。今後は大きな街だけだ——ヤンキースタジアムとか、カウ・パレス・アリーナとか——もしくはテレビだ。金輪際ごめんだぞ、どいつの手足が悪くてどいつの目が見えないかなんてことがわかるくらい観客に近づくのは」

「好きにすればいい」ディディマスは言った。「きみはゴスペルシンガーなんだからな」

「そうとも」彼は後ろへもたれ、腹をさすった。ジュークボックスはつかの間静まっていた。向こうでテーブルの間を行き来する先ほどの痩せたウェイトレスを彼は見た。

「ぼくにいま本当に必要なのは」彼は言った。「女さ。こっちへ来るあの蓮《はす》っ葉《ぱ》とだって寝るかもね」テーブル越しのディディマスにわざとらしく流し目をくれてみせる。

「悔い改めよ、悔い改めよ」とディディマス。

「なにか追加？」ウェイトレスが訊いた。

「きみみたいな可愛い子を連れてエアコンの効いたキャデラックでドライブ、なんてどう?」ゴスペルシンガーは言った。

書き続けながら彼を見ると、彼女は破り取った勘定を下向きにしてテーブルに置いた。そしてガムを嚙みゴスペルシンガーを見つめながら、低い、疲れた声で言った。

「この黄色頭のクソ野郎が」

ゴスペルシンガーは歯を啜《すす》り、歩き去っていく彼女を目で追った。「まあいいさ」彼は言った。「ぼくが誰か知らないんじゃしょうがない。歌ってるのを聴いたことがないんだ」

「懺悔だぞ」ディディマスは言った。

ゴスペルシンガーは唇をブーッと鳴らし、店を出るついでに、オレンジのブラを着けた黒髪の娘が誰でもいいからフロリダまで会いに来てねと誘う絵葉書を買った。

二人はキャデラックまで歩いて戻った。雨は止んでいた。太陽は見えず、低くかぶさるような空の下にじめじめした空気が漂っている。給油器の横では、先ほどの男がトラックの開ける口のさらに奥まで体を突っ込んでいた。いま見えているのは彼の両足だけで、それが不規則にひくひくと動いている。烏《からす》が一羽、レストラン脇に生えているしなびた柿の木の天辺にとまり、あてどなくがなりたてた。

ゴスペルシンガーが座席に収まると、ディディマスは車をまた四一号線に戻し、二二九号線がエニグマへと折れる地点へ向けて走らせた。布面積の狭いショーツを穿きオレンジで胸を隠した娘の絵葉書が、後部座席のゴスペルシンガーの横に置かれている。彼はそれを手に取り、ちらと見てからまたシートにうっちゃった。

「妙だ」ディディマスが言った。

「何がだ?」

「フットがきみの兄さんを道で拾って、助けたことがだ」

ゴスペルシンガーは黙っていた。そして言った。「かもね」

「奇妙な偶然だとは思わんかね? きみの兄さんとフット? 二人が並べばフットも少しは化け物じみて見えない、そうじゃないか?」

「化け物だと言った覚えはないぞ。つけ回してほしくないと言ったんだ。彼にそんな権利はない」

「ここは自由の国だ」ディディマスは言った。

ゴスペルシンガーは絵葉書を拾い上げ、まじまじと見つめた。「自由はほかの場所で願いたいね。振り返るたびに、後ろで自由を謳歌《おうか》してる彼を見るのは願い下げだ」

ゴスペルシンガーは窓の外の平坦な、灰色の田園風景を眺めた。「ここを出た後、ぼくがどこへ行きたいかわかるか? マイアミ・ビーチさ」絵葉書に目を戻す。「いちばんイカしたホテルのいちばん高くて広い場所を取って、砂の上に寝そべって、冷たい水が脚の間でパシャパシャするにまかせるのさ」言いながら、てらてらとした絵葉書の表面に触れた。

「懺悔があるのを忘れるな」ディディマスは言った。

「よしてくれ、ディディマス、食べたばかりじゃないか！」うんざりして絵葉書を投げ捨てた。

「〈主の救い〉を二十回だ」ディディマスは言った。

「二十！　あの痩せた雌犬《ビッチ》にはほとんど何も言ってないぞ」

「二十回だ」ディディマスは言い放った。「ゆっくり運転しよう、エニグマに戻るまでには終わるさ」

「やるもんか」ゴスペルシンガーは言った。

だがディディマスはお構いなしにキャデラックを懺悔仕様にする準備を進めた。彼は二人を仕切っているガラス窓を閉めた。計器パネル上のスイッチで後部座席へエアコンの空気を送るダクトを閉じる。それから、どんよりした曇り日なので、ノブをまわして天井に埋め込まれている赤い電球を点灯する。光がゴスペルシンガーのしかめ面の上に注がれた。ディディマスは屈んでシートの下から〈夢の書〉を取り出した。そしてゆっくりと車を転がし、後部座席をぬかりなく監視しながらボールペンのキャップを外すのだった。

ゴスペルシンガーは首を垂れた。エアコンが遮断されたことで、急に空気がこもった。彼の周りに熱気が広がる。すでに髪から汗が滴り落ち、肌の上を這う蟻《あり》のように額を伝っていくのを感じた。

ディディマスに見られているのはわかっていたが、構わなかった。ディディマスにはどんな犠牲を払ってもいいだけの価値がある、最初のマネージャーが去って孤独に沈みそうな自分を救ってくれたのだから。エレベーター前の廊下で彼がディディマスを見かけたのはミスター・キーンがいなくなって二日が経った頃で、前例のない一週間興行を打っていたカーネギー・ホールからホテルへ戻ってきたある夜だった。彼は背が低く、ひどく痩せて浅黒く、顔の半分を影で覆うハットをかぶっていた。プロテスタントの地方出身だったから、彼の聖職者の襟には気がつかなかった。すでに遅く、真夜中を過ぎていた。改めて目を向けることなく、ゴスペルシンガーは廊下を折れていった。ディディマスはその後を追った。彼がドアに鍵を差し込んだとき、ディディマスが言った。

「ゴスペルシンガー！」

驚いて振り返り、半歩後退った。長く茶色い指が、立っている場所に彼を釘付けにするかのように自分に向けられているのを彼は見下ろした。

「きみほど不幸な男はいない」ディディマスは言った。

その声にはたちどころにゴスペルシンガーを落ち着かせる何かがあった。それは太く、父が子に呼びかけるように心から気にかけている響きがあった。百四十ドル入った財布とキャデラックの鍵を忍ばせた三百ドルのシルクのスーツを着て、合衆国でもっとも高いホテルのひとつにある部屋へと続くドアに背中をつけてじっと立ち、指の向こうにいる男を彼は見つめた、彼のほかには誰も知らず、疑いもしないことを口にしたその男を。

「誰なんだ?」ゴスペルシンガーは言った。

「わたしはディディマス、きみを助けるために遠くカリフォルニアからやって来た。怖がらなくていい、だが己の魂が惜しければ、わたしの話を聞きたまえ」

「ぼくになんの用だ?」

「いろいろだ」ディディマスは言った。「いろいろあるとも」まさかりのような小さな口で微笑んだ。それはくつろいでいて、驚くほど滑らかだった。「まずはビジネスの話だ。きみはマネージャーを失ったようだね」

そのことは警察以外に話していなかった。「なぜそれを知ってる?」彼は訊いた。

「きみについて」ディディマスは言った。「わたしが知らぬことはほとんどない。こう言えばわかるかな、きみにはわたしが必要だ、と。わたしはきみを助けることができる、きみさえよければだが」

「助けなどいらない」

「やり直しだな」ディディマスは言った。「虚勢でわたしの時間を無駄にするつもりかね」

「ぼくが助けが要るような人間に見えるか？」ゴスペルシンガーは言った。

「端的に言って、イエスだ」ディディマスは言った。

「必要なことはすべて、ミスター・キーンがやってくれる」ゴスペルシンガーは言った。

「ミスター・キーンがきみを助けたことは一度もない、彼はきみの金目当てに自分を助けただけだ。もう戻らんよ」

「あんたはどうやってぼくを助けると言うんだ？」

「なかに入らんかね？」ディディマスは言った。「廊下に立ったまま話を続けなきゃならんのか？」

　ゴスペルシンガーは謁見《えっけん》を望む人間たちには慣れていた。誰もがいついかなる理由でも彼の人生を邪魔していいのだと思っている。この男を追い返すよりも話を聞いた方が面倒は少ないだろうと彼は判断した。

　スイート・ルームは広く、ディディマスはゆったりと歩いて部屋の隅々やクローゼット、簞笥《たんす》の引き出しのなかまで覗き、匂いのほとんどない何かの跡を追う犬のようにあちこち嗅ぎ回った。出し抜けに立ち止まっては灰皿を、あるいはベッドを、あるいはランプをじっと見つめ、それからまた続ける。リビングのソファーにへたり込んだまま、ゴスペルシンガーは彼を見つめた。

「いい部屋だ」ようやくディディマスは言った。「それについては何も言うまい。きみに是非とも必要なものではないが、まあよしとしよう」

ゴスペルシンガーはカウチの上で身を起こした。「すでに自分で代金を支払ってるものをキープしてもいいと、そりゃどうもご親切に」

ディディマスはやって来て彼の前に立った。「まず、最初にきみが理解しておかなければならんのは、きみはなにも支払ってなどいないということだ！　だがそうなる。終わりの時が来れば、きみはすべてを支払うことになる」

ゴスペルシンガーはまたカウチにへたり込んだ、黙っていなかったことを後悔しながら。「疲れてるんだ」彼は言った。「とてもね。今夜の集会で萎《しお》れた花みたいにくたくたさ。明日にしてくれないか、なんだか知らないがあんたが話したいことを話そうよ」

ディディマスの呼吸が荒くなりだした。顔色が変わった。血管が鼻の頭から浮きだし、髪の生え際へ向かって消えている。張りつめた囁き声で彼は言った。「知っておかねばならないことは三つだ。一つ、きみは花ではない。二つ、きみを萎れさせたのは集会ではない。三つ、わたしはどこへも行かない」

ゴスペルシンガーは狂人を部屋に招き入れてしまったかもしれないと怖れ、思ったことがつい口に出た。「警察を呼ぶぞ」

ディディマスは両手で頭をつかみ、ゆっくりと円を描くように三度回転すると、顔を壁に向けて止まった。彼は呻いた。「彼の魂について話すためにやって来たと言うのに、その彼は警察を呼ぶと言う。我らが母よ、警察にいったいなんの関係があるというのですか？」

「ぼくの魂だって？」顔を覆う手の水かき越しに見つめながらゴスペルシンガーは訊いた。

「ほかに何があるというのかね？」ほかに何が、たしかに！　彼はさっと青い背広の前を開け、大きな硬い表装の本を取り出した。ゴスペルシンガーが見ると、その表紙には太いブロック体で〈夢の書〉と書かれていた。「わたしはすべてをここに書きとめてきたのだ。細大漏らさず！」ディディマスはとてもゆっくりと慎重に本を開き、数ページめくり、さらにめくり、そして止まった。「きみを萎れさせたとかいうその集会の名は、ジェラルディン・フライヤーだ」

誰かに強烈な一発を食らったかのようにゴスペルシンガーは唸った。

「彼女がきみを萎れさせたのは今夜だけではない、三夜連続でだ。カーネギー・ホールのステージ下で一回、きみのキャデラックのなかで一回、いかがわしい四十二番街の部屋で一回、そしてこの部屋のまさにきみがいま横になっているそのカウチで一回！」

ゴスペルシンガーの唸り声は止んでいた。彼は蒼白になり、両手できつく目を押さえながら仰向けに横になった。

〈夢の書〉を床に放り投げ、ディディマスは叫んだ。「ジェラルディン・フライヤーはカーネギー・ホールできみの後ろ、一列目三番の席で歌う聖歌隊員だ、主にお仕えするために！」

「なぜ彼女のことを知っている？」

「彼女のことではない！　ディディマスが知っているのは彼らのことだ！　ディディマスは彼らすべてを知っている、神の面前で連綿と繰り広げられてきた冒瀆《ぼうとく》的行いの数々を！　ディディマスは知っている、ミスター・キーンが、金より頼りになるものがないが故に、きみを神への冒瀆へと仕向け、けしかけたことを」

「ぼくは誰も傷つけてない」ゴスペルシンガーは言った。

「カーネギー・ホールの舞台下の卓球台の上できみがジェラルディン・フライヤーと裸で組み合っていたとき、もしも舞台がひっくり返されて、観客席できみが主の言葉を歌うのを待っている人々にその姿をさらされたら、何が起こっていたと思う？　傷つけはしないと言うのかね、きみの声にぞくぞくするのを、神の奇跡をまさにその神に選ばれし者のなかに見るのを心待ちにしている人々を。彼らが荒涼たる丘の上で悪臭を放つ山羊《やぎ》よろしく遮二無二背中を丸めているきみを見ても？」

「でも、みんなに見られはしなかった。傷つけちゃいないさ……」

「傷つけていない、ほんとうにそう思うのかね？」また声を落としてディディマスは言った。ゴスペルシンガーがカウチの上に起き直ると、近づいてきたディディマスは半ば跪くようにして両腕をひろげ、ゴスペルシンガーの頭上にかざした。「きみが宗教的恍惚をそのなかに引き起こしたあの少女を腕に抱いたとき、彼女の肉に触れ、彼女の興奮を感じたとき、考えるのだ！　傷つけはしなかったか？　彼女を手篭《てご》めにできると知ったとき、きみが肉欲への愛になんとかして変えようとした神の愛に娘が平伏《ひれふ》すのを見たとき、考えるのだ！　傷つけはしなかったか？」

カウチの上を後退りするゴスペルシンガーをディディマスが追う。ついに端まで来て進むことができなくなり彼は床に滑り降りたが、ディディマスはさらに追い縋《すが》った、喋り続けたまま、燃えさかる両目を見開きながら。ゴスペルシンガーは首を振ることしかできなかった。

「彼女の服を脱がし、ストラップが外されて娘の純潔を守るシルクが剝がされるのを見守っていたとき、そして彼女が目を見開き、神の歌を歌っていたがゆえに悪さなどしようがないと信じた男の腕に、裸で抱かれている自分に気づくのを見たとき、考えるのだ！　傷ついてはいまいか？」

半分這うように、半分すべるように絨毯の上を行くゴスペルシンガーの顔に、その燃え立つ顔を押しつけながらディディマスは迫った。

「娘のあそこに触れ、急に濡れているのを感じ、彼女自身の意志は微塵《みじん》もなくなった肉体が神的経験から肉欲的経験へと変わったことを感じたとき——そこに痛みはなかったというのか？　そしてそれは誰の責任なのかね、きみじゃなかったのだとしたら？」

ゴスペルシンガーは滑りながら床を渡っていった、そしていま彼とディディマスはクローゼットの目の前にいた。扉は開かれていた。

「それにもちろん、わたしはすべて理解している、それがきみにどう関係があるのかを」ディディマスは言った。「わたしは奇跡などに期待してはいない、期待しているのは混乱した目的もない自己憐憫《れんびん》以上のものだ。すまないと思うだけでは足りん。わたしがきみに期待し要求するのは懺悔だ。自身の心の不完全さを見つめたまえ。とくと考えるのだ。わかったな？」

「ああ」ゴスペルシンガーは言った。「そう、見つめなければ」だが、いまや彼は呆然と、ある種の放心状態にいた、ディディマスの途方もない知識に畏《おそ》れをなして。彼に言われたことならなんでも従っただろう。ディディマスが命じていれば十五階の部屋の窓から飛び降りていただろう。だが彼はそんな奇特なことを要求しはしなかった。そのかわり、彼はゴスペルシンガーの背中に飛び乗り、うなじとベルトをつかんでクローゼットのなかへ放り込み、跪かせたのだ。骨張った指をまたも振りかざし、見上げるゴスペルシンガーの顔をまともに指差しながらディディマスが鬼の形相で立ちはだかる間、上等なリネンのスーツとパステルカラーのシャツと仔牛革《こうしがわ》の靴が四方八方から投げ込まれるのだった。

「歌え、このろくでなしめ」ディディマスは叫んだ。「歌うのだ、野蛮人め！〈この世は我が家にあらず〉を四十回だ、そして歌う間、神の授けたもうた己の声を聞いて、それをおまえはいかにしてさもしい肉欲を満たすために使ってきたのか、とくと考えるのだ！」

クローゼットの扉が勢いよく閉められ、暗闇のなかでただ独り彼は怯《おび》えた。片手で締め上げられているみたいに喉が苦しかった。扉の外から息遣いが、鼻水混じりの咽《むせ》び泣きのような音が聞こえ、やがて「歌え、野蛮人よ！」とディディマスが叫ぶと、その言葉の力が彼の喉のなかに歌を溢れさせるのだった。

一時間と五十七分後、汗だくになり、関節という関節を震わせながら彼は扉を開けて這い出し、ディディマスの腕のなかに倒れ込んだ。抱きかかえ、その顔に向かってディディマスは囁きかけた。「よーし、よし、わたしのかわいいご主人よ、きみは清められた」

キャデラックは二二九号線をゆっくりと這うように進んだ。ゴスペルシンガーは最後の〈主の救い〉を歌っていた。ディディマスは片手でハンドルを握り、ときおり道に目をやりながら淡々と〈夢の書〉に書き込んでいた。ゴスペルシンガーの顔には〈主の救い〉二十回分の疲労が見てとれた。彼が疲れ切り、ようやく座席に倒れ込むと、ディディマスは〈夢の書〉を脇へ置いた。西の方角に重たい雲の筋が折り重なってはいたが、空には晴れ間が広がっていた。彼らはエニグマの境界にいて、それまでは見渡すかぎりガルベリーとドッグ・フェンネルとオークの低木の風景だったが、いま巨大なキャンバス地のテントと、その周りに駐められたぴかぴかの新型車や側面が木製パネルの古いトラック、そして雨を滴らせる樹の下に繋がれ眠たげに佇む騾馬に牽かれた馬車の間をうろついている人々の前にいた。少なくとも一五〇ヤードはあろうかというテントの上には、赤白青の三角形のペナントの列が張り渡されていた。空を背にそよとも揺れずぶら下がっている。〈ジミーの特製ミート・サンド&冷たい飲み物〉と側面にペイントされた緑色の小型トラックが、テント正面の路肩にやって来て停車する。人々の列はそれをよけて通っていった。テントを通り過ぎるとき、二、三人が腕を上げて彼を指差し、それからほかの何人かが、やがてそのあたりの誰もがなんであれやっていたことの手を止めて、彼のいる方へさっと頭を向けるのが見えた。

赤いシャツを旗のように振る者もいた。エアコンのノイズとタイヤの音越しにうっすらとだが絶え間なく伝わってくるざわめきは、巣のなかで唸る蜂《はち》の音のようだった。

　ゴスペルシンガーは彼とディディマスを隔てるガラスのパネルを開けた。「こんなに人が集まるにはちょっと早すぎないか？」

「計画立てて宣伝するのがビジネスマネージャーというものだろう？」ディディマスは言った。「ラジオ、ビラ、新聞。きみには最高の宣伝こそふさわしい」

「そうじゃない、あんたはよくやってくれているさ」ゴスペルシンガーは言った。「仕事をしてないなんて言ってるんじゃないさ。それにしても、ここまで集まってるのはちょっと妙だよ」

　ディディマスの機嫌が急に悪くなった。「みな楽しそうにしすぎているな、伝道集会にやって来る人間にふさわしくない。よくない兆候だ」

「ミレッジヴィルの説教師を目当てに集まったのかもしれない」ゴスペルシンガーは言った。「すごくいいらしいじゃないか」

「理由はなんだってありえる」ディディマスは言った。「人々というのはわからんものだ。彼らについて何かつかんだと思っても、次の瞬間には連中はその真逆のことをする」喋りながら、彼はまた〈夢の書〉を手に取った。「そうとも、今朝、朝食の席につく前に小道である不幸な者と話していたのだが、話題はまさにこのことだった。

エニグマにこれだけの人が集まるのは見た事がないと言っていたよ、きみの帰郷の折々でさえね。それから彼がなんと言ったか、わかるかね？」

「いいや」

「雨が連れてきたと言うんだ。想像できるかね、雨が連れてきた、そう言ったのだ。ジョージア南部中が日照り続きだったところへ、わたしたちが足を踏み入れた途端、雨が降りだしたのだ。降りだしたのは我々のちょうど後ろらしいがね、一度も降られなかったが、我々の背後では常に降っていたのだ。小道にいたその不幸な男は言ったよ、ゴスペルシンガーがエニグマへ帰ってくることを告げるわたしが手配したコマーシャルのひとつを見かける、するとどうだ！　雨が降りだしたのさ。テレビの男が見渡す限り雨が降らないと言っている最中に降りだすことすらあった、そうあの不幸な男は言ったのだ。傑作だろう？　人々とはわからないもの、とはまさにこのことだ」

ディディマスが喋る間、ゴスペルシンガーは後部座席で縮んでいくように見えた、子供が遊ぶ風船からゆっくりとだが確実に空気が抜けていくように。ディディマスはすばやく書き込み、本を閉じた。

彼らはエニグマ唯一の大通りにいて、行く手には沼の端で町が終わる場所に建つ群庁舎があった。歩道から彼らを見た者たちは車の後を追いはじめた。集会用テントの前にいた車のうちの何台かも、いま彼らの後に続いていた。

ディディマスがゴスペルシンガーの方を振り向く。「きみの負担になりすぎなければいいが」

「ぼくは平気さ」彼は言った。

葬儀場の前に停車すると、すぐに人々に取り囲まれた。歩道はざわめきと小突き合いで溢れた。誰かがつかんだ赤ん坊を窓へ向かって差し出す。回ってきてドアを開けるディディマスを待ち静かに息を整えて座るゴスペルシンガーを、その青くつぶらな瞳《ひとみ》が無関心そうに見つめた。いままでも何度かあったように、もし群衆が興奮しすぎればディディマスが守ってくれるだろう。ニュージャージー州エリザベス・シティーの野球場に登場することになっていたある夜には、服を引きちぎられたこともあった。だがそれはまだミスター・キーンと一緒だった頃のことだ。ディディマスがいるときにそのようなことは一度たりとも起こらなかった。彼は小柄な男に似合わず驚くほど強い。

ドアが開かれた。不規則な、周りを気にするような歓声が起きる。群衆のほとんどはよそ者で、見たことのない人たちだった。ディディマスがドアの周りの人を払い、ゴスペルシンガーが降りようとしたそのとき、椰子《やし》の木と葉っぱを腰に巻いた娘たちがプリントされた派手なシャツを着た太った男が、幼い少年を抱き、人々をかき分けて前に出た。少年の頭は大きく、ステンレス縁の眼鏡の向こうから泣き腫らしていたような濡れた赤い両目をぎょろぎょろさせていた。「そら、いたぞ」太った男は叫んだ。「触ってごらん！」少年は手をのばし、ゴスペルシンガーの腕を後ろからつかみ、力のかぎりつねった。「いい子だ！」太った男は叫んだ。「さあ、もう一度触って！」だがすでにゴスペルシンガーはその手を逃れ、葬儀場のなかへと向かっていた。

部屋の明かりは薄暗かった。周囲の壁沿いの床に花々が置かれている。室内には四人の婦人たちがいて、その一人がカーター夫人だ。彼女たちはゴスペルシンガーに背を向けて座っていた。ドア口に立つ彼からは、ハイラムによって棺から身を起こすように安置され、唇を赤く、瞼をほのかに青く塗られたメリーベルの姿が見えた。ゴスペルシンガーは顔を作り、それが嘆き悲しんで見えるようにと願った。棺に向かってゆっくりと歩いていく。その二歩うしろをディディマスが続く。カーター夫人が頭をもたげた。その顔は重苦しく、真っ黄色だった。長いこと眠っていないようだ。隣に座る婦人が蓋を取ったコーヒー豆の缶を静かに持ち上げ、嗅ぎ煙草の長い唾をそのなかに吐き出した。カーター夫人はぎくしゃくと椅子から立ち上がってゴスペルシンガーのところまで来ると、抱きしめた。汗と嗅ぎ煙草の匂いがした。

「ああ」彼女は言った。「どれだけおまえを待ったことか。おまえなしでこの子を埋めなくちゃって、何度思ったかしれないよ」

「さあさあ」ゴスペルシンガーは言った。「しっかりしてくれなくちゃいけません。

歌にもあるでしょう、『この世は我が家にあらず、ただ通りすぐるのみ』ですよ。できるだけ早く駆けつけました。着くまで知りもしなかったんです」

「おまえはいまここにいる」カーター夫人は言った。「それだけで十分さ」またメリーベルの方に向き直ると言った。「ハイラムはとてもいい仕事をしたと思わないかい？」

「ええ」ゴスペルシンガーは言った。

「まったく生きているみたいだよ」婦人の一人が言った。

「この子はおまえのことを話してたよ、あんなことが起きる前の日にね」カーター夫人は言った。「そろそろ帰る頃だと知っていたんだね。かわいそうに。そりゃあ嬉しそうだった、楽しみといえば、帰ってくるたびおまえに会うことだけだったよ。おまえのことをお天道様みたいに思っていた。あたしもずっと楽しみにしていたんだ、おまえとこの子が……いつかは……」顔を背けて喉の奥でいがいがした音を鳴らしたが、振り返った彼女の目は熱く乾いていた。「あたしの子を殺せるなんていったいどんな人間だい？　いったいなぜ？　どうして？　あのニガーはアイスピックで襲ったんだ、あんなにあの地区につくしてやったこの子を」

「母さんから聞きました、やったのはウィルだって……」

「わかっていたよ、あのニガーがろくでもないってことはね。あいつはいつかこんなことをしでかすって、あたしゃいつも言ってたんだ」婦人の一人が言った。

窓をノックする音がした。皆が振り向いた。日除けの長さが足りず、ガラス窓の下の方に青い目をした赤ん坊の丸い頭が覗いていた、母親がメリーベルが見えるように抱え上げているのだ。赤ん坊はやたらと退屈そうに見え、いまにも眠りに落ちそうだった。母子の両脇では顔という顔が、目をぱちくりさせながら凍りついたようにじっと窓枠いっぱいに貼りついていた。

「一日中あの調子さ」カーター夫人がげんなりとした調子で言った。「昨日の晩、あたしがメリーベルと起きていたら集まりだしたんだよ。ほんの一分だって放っておいてくれやしない、死んだ人間さえね」

「あれはエニグマの人間じゃないよ」婦人の一人が言った。「あそこであぁして覗き込んでる連中はひとりもね」

「良識ある人々だといいんですが」ゴスペルシンガーは言った。

「ひっきりなしに入ってきてあの子を見たがるんだ、傷をね。今朝がた幾人か入れたのさ、そしたら外へ出て、どんなにこの子が美人だとかアイスピックの痕《あと》がどんなだったとかみんなに言いふらすだろ、ああして人が集まるのにいくらもかかりゃしない、みんな入ってきてこの子を見たがる。はじめは入れてやったんだ、でもみんな乱暴であちこち小突きまわすもんだから、この子をひっくり返しちまうんじゃないかって怖くなったよ」

「どうにかできないんですか？」ゴスペルシンガーが訊いた。「追い払うことはできないんですか？」窓辺からのざわめきが大きくなり、彼は声を張り上げねばならなかった。彼も葬儀場のなかに入ったいま、外の通りに人が集まりだしていた。

「あたしの知るかぎりじゃね」カーター夫人は言った。「ともかく多すぎるよ。どうにかできるものなら、とうにやっていたさ」

「ええ、それはもちろんです」ゴスペルシンガーは言った。「ディディマス、何か手はないのか？」

一心に書き込んでいた〈夢の書〉からディディマスは目を上げた。「あるとは思えんね」彼は言った。「こうなることはわかっていたからな。我々がここへ案内したようなものだ。きみを見にね。それに」棺の方に手をひらつかせて言った。「なんといってもこれは壮観な殺人には違いない」

「この人は誰だい？」カーター夫人が訊いた。

「ディディマス」ゴスペルシンガーは言った。「ぼくの新しいマネージャーですよ」

「いったいどういう名前だいそれは？」カーター夫人は知りたがった。「ミスター・キーンはどうしたの？　あの人ならどうすればいいか知っていたに違いないよ。ミスター・キーンはどこだい？」

「残念ですがいなくなったんです、カーターさん、このまえ帰ってきたすぐ後に」

カーター夫人は険しい目でディディマスを見据えた。「ミスター・キーンがいたら、なんとかしてくれただろうね」

「もちろんそうでしょうとも、マダム」ディディマスは言った。それからゴスペルシンガーに言った。「出ていって立ち去るように、少なくとも後ろに退がって静かにするよう頼んでみてはどうかね。つまり、きみからのお願いとして」

「言うことを聞くかな？」ゴスペルシンガーは訊いた。

「いいや」ディディマスは言った。「だがやってみることはできる」

カーター夫人は彼を見つめた。「この子に歌ってやってほしいんだよ、おまえに。あんなふうに騒いで窓から覗き込まれながらなんてよくないよ、まるでサーカスか何かに来てるみたいじゃないか」

「頼んでみましょう」彼は言った。

彼が歩道へ出ると、群衆は静まりかえった。窓にひしめいていた人々はふり返って彼を見つめた。先ほどの女が、よく見えるようにと赤ん坊を肩まで持ち上げた。赤ん坊は眠っていた。ゴスペルシンガーは、スチール縁の眼鏡をかけた少年を抱えて群衆の先頭に立つ太った男から目を離さなかった。「皆さん」彼は言った。「こうして出てきたのはお願いがあるからなん……」

「ニガーが六十一回も刺したってのは本当かい?」肩に眠る赤ん坊を乗せた女が叫んだ。

「……お願いというのは」ゴスペルシンガーは言った。

「そうとも、本当さ」太った男が言った。「ニガーを見に留置所へ行ったら、保安官がそう言っていたからな」

「お願いだ」ゴスペルシンガーは言った。「なかにいるご婦人が……」

しめしあわせたかのように、ゴスペルシンガーの目の前の群衆が割れ、空いた場所にどす黒い肌と色のない目をした例の男が立っていた。頭と手と足が動くたび、彼の服は空気のほか何も支えるものが入っていないかのように渦巻いた。

「おいあんた、ゴスペルシンガー」男は言った。その声は穏やかだったが、突如起こった静寂のなかで、叫び声のように響いた。

ゴスペルシンガーは彼を見ないふりをした。「カーターさん、気の毒にも亡くなったメリーベルの母親です、彼女にこうして出てくるよう頼まれたんです、みなさんに……」

だが人々は聞いてはいなかった。その目は痩せこけ揺らめいている人物に注がれ、彼はゴスペルシンガーが喋っているのもかまわず、ゆらゆらと前へ出てきてその黒い手で彼の腕をつかんだ。群衆からため息のような声が漏れ、男はさらに前へ出た。

「あんたはおれから逃げた」男は言った。

「ここへ来なくちゃならなかったんだ。こうしてここにいるだろう」ゴスペルシンガーは言った、割れそうな声を割らないように堪《こら》えながら。

「はるばるやって来たんだぞ」男は言った。「なにもかも投げうって長い道のりやって来た、あんたは治療者《ヒーラー》だとみんなが言うからだ」

「ぼくのせいじゃない……ぼくのせいじゃないんだ……」ゴスペルシンガーは叫んだ。

彼について言われていることは自分の責任じゃないと言いたかったのだが、最後まで言い切ることができなかった。男はあまりに近く、どんよりとした色のない両目の表面に自分の姿が反射しているのが見えるほどだった。覗き込みたくはないのに、そうしてしまう自分を抑えることができなかった。その両目は瞬きひとつせず、彼は蛇に睨《にら》まれ身動きの取れない鳥のようだった。男はさらににじり寄った。その息は長いこと閉じ込められていた物の匂いがした。

「おれたちは信じる者たちだ」男は言った。「ここに疑う者はいねえ。おれの知るかぎりそんなことはあっちゃならねえ。おれにはあんたが誰かわかる、おれは信じる」

ゴスペルシンガーはまごつき、言葉が出なかった、ただ離してくれるのを待ち、とうとう男がだめ押しにぐっと彼を押すと、そのままよろよろと葬儀場のなかへと半開きのドアを戻っていった。黒い男へ向けて群衆から歓声が上がったが、男はすぐさまくるりとふり返り、睨みつけて皆を黙らせるのだった。

なかへ戻ったゴスペルシンガーは、歩きながら足が床についている感覚に意識を集中せねばならなかった。壁に頭と尻をつけて寄りかかり、回復を待った。カーター夫人のもとへ戻ろうとしたそのとき、とつぜんカーテンの間からハイラムが飛び出してきた。近くに駆け寄りすぎた彼はゴスペルシンガーの胸に顎で触れそうになった。顔を真っ赤にして汗をかいている。シャツの脇の下には黒い半円ができていた。

「どうして戻らなかったんだ?」彼は詰め寄った。「待っていたのに。みんなして待っていたんだぞ? 自分の場所だってのに入るのに脇を回らなくちゃならなかったよ。外のあの連中ときたら分別ってものがない、それなのにわたしはあっちの親父さんの家で戻るのを待っていたんだぞ? どうして戻って来てくれなかったんだ?」

ゴスペルシンガーは吐き気を堪《こら》えるかのように手で口を覆った。彼はハイラムがどうして叫んでいるのか理解しようと深呼吸をした。「たのむよ」彼は言った。「ぼくだってなんとか……」

突然、ハイラムは自制心を取り戻したようだった。「わかった」彼は言った。「いいんだ、きみに腹を立てたいわけじゃない。誰に腹を立てようと、きみにだなんてとんでもない。ただ娘にきみが見えるようにしてもらいたかっただけなんだ」

「そう、ぼくを見る、ね」

「裏の部屋にいる」彼は言った。「あの子にきみの顔に触れさせてやりたい、それだけなんだ。もう大きいからね、何をしているかわかるくらいには」そう言ってゴスペルシンガーの腕をつかんだ。

ゴスペルシンガーは後退った。「だめだ。いまはだめなんだ。カーターさんが待ってる。あの人が次だ。メリーベルが待っているんだ。約束したんだよ。その後でならたぶん……」

「そうだった」苦々しそうにハイラムは言った。「ほかのみんなのためになんでもしてやってくれ。わたしがどれだけ長いこと親父さんと知り合いだろうが関係ないさ、この場所にきみの親戚《しんせき》を寝かせて着せてこの手で安置してやったことがあろうと関係ない。そんなことはなんでもないんだからな」

歩き去りながらゴスペルシンガーは言った。「すまない、ほんとうに」メリーベルの方へ向かいながら、ハイラムがまだ話しているのが聞こえた。「終わってから、それからなら……」

窓辺で外を覗き込みメモを取っていたディディマスは、彼が入ってくると〈夢の書〉を閉じた。ゴスペルシンガーはまっすぐに棺へ向かうと、跪いた。

「群衆はわたしが思っていた通りの行動に出たな」とディディマス。

すでにゴスペルシンガーは〈進めよ、さらに〉を静かに歌いはじめていた。

カーター夫人は後ろへ退がり彼を見つめて言った。「外へ出て、あの子と二人きりにしてあげよう」

「わたしがゴスペルシンガーのもとを離れることはない」ディディマスが言った。

「それじゃこれが最初になるね、なんとかいう名前のあんた」カーター夫人は言った。「よそ者のあんたにわかってもらおうとは思わないよ。そうすべきとも言わない。あんたがしなきゃならないのはここから出ていってあの子らを二人だけにしてやることだ、それだけさ。そうしないなら豆鞘《まめさや》の袋みたいに引っつかんで放りだしてやるよ」

腰に両手を当てて目の前に立ちはだかった彼女は、ディディマスより二フィート幅が広く、一フィート背が高かった。

「仰せの通りに、奥様」彼は言った。そして出ていくとすぐに窓から覗き込んでいた子供の顔が視界から消え、その場所にディディマスの顔が現れるのだった。

外へ出ると、カーター夫人にはもうゴスペルシンガーの声は聞こえなかった。人々は叫び、押し合い、車のクラクションが一度、また一度と鳴らされ、遠くからは爆竹の束が鳴らされるような音が響いてきた。葬儀場の外に立ち、ゴスペルシンガーの力強く美しい歌声が死んだ我が子の上に、そして静かなエニグマの通りの上に響き渡るのをカーター夫人は思い描いていた。だが彼女はいま、人々が片手に聖書を、もう片手に分厚い〈ジミーの特製ミートサンド〉を握りしめている、言ってみればとりとめのない祝日のようなものの只中《ただなか》にいた。彼女は葬儀場から道を隔てたところにある木製のベンチに腰を下ろした。三人の婦人たちも後に続いて座った。四人はとても静かに座り、群衆を眺めた。黒いボネットの下、カーター夫人の目はどんよりとして光を反射しなかった。

「あの子の歌もここじゃ聴こえないね」彼女は言った。

「人が集まりだしたはなから、あたしゃ聴こえないだろうってわかっていたよ」婦人の一人は言った。

カーター夫人はごく小さな声で言った。「神様、地獄が口を開けてひとり残らず飲み込んじまえばいいのに」

隣の婦人が茶色い唾をひと垂らし通りに吐いた。「違いないね」彼女は言った。

カーター夫人が耳にしたその惨憺《さんたん》たる音も、ゴスペルシンガーがメリーベルの冷たく整えられた顔と同じ目線になるように跪いている葬儀場内部では、いくぶん和らいでいた。ようやく、とうとう、彼女は逝った。そして彼女は地獄へとまっしぐらに堕ちたのだということを彼はゆめ疑わなかった、そこへ送り込んだのが、ほかならぬ自分であることを疑わないのと同じように。

彼の歌が彼女を回心させたその夜、彼女はその晩を通して、説教師による説教中もその後の集会の間もずっと彼のそばにいた。彼女は若い顔を紅潮させて囁き続けた。

「体中が震えてるわ。自分がこんな風になることができるなんて知らなかった、こんなにも幸せになれるなんて」終わった後、彼はタラハシーのゴスペル・コンテストで得た金で買ったフォードのクーペで彼女を家まで送ったのだが、そのことについては誰も何も思わなかったし、とりわけ彼自身がそうだった。エニグマでは彼女は彼の恋人だと皆が知っていたからだ。彼はオールバニ、ティフトン、コーデールと、何度も彼女を映画へ連れて行っていた、いつもゲルドが運転し、二人は後部座席に納まって。それまでにも彼女の手を取り、キスをしたことはあった。一度などキャンディー・プリング（男女が集いキャンディーを作って楽しむパーティー）で彼女の胸にそっと触れたことさえあったし、そのとき彼女は顔を赤らめて目をそらしただけで止めはしなかった、だが回心後、とてつもなく大きく黄色く静かな月が野原のすぐ向こうにぶら下がっているなか、彼女の家の前のペカンの樹々の下に座っていたあの夜は、すべてがどこか違っていた。教会を発《た》ってから二言三言以上の言葉を交わさず、いま二人はじっと恥ずかしそうに座っていた。

「どんな気分？」彼女は言った。

「うん、いいよ」彼は言った。

「知らなかったわ……今夜あたし……」

「うん」彼は言った。「わかってる」

彼女はシートの上を伝って彼のそばに座り、両手で彼の顔に触れた。彼女の呼吸は浅く速かった。彼は彼女から波のように発せられる熱を感じた。「自分があんなことをするなんて知りもしなかった」彼女は言った。「席を離れてあなたの前に立つまであんなことが起きるなんて、まるで神様ご自身に触れられたみたいだった」

彼は彼女にキスをした。特にしたかったからではなく、彼女が神の話をするのを聞きたくなかったのだ。彼の唇の下で彼女はとても静かだった。彼が身を引くと彼女は言った。「説明できないわ。たぶん歌の……あなたのせいだと思う。あなたと神様を聴いていて、あたしばらばらになりそうだった……」

もう一度キスをした。ゴスペルを歌うことは金儲けの手段であり、エニグマから逃れ、一生を豚の糞に浸《つ》かって過ごさずにすむための手段だった。そこに神を介入させることなど考えてもいなかった。そもそも彼はとくに信心深い質《たち》じゃなかったし、魂を救う責任があるのだなどと誰かに言われるのは混乱するし、怖ろしかった。彼の唇の下で彼女の唇が開く。彼女は彼の腕を両手でぎゅっと握りしめた。それから身を引くと彼女は言った。「説教師になろうと思ったことはない？」

「ないよ」彼は言った。「一度も」

「あなたとっても上手だわ」彼女は言った。「それにこの世には悪いことがたくさん。あなたは主に仕える仕事に向いていると思うの」

彼女をシートの上にぐっと座らせた。彼は神の話を聞くのも主に仕えるのもごめんだと固く決心した。朝になればアトランタへ行ってテレビで歌い、いちばん大きなホテルに部屋を取ってステーキを食うつもりだった。ミスター・キーンが約束したのだ。そういうすべてを、神だの田舎説教師になることだので無駄にするつもりなどさらさらなかった。

月明かりが彼女の髪をとらえ、そのなかで霧のようなものに変わった。彼女は花と石鹼と、それからより強く奇妙な、彼がいままで嗅いだことのない何かの匂いがした。顔を汗でびしょ濡れにし、彼が触れるとそれがどこであれ彼女の肉は焼けそうなほど熱く感じられた。「今夜の教会で……」彼女は言い、彼はまたキスをした。かすかに、そしてはじめてのことだったが、彼の舌に彼女の舌の先端が触れるのを感じた、だがそうしておいて彼女は言うのだった。「今夜、神様のところまで連れて行かれたのがあたしだけだったことはわかってる。だけど、あそこにいたみんなが、あなたの声にイエス様の存在を感じていたわ」

「愛してる」彼は言い、彼女のワンピースの下に手を這わせたが、何を期待しているのか自分でもわからなかった。おそらくは彼女に叫ぶか引っ叩くかされることを、いや、少なくとも神について話すのを止めることを期待していたのだ。だが彼女は一層力を込めて彼の首にすがりついただけだった。唐突な、さっと滑るような動きで彼は彼女の両腿の間へと誘われた。彼は周りを見回した、そんな体勢になった自分に驚いて。ワンピースは腰のあたりまで捲《まく》り上げられ、四角く白いコットン地の下着がそこに見え、二人を隔てているのがわずか二インチばかりの布だけだという事実にも、彼女はまったく気づいていないかのようだった。彼は童貞だったから、女の神秘は神の神秘と同じくらい深く厳粛なものだった。だがそこまで怖ろしいわけでも、彼のなかではたいした影響を及ぼす類のものでもなかった。

「あたしも愛してるわ」彼女は言った。「ああ、本当に愛してる」

だがそれでも彼女は神について、彼が説教師になることや、雲の向こうの太陽のように彼を透かして神の輝きを感じたことについて話すのを止めることはなく、とうとう彼は彼女の家の庭先に停めたフォード・クーペのシートの上で、ほとんど意に反して、彼女の下着を引き裂き、彼女を引き裂いたのだった。それは気まずく苦痛に満ちて短かったが、それまでの人生で起きたどんな出来事より奇妙に現実味を帯びていた。ちっぽけな自分の一部を視界から、そして世界から、他人という存在のなかへと沈み込ませることは、人生で最高の出来事のように思えた。三分後、すべてが終わり愛していると言って泣く彼女を抱いていたとき、自分も彼女のことを愛している、そう彼は確信したものだった。彼女の頭上で月明かりに照らされて光るクロームのドアハンドルを眺め、大きな、だが半信半疑の声で彼は言った。「これは愛なんだ、これは愛

なんだ、これは愛なんだ」

ゴスペルシンガーは目を上げ、目の前のメリーベルの死に顔を見つめた。彼はつかの間〈進めよ、さらに〉を歌う自分の声にじっと耳を傾けた。声は豊かで迷いなく、いままさに曲の途中だった。メリーベルを愛することさえできていたら。それが本当でありさえしたらよかったのに。だがもちろんそうではなかったし、翌晩にアトランタ・アームズ・ホテルでそれがわかるまでの間だけのことだったのだ。テレビ番組のオーディションは上々で、ミスター・キーンは巨額のギャラを約束する契約書にサインした。夕食の後、彼は二人の泊まるスイートに女を連れ込み、彼女はメリーベルよりも美しく、肌はより白く、張りがあり、目はより青く、髪はより長く、ミスター・キーンが外の部屋で契約書を読みながら腹がちぎれそうな笑い声をあげている間、娘はゴスペルシンガーをベッドへ連れて行き、そこでメリーベルが夢にも思ったことがないようなより広く、より激しい世界に彼を誘ったのだ、というのも、この娘はメリーベルと違って処女ではなかったから。彼女が上になり彼の顔の周りにベールのように髪を垂らしながら果てたとき、彼女の目を見上げ夢見心地な声で彼は言った。「愛してるよ」彼女は大笑いしながらベッドを飛び出し、ミスター・キーンから金を受け取るのを拒んだ。ミスター・キーンは彼の肩をつかみ、目の前に契約書を振りかざした。「坊主」彼は言った。「ああいう女が望みのままだ、いくらでも、いつでもな」

ありのままをメリーベルに話す以外にどうしようもなかった。だが彼はそうすることもなかったのだ。話そうとエニグマへ戻り、彼女と二人きりになりはしたが、彼にしなだれて横になる彼女の息がミルクのように甘く彼の顔を撫でると、突如としてその場とアトランタの売春婦の思い出に圧倒され、彼は彼女をフォードのクーペから連れ出して松の木陰に敷いた毛布の上に横たえた。彼女は従順で、なんの抵抗もせず、変わらず夢見るような光を顔にたたえたままだった。彼は服をみんな脱いでほしいと彼女に言った。

「外で……こんな森のなかで？」目を曇らせ、茂みから誰かが飛び出してくるのを警戒するように彼女はあたりをきょろきょろと見まわした。

「愛してる」彼は言った、心のなかで、アトランタの売女《ばいた》が烏のような黒い髪をくねる背中に垂らしながらベッドルームを気取った足取りで歩くのを見ながら。

そうして彼女は彼が服を脱がすのを許し、毛布に身を横たえる彼の周りを裸で歩き回るよう言われてもそれにも従った、微笑んだまま目はそらしながら。彼は長いこと横になり、ミスター・キーンが鼻先に振りかざした契約書と彼の言った言葉を夢見ながら、半分目覚めているような感覚で毛布の周りを何度も何度も歩く彼女を見つめた。

だが後に彼女のもとを去り、エニグマを離れてタラハシーやニューオーリンズへツアーに出たり、アトランタのテレビ局に番組の収録へ出向いた際などには、戻ったら彼女に真実を告げることを厳粛に誓うのだった。自分たちがしていることは間違っている、なぜなら自分は彼女を愛してはいないし、結婚するつもりもないのだから、と。

そう伝えるつもりだったのだ（そう自分に言い聞かせた）、もし、ちょうどその頃、大勢の罪人たちが次から次へと彼の声の前に倒れさえしなければ。彼は至るところで魂を救った。教会で彼が口を開くたび、どこかの間抜けがかならず神を見つけたと泣き叫びながら恍惚となって倒れ込んだ。さらに悪いことに、彼は治療者《ヒーラー》だという噂が流れだしていた。そういったことに関しては目ざといミスター・キーンは、噂を聞きつけてゴスペルシンガーのところへやって来て言うのだった、この調子でやっていれば噂のお陰でせしめられる出演料も上がるだろう、と。

だが、そうと知ってもゴスペルシンガーの気分は晴れなかった。魂を救い病める者たちを癒すなどということには近づくべきではない、とりわけ自分が神のためでなく金のためにやっているという事実に鑑《かんが》みれば。スーツを買うための、シルクの下着を買うための、そして究極的には、跳び乗ってエンジンを唸らせエニグマから出ていくことができる車を買うためのそれは金だった。それにゴスペルシンガーにとってさえ――神を信じることが信心などでなく、単に圧倒される迷信的怖れの類いにすぎない彼にとってさえ、シルクの衣類がつまった簞笥と神が両立しないのは明白に思えた。どちらか一方なのだ、両方を手に入れることはできない。

彼には自分の選択がどちらなのかわかっていたし、それまでだってずっとわかっていたのだ、だがもはや自由に選ぶことができるのか確信が持てなくなっていた。罪を犯す権利を望めば望むほど、ますます多くの罪人たちが彼の声に群がり救いを見出す。彼はいまや、自分は世の中がそうであると言うところの人間なのだ、と自らの意思に反して信じる地点に急速に近づいていた。いまいましい！　まったく、すべてをぶち壊しかねない！

ところがある驚くべき瞬間が訪れ、彼はメリーベルこそが彼の逃げ道であることを発見したのだ！　それはジョージア州ウェイクロスにある〈神の家教会〉で、前方八列の信者たちがいっせいに回心して神にその身を投げ出したときのことだった。一曲目を歌い終えてすらおらず、憤慨した彼は歌を止めて彼らが自分の前で涙に濡れ、悔恨の情に打たれて跪くのを見つめていた。彼らがアーメンだハレルヤだをやりだすなかで、突然、彼はメリーベルのビジョンを見た。森のなかたっぷりとした胸と尻（彼女はここ数ヶ月の営みで堂々たる体つきに成長していた）をひろげて毛布に寝そべり、木漏れ日を浴びて汗に濡れる姿を。息をするように規則的にメリーベルを欺き、寝ることで彼女を利用し尽くしてさえいれば、自分は世の人々が言うような人間にはけっしてなり得ないということに彼は気づいたのだ、それ以来いつまでも思い起こすことになる瞬間だった。

メリーベルは、神に対する確実で安定した彼の防御線となった。人々が死ぬまでアーメンしようが好きにすればいい、自らを救い、自らを癒しておいてそれを彼のしたことにしたってかまわない。だからといってそれが真実であることにはならないのだ。メリーベルがそれは真実でないことを証明してくれる。それ以降というもの、彼ははっきりと意志を持ってせっせとメリーベルと事に及び、巡業先でミスター・キーンが買い与えたあらゆる種類の淫売《いんばい》たちから学んだあらゆる快楽を教えた。彼女は熱心かつ優秀な生徒だった、彼がやってみせるどんな技にも体位にも、素晴らしく自発的な熱意を持って取り組み、二人が結婚する時期や二人に授かるはずの子供や住むはずの家について飽きることなく話しながらそれをこなすのだった。彼女にとって家は煉瓦造りで、青い芝があって、場所はアトランタでなければならなかった、彼女もエニグマから出ていくことを望んでいたし、そこは子供を育てるのにいい場所ではなかったから。そして教えている芸当にしたがって彼女が動くのを眺めながら、ああ、そうだね、と彼は言うのだった。彼女は彼のためなら何でもできるし、するつもりだった。テネシー州メンフィスへの巡業後、彼は営みの最中に自分に向かってある言葉を声に出して言わせたがった。彼はその言葉を彼女に告げた。一瞬、彼女は彼の話を聞いていないみたいだった。彼女の両目がさっと曇った。

「愛し合っているときに、神様を冒瀆してほしいっていうこと？」

彼はそれは冒瀆ではないのだと指摘した。それは本当のことだった。単に卑猥《ひわい》な言葉にすぎない。だがそれでも彼女はためらった。愛し合っている者たちというのはいつでもお互いにそう言い合うものなのだ、と彼は言った。だが彼女が信じていないのがわかった。彼女が従わない場合に彼は備えていた。彼は立ち上がり、毛布を離れてポンティアックのコンバーチブルまで歩いていった、というのも、もうずいぶん前に、フォードのクーペはジョージア州フォーモストの〈ビガム洗礼派教会〉にカブスカウトの一隊を支援するバザーで寄付してしまっていたのだ。『肉体的愛における幸福――医学的アプローチ』という一冊の本を手に彼は戻って来た。

「ドラッグストアで買ったんだ」彼は言った。「三十七ページを開いて、何て書いてあるか読んでごらん」

彼女はゆっくりと本を手に取り、しばらく見つめてから開いた。彼女はすぐに閉じて言った。「裸の人たちが載ってる」

「ドラッグストアで買ったんだよ」彼は言った。「ラックの誕生日カードのすぐ横にあった本さ。三十七ページを見るんだ」

もう一度開いて三十七ページに辿《たど》り着くまで見まいと努めたが、そのページにも写真は載っていて、彼女はどうしても目を逸《そ》らすことができなかった。裸で黒い口髭を蓄えたその男は、ゴスペルシンガーと同じくらい美しかった。

「下の方を読んで」彼は言った。

彼女が読むと、そこにはもし愛する相手がそれが好きなら、淫らな言葉を耳元で囁くべきだ、と書いてあった。「あなた、好きなの？」彼女は訊いた。

「わからない」彼は言った。大嘘だ、大好きだったのだ。

「あたしにしてほしい？」

「うん」彼は言った。

そして彼女はそうした。なんとなく知ってはいたけれど口にしたことはない言葉を、単調に、子供がナーサリーライムを繰り返し歌うようにさえずるのだった。彼は一旦止めてどんな風に言えばいいかやってみせなければならなかった、正しい抑揚と、正しいリズムと、そして彼女の声音のどれを使えばいいのかを。彼女はあっという間にものにした。

これは後で気がついたことだが、思っていたより彼女の学びが早かったことこそが、彼の破滅の元だった。なぜなら、昔からの倒錯に新しいひねりを加えはじめたのは彼女だったからだ。生徒は早々と師を越えた。彼女が主導権を握り、どこなのか、どういう風にか、いつなのかを示した。その過程で興味深いことが起きた。彼はどんどん彼女の肉体の魔術にかかっていったのだ。彼女は神によって正当化される必要はもはやなかった、彼女は彼女自身によって正当化される。彼はときどき呆然と彼女のことを考えて歩きまわり、夜中に汗だくで目を覚ました、彼女の感触に焦がれながら。自分が操っていた彼女が、気がつけば彼を操るようになっていた。それがいつ頃からなのかさえ彼にはわからなかったが、ある日それは厳然とした事実となったのだ。

それまでの一年以上彼がそうしていたように先に映画に行ったり、外へ食事に出かけたりといった口実はもはや挟まず、二人は森のいつもの場所へまっすぐ車を走らせるようになっていた。彼女はキャデラックの赤いクッションに背を預け、深くため息をついて言った。「さてと、ファックの準備はいい？」

彼はシートから飛び上がった「なんだって？」

彼女がワンピースを捲り上げると、両脚の間を陽の光がとらえ、そこを銅色に染めた。「ほら見てみなさい」彼女は言った。「ファックするためにこれをここまで運んだんでしょ、しなさいよ」

もっとひどい言葉を口にするのを聞いたことはあったが、彼女がこんなにも冷徹に、残酷に、前置きもなしに言うのはかつてないことだった。

「まったく」彼は言った。「服をおろせよ。いったいどうしたんだ？」

「あら、なんでもないわ、ベイビー」冷たいユーモアに顔を輝かせながら彼女は言った。彼女はあそこを撫でた。「ほしいんでしょ、ねえ？　ここまで連れて来て熱くてびしょびしょにさせておいて、冷めるままにさせておくつもり？」彼女はこすりだした。

彼はごくりと唾を飲んだ。「もちろん、きみのことがほしいさ」彼は言った。

「あたしじゃないわ、ベイビー」彼女は言った。「これでしょ」彼女は前屈みになってシートに体を沈めた。

彼の目が細まる。心臓に血が広がる。丸い尻と丸い太腿と丸い腹が、一丸となって目の前のゆらめく銅色の陽の光に沈んでいく姿しかもはや彼の目には入らなかった。そしてその向こう、その上に、圧倒的に、さっとボタンを外されたブラウスから二つの山のような胸が現れる。目は釘付けになり、それが脈打つのが見えたような気がして、彼は磁石のように惹きつけられた。「待って」彼は言った。「聞いてくれ」

彼がシートの上で身を寄せると、彼女は両耳をつかんで彼女の匂い立つ銅へと彼の顔を押しつけ、彼が言おうとしていた言葉が何であれそれは消え失せた。彼女はシートの上で身を捩《よじ》り、彼は自分の心臓の脈打つ音越しに彼女が静かに、淡々と、歓びもなく笑うのを聞いた。

彼女を送り届けた頃には、もう暗くなりかけていた。家の前庭に植わるペカンの樹々の下に停めたキャデラックに二人は座っていた。

「聞いてくれ」彼は言った。「話しておきたいことがあるんだ」

彼女は微笑んだが、その表情はあまりに堅かった。何かをふたつに噛み切ろうとでもしているみたいだった。「あたしはあなたに訊きたいことがあるわ」

「いいとも」彼は言った。「なんだい？」

「いつ結婚してあたしをエニグマから連れ出してくれるの？」

彼は彼女と結婚することはできない。そんなことはありえなかった。そうなればこれまで彼がずっと誠実で、これはみんな求婚期間で、結婚という名の神聖なる結びつきへの序曲だったということになってしまう。それに、彼の知るすべての説教師たちは妻帯者だった。彼にとって独身の説教師は異常で、はっきりと矛盾した存在だった。妻はなしだ、彼はそう心に決めた。

「つまりさ、ぼくが国中を歌って巡回《まわ》らなきゃならなくなったのは知っているね」彼は言った。「女性に向いている生活とは言えないだろ」

「ええ」彼女は言った。「そうね。いつあたしと結婚してエニグマから連れ出してくれるの？」

彼女のことを諦めたくはなかったが、何が起きようとしているか彼にはわかった。彼女はこのまま続けるのを不可能にしようとしていた。

「メリーベル」彼は言った。「ぼくらのこと、ずーっと考えていたんだ」

「あたしは売女なの？」

「ちょっと待ってくれ、なんだって？」

「あたしは売女なの？　あたし、このことでお金を欲しがったことはないわよ。お金を要求せずに売女でいることってできるのかしら？」

「そんなことを言うのはよせ」彼は言った。「二度と聞きたくない、きみがそんなことを言うのは」

「あたしは売女なんだと思う？」

「いいや」彼は言った。「違うさ、ぼくは……」

「神さまはあたしが売女だって思ってるかしら？」

「そんな言い方はよせよ。神さまの考えなんてぼくにはわからない」

「神さまって売女は好きじゃないわよね？」彼女は訊いた。「それに、売女乗り野郎も好きじゃないと思う」

彼はいつ彼女に「売女乗り」という言葉を教えたか思い出そうとした。「なぜ神のことを言い続けるんだ？」いらいらして彼は訊いた。「このことに神を引き込むのはよしてくれ」

「そういうわけにはいかないと思うの」彼女は言った。「はじめからそこにいらしたんだもの、忘れたの？　あたしのアレにあなたが入った夜から、神さまも入ったのよ」

「それは冒瀆だ」彼は言った。「きみは聖霊を冒瀆してるんだぞ」

「神さまがけっして地獄から救い出してくれない罪のひとつがそれだって母さんは言ったわ」彼女は言った。「母さんに言われたことがある、もし一度でもしてしまったら神さまとは終わりなんだって」彼女の顔の肉は石のように固まっていた。「母さんは信じてんのよ、あの老いぼれを冒瀆するのはとんでもないことなんだってね、もしすればあいつは地獄のいちばん深いところまで追いかけてきて、そこでそいつの背中をへし折って焼かれるのを見るんだって」

「メリーベル」彼は囁いた。純粋に反射的に彼は顔に手を翳《かざ》した、この前庭に停め二人を乗せている車に雷が落ちて溶かされるんじゃないかと怖れて。ゴスペルシンガーにとっては、神は目の前の道でいまにも横切るぞとしつこく脅してくる巨大な猫のようなものだった。もし神が横切ったら、するべきことはわかっていた、大急ぎで指で正しい数のXを描き、肩越しに正しい回数唾を吐いてから、座り直して大丈夫だと祈るのだ。だが、どんなことがあっても進んで黒猫に目の前を横切らせようとしてはならない、そんなことをすればXも唾も役には立たない。

「母さんはね」メリーベルは言った。「あなたは結婚してあたしをエニグマから連れ出す義務があるって思ってるの」

「メリーベル、ぼくの言うことを聞いてくれ」彼は言った。「きみは若くて美人だ、きみには素晴らしい人生が待っているじゃないか」

「素晴らしい人生」彼女は言った。

「それにさ……わかるかい、人にとって人生でいちばん大切なのは何か？」彼は早口で喋っていた、シートの上でわずかに彼女の方を向き、両手で彼女に触れながら。「ね、いちばん大切なのは幸せになることだ。人は幸せにならなくちゃ。だからこうしたらどうかな。アトランタに住みたいんだろ？　それなら荷物をまとめてすぐに行くのはどう？　そうさ！　手伝ってあげるよ。仕事も必要だろ？　あの街ならどのテレビ局にも知ってる人がいる。どうだい？」

「アトランタの仕事なんて欲しくないわ」

「でもそう言ったばかりじゃ……」

「あたしが欲しいのはあなたよ」

まっすぐに座り直すと、彼はキャデラックのハンドルを握りしめた。「わかった、そろそろじっくりと話さなきゃいけないみたいだね。ぼくは……」

「もう話したわ」彼女は言った。

「……ぼくは大事なキャリアがはじまったばかりなんだ、それをわかってほしい。しばらくエニグマには帰らないつもりだ、そう、かなり……」

「あたしには権利がある」彼女は言った。「あたしにその権利があるのは神さまがご存じよ」

「……長いこと戻らないことに……なんの権利があるって？」

「あなたへのよ」彼女は言った。「あたしが持っているのはそれだけ、でも持っているのはたしかよ、どっちにしろあたしはあなたを手に入れる。あなたがエニグマにいるつもりならあたしもいる。エニグマからきれいさっぱり出ていくつもりなら、あたしもそうするわ。邪魔なんかさせない。あたしにはその権利があるわ」

「今日はこの辺にしておいた方がいい、明日話そう」彼は言った。キャデラックを降り、彼女の方へ回ってドアを開けようと歩きだす。彼女はそれを待たずに自分でドアを開けて降りた。彼は車の前方で立ち止まり、待った。低い空に立ち込めた積雲が月を絡め取っては解放し、ときおり射す眩しい月明かりの下で、彼女は石で削り出した何かのように見えた。

「あなたがそうすると言ったことも、そうなると言ったことも、二度とあなたには頼まないつもりよ」彼女は言った。

「明日話せばいいじゃないか」彼は言った。

「だめよ。あなたは明日出ていってしまう。でもあたしは怖くない。あなたは戻ってくる。あたしはここにいるわ。あたしはずっとここにいるし、あなたはあたしと結婚してエニグマから連れ出すの、それだけは覚えておいてちょうだい」彼に目を向けることなく、彼女は家のなかへ入っていった。

それからというもの、彼女は神の怒りであるかのように彼の背後につきまとった。エニグマにいるとき、彼の生活は彼女によって生き地獄にされるのだった。彼女のなかで何かが変わり、それは怖ろしかった。時速七〇マイルでキャデラックを走らせていて、振り返ると後部座席に靴すら履いていない全裸の娘がいるのを見つけてぎくりとしない人間などいはしない。

だが実際、次に彼女に会ったのはそこだったのだ。前庭での夜に続く三ヶ月、街を離れていた彼は、煙草農家の収穫を見に行くミスター・キーンを手前のティフトン郊外で降ろし、エニグマへの帰途に着いていた。翌朝、陽が昇ると彼はすぐにキャデラックに乗り、ミスター・キーンを迎えにティフトンへと車を走らせた。エニグマ郊外二マイルほどに達したとき、歌声を聞いたような気がした。ラジオはつけていなかったから、彼は狼狽《うろた》えた。けれどもあまりにはっきりと聞こえたので、振り返って運転席と後部座席を隔てるガラスのパネルを覗き込むと、朝日を浴びて白い裸体をさらけ出し、肩に髪を垂らして子守唄のような何かを歌っているメリーベル・カーターがそこにいたのだった。すんでのところで彼は道を外れそうになった。格闘の末ようやく車を道へ戻すと、彼はガラス・パネルを開けた。

「なんだ？」彼は言った。「なんだなんだ！　なんなんだ！」そう言うのがやっとで、優しく微笑み返す彼女を前に、しどろもどろの状態で座っていることしかできなかった。彼女が口を開くまで長い間があった。「準備いいわよ」彼女は言った。

「準備だって？」彼は叫んだ。「なんてこった！　いったいなんの準備だっていうんだ？」彼は神経質に道のあちこちに目を走らせた。こんな状態の二人を誰かに見られたら大変だ。朝七時、エニグマの外れを走る車の後部座席に裸の女を乗せたゴスペルシンガー！　イメージはがた落ち、一生がおじゃんだ。

「あなたへのよ」彼女は言った。

「でも、ぼくはきみを欲しくない」彼は呻いた。

「もう手に入れてるじゃない。こっちへ来てするべきことをするのね」

「服を着るんだ」彼は言った。

「服なんて持ってないわよ。窓から捨てちゃったもの」

　彼はシートに沈み込んだ。躍起になって打つ手を探した挙句、ミスター・キーンとの旅で使ったスーツケースがまだ車のトランクに積んだままであることを思い出した。飛び出していってトランクを開けると、自分のパンツとシャツを引っ張り出す。だが後部座席を覗き込み、裸のメリーベルを、マスクのような固い表情を崩さずに、だが体は彼を受け入れる準備が整っている彼女を見下ろすやいなや、必死に保とうとしていた意志はすべて腰砕けになった。すぐさま真っ昼間であることなど、エニグマへ入る道の上であることなど、生活のためゴスペルを歌っていることなど忘れてしまうのだった。思い出せるのはこの三ヶ月の間ほかの女たち――背の低いの、太ったの、大柄の、淫らなの、処女の、あらゆる種類の女たち――をメリーベルの代わりに仕立てようとしていたことだけだった。だが彼女たちには無理だった、一瞬たりとも。それにそれまで認めようとはしてこなかったが、このメリーベルとの瞬間へ戻ることだけを心待ちにしていたことが彼にはいまはっきりとわかった。彼は服を脱ぎ捨て、後部座席のなかへ、彼女のなかへ跳び込んでいった、歓びというよりも怒りに駆られた叫び声を上げながら。

事を終え、腰から上は裸のままで立ち、着ようとしていた彼のシャツを手でぶらぶらさせながら、セックスでかいた汗が残る見事な両胸を大理石のように輝かせて彼女は言った、「あなたはあたしを忘れない」と。「ぜったいにね。この世であなたが最後に思い出すのはあたしのお股のことよ」

「そんな話し方は勘弁願いたいね」彼は言った。

「あたしもよ」彼女は言った。「でもどうしようもない、そうでしょ」

「そんなことはない、きみは何にも縛られてなどいないよ」彼は言った。「きみは変われる。そんなことはない、きみは何にも縛られてなどいないよ」

「さいきん誰かさんの魂救ってあげたの？」彼女は訊いた。

「黙れ」彼は言った。「やめてくれ」

「でも大事なことよ」メリーベルは言った。「大事なことだって思わない？」

「もちろんさ、でも……」

「自分の魂を救おうって思ったことある？」妙なことに、彼女の顔はもうずいぶん長いこと目にしていなかった柔らかさを湛えていた。

それについては少なからず彼も考えてはいたが、世界をだしにして己の魂を救うことはできないのはわかっていた。いい食事、上等な服、それに車にホテルに女たちを天国へ行く約束と引き換えに手放すのは、エニグマ生まれの人間には求めすぎというものだった。だがチャンスがあることも彼は知っていた。ゴスペルの歌がはっきりとさせている何かがあるとしたら、それは、すべての人間には、いかに邪悪な人生を送っていた者であれ、最後の瞬間に天国へ迎えられるチャンスがあるという事実だった。黒猫を道から追い払うのに必要な仕草をする心積りと、そのために十分な時間を持てる運の良ささえあればいい。その時が来たら幸運が味方してくれるような気がしていた。だがもちろんそんなことをメリーベルに言うわけにはいかなかった。それは彼がなんとなく、あやふやに感じていたことにすぎないし、いつものようにできればまったく考えたくはなかったのだ。

「メリーベル」ようやく彼は言った。「きみを助けたい」

「そうね」彼女は言い、待った。

「でも助けさせてくれないなら」彼は言った。「これ以上きみに会っても仕方がない。これが最後だ」

「それじゃ、エニグマに戻ってこないで」彼女は言った。「行ってちょうだい、そして二度と帰ってこないことね。もし帰ってきたらあたしはいつだってここにいるわよ」

だがほかのどこにも帰る場所がない彼はエニグマへ戻り、彼女はその通り約束を果たしたのだ。彼女はただそこにいただけじゃない、彼女はそこら中にいた。それはまるで彼女という種を増殖させ、百のメリーベルを作り出したかのようだった。彼は身を隠し、避けようとしたが、どこへ行こうが彼女はいつだってどうにかして彼を見つけ出した。彼がこっそり父親の農場裏に綺麗な池を作る泉まで出かけ、水に飛び込むやいなや、メリーベルが裸で――ついでに言えば、彼が知っているどんな女よりさらに裸に見えるという特別な才能を彼女は持っていた――木陰から出てきて一緒に飛び込んだ。そしていつでも草の上で終えることになるのだ、服を着ていない彼女を見ればたちまち抗《あらが》おうという彼の意志はどこかへ行ってしまう。彼女は会うたびに、前に会ったときよりも美しく、さらに淫らになっていくようだった。

そして、彼との性的暴挙の頻度が高まっていけばいくほど、コミュニティー内での彼女の美徳に対する評判は高まっていった。教会へ通うというだけの話ではない。エニグマでは誰もが教会へ行く。それは彼女の良き行いの故だった。貧しき者を助け、病める者を世話し、模範的な生活を送る。だがそれは主に黒人たち故にだった。エニグマの黒人たちは町の外縁に位置する草も花も木も生えない陰気な狭い区画《クオーターズ》で、人と犬の糞の悪臭によってかろうじて支えられているような一部屋きりの小屋に住んでいた。ときどき風が運んでくるその糞の匂いが好きな人間は誰一人いなかったし、それが消えはじめると皆は喜び、黒人たちにそんな親切を働いて立派だと、口々にメリーベルを褒《ほ》めそやすのだった。メリーベルは言ったものだ、「ちょっと黒人たちのところへ行って仕事してくるわね」、そして出かけていっては黒人たちにゴミを埋めさせ、庭を掃除させ、掃かせ、金槌《かなづち》を使わせ、縫わせてと、彼らがかつて一度もしたことのないことをさせるのだった。

長い目で見れば時間の無駄だと町の者たちは思いつつも、ごく短い間そこは快適な町になり、ときにはティフトンやコーデールといった近郊の友人たちを黒人地区《クオーターズ》の近くまで連れていき、メリーベルの黒人たちを見せびらかした。「ティフトンにこんな黒人どもはおらんだろ」彼らは言った。「だいいちティフトンにゃメリーベルがいないさ」そう言って嬉しそうに笑うと、黒人たちの小屋が眩《まばゆ》く染みひとつない白に塗られているという驚くべき、本末転倒な眺めをもろ手をあげて指差してみせるのだった。

ちょうどこの頃、ゴスペルシンガーは自分の後をつけてくる黒人のちびたちを見かけるようになっていた。エニグマの町へ車で入っていくと、すぐにちりちりの髪を帽子のように貼りつけた小さな黒い頭たちが木陰から、茂みの向こうから現れはじめ、暗い店先からその白い目で彼を見つめた。彼らはメリーベルに言いつけられてゴスペルシンガーの行く先々についてまわる特別な使者たちで、昼でも夜でもいつでも彼がどこにいるのか、どこへ向かうのか彼女は知っていた。彼は神経が参りだした。体重は落ち、目の周りが引き攣《つ》った。彼はメリーベルのためにキャデラックのトランクに服一式をつめて出かけるようになった、いつ何時、彼女が着ている服をみんな駄目にした上で彼に跳びかかってくるかわからなかったからだ。一度など、彼女は彼の母親と父親と二人の兄弟と妹のいる家のベッドに忍び込むことにすら成功した。ゴスペルシンガーははじめ彼女は気が狂ったのだと思った。

「メリーベル」彼は言った。「きみは狂ってる」

「そんなことないわ」彼女は言った。

「ぼくにはそう思う権利がある」彼は言った。「スペアタイアを取り出そうとトランクを開けたら裸の娘に跳びかかれたなんてことのある人間なら、誰であれ彼女が狂っていると考える権利があるよ」

「でも、違うもの」彼女は言った。

「ミスター・キーンはきみが狂ってると言ってたよ」彼は言った。

「あの人、あたしたちのこと見るべきじゃなかった」

「どうしようもなかったのさ」彼は言った。「彼はあの車にいたんだし、きみはぼくとヤってたんだからな。どうしたってそうなるさ」

「あなたがあたしをヤったのよ」彼女は言った。「で、紳士は振り向いたってわけでしょ」

「あれは紳士なんかじゃないさ」彼は言った。「ともかく彼が口を閉じてることを祈るんだな」

「あなたの方こそね」彼女は言った。「エニグマの人たち、ゴスペルシンガーが道端でファックしてるなんて聞いたらどんなことになるのかしらね」

「彼は何も言いやしないさ」ゴスペルシンガーは言った。「持ってる煙草農場の倍の金をぼくから手に入れられないとしても、口外しないはずだ。できないんだ。誰も信じやしないからね。狂ってると思われるのがおちさ。それくらいこれはどうかしてることなんだ。つまりきみは狂ってるのさ、メリーベル・カーター、どうしようもなくイカれちまったんだ」

「ヤった女の子のことをそんな風に言うなんてあんまりね……あなたあたしと何回ヤった？」

「よしてくれ！」彼は言った。

「数えてないの？」彼女は訊いた。「何回目なのか記録でも残していてよさそうなものじゃない。あたしをヤったことがあるのはほかの誰でもない、あなただけなんだもの。あなたひとりだけよ」

自分だけなのは重々承知していた、彼女の知っている一切を教えたのが自分であることも。だが、こんなことになるとは思ってもいなかったのだ、まして彼女に抗えなくなるような時が来るとは。だがもはやそれが現実だった。しかも、彼女が二人の関係を公のものにしようと目論《もくろ》んでいるのは明らかだった、現場をおさえられるよう仕向けていたのだ。なんとかしなきゃならなかった、このままの関係を続けるのはあまりに危険だった。そのときになってはじめて彼は、彼女の魂をもう一度救おうと、あるいは前の回心が単なるでまかせだったのなら、今度こそ救おうと考えたのだ。そんな風にして、エニグマから離れアトランタやメンフィスやほかの町にいるとき、ミスター・キーンの呼んだ売女たちの柔らかな腹の上に身を横たえながら、彼はメリーベルを救う方法を考えるようになった。そして散々考えた挙句、彼は彼女のフェアプレイ精神に訴えるしかないと心に決めた。

「きみが狂ってるって言ったのはほんの冗談さ、メリーベル」ゴスペルシンガーは言った。「きみはちゃんとした人だ、そうだね？」ティフトンのミスター・キーンの農場から戻り、ペカンの樹のいちばん下の大枝にいつも通り裸で腰掛けている彼女を見つけてそう言ったとき、彼女は彼を見下ろしながら石のように微笑んだ。「ぼくの心のなかにはきみがいる、これからもずっとそうだってことは知ってるね」話しながら、彼はキャデラックのトランクを開けてワンピースと下着を手に取った。「だけどこんなことは続けられない。ぼくには無理だ」助手席に服をひろげる。そして後部座席のドアを開けると、その脇に立った。小さな叫びと共に彼女は大枝から飛び降り、彼の胸を叩くと二人は車のなかへと倒れ込んだ。シートに達するのを待たずに彼女は彼の服を引き裂かんばかりにのしかかるのだった。

事を終えて彼女が服を着ると、二人はシートに座り、彼女は煙草を吸った、つい最近身につけた習慣だった。「あたしが黒人たちのところで働いてるのは聞いた？」彼女は言った。

「ああ」彼は言った。「きみは心の奥底ではちゃんとした優しい人間なんだってことがわかるよ」

「親切心でしたんじゃないわ、退屈だったからよ。あなたがいないとエニグマじゃやることがほとんどないもの」

「メリーベル、ずっと言おうと思っていたんだけど、きみが見張らせてる黒人のちびたちのことは気にしてないよ、ウールみたいなあの頭でぼくの生活に入ってきてもね。まったく可愛い連中さ」

「あれでなかなか醜いってこともないのよ、近くでよおく見てみるとね」彼女は言った。

弱々しく彼は微笑んだ。「きみが大好きなお母さんを傷つけるようなことをしないのはわかってるんだ。だいいち、エニグマの人たちがそんなこと許さないしね、でもみんな心配してやしないさ、きみが立派な人間だってことを知ってるから。いつもみんな言ってるくらいさ、きみは万に一人の存在だってね」

「あたしのことなんて、あの人たち何もわかってないわよ」彼女は言った。「でもあたしについて知らないことがあの人たちを地獄に送ったりすることもない。あたしにとってはっきりしてるのは、あなたがいない時間がどんどん長くなっているってこと、一度に何週間もね、あなたがいないと、あたしにとってここにはなんにもないんだし。するつもりはないけど、白人娘にとってセックスができて評判も保っていられる場所はあの地区《クオーターズ》だけなの」優しく彼女は微笑んだ。「もちろん、ゴスペルシンガーとヤれるんなら別よ。でもゴスペルシンガーはあなただけだし、そのあなたはいつもいない。女の子にね、キャンディーをいつでも与えておいて、取り上げてもそれを恋しがらせないなんて無理な話だわ」

彼女には何を言っても無駄だった、彼はそう痛感した。彼女が狂っているのか、いったい何者なのか彼にはわからなかったが、彼女をできるだけ避けることによってしか平安はもたらされないということはわかった。エニグマにいるかぎり彼女は攻撃してくる。まるでマジックミラーの館にいるみたいだった。どこを向こうと自分が自分に向かって幾十もの方角から戻ってくるのが見える。彼女に対抗できる防御策はもはやなかった。

「誰だって、きちんとしようとするものだろ」彼は言った。

「あたしは違うわ」彼女は言った。「ちゃんとしようなんてあたしはしない。そういうクソみたいなことにはうんざりよ。あたしはただエニグマをぶらついてるだけ、あなたが帰ってくるのを待ってそれから……」歯並びのいい白い歯で嚙みつく音をたてると、微笑みを浮かべて彼女は言った。「あなたを食べるのよ」

こうしている間にもエニグマでは彼女の本当の姿に疑念を抱く者は誰一人としていなかった。彼女は裾の長い白のワンピースと素敵な笑顔をまとって通りを歩き、手を振り、お喋りをし、病める者と貧しい者に手を差し伸べるのだった。町外れの黒人地区では庭の柵《さく》という柵に血のように赤いバラが育っていった。ゴスペルシンガーだけが彼女が正気じゃないということを知っていた。

「メリーの鐘《ベル》を鳴らしてよ！」彼女は叫び、彼の尻に脚をからませた。だが彼女はセックスを楽しんではいなかった。彼の見たところ、彼女は何も楽しんではいなかった。おそらく唯一の例外は、暗い戸口から裸で彼に飛びついたり、低く垂れる下枝から彼の背中に跳び乗ったり、夜中の二時にベッドの下からくねくねと這い出して寝ている彼の上に飛びかかるときだけだった。そんな風に、目覚めて彼女が自分を見つめているのを見たとき、そこにはたしかにヒステリックな喜びのようなものが浮かんでいた。

そんなわけで、彼は自分ではコントロールできない、どうしても避けられない儀式がやってくるまでできるだけ長い間エニグマに近づかないようにしておき、半年に一度だけ集会のため、そしてメリーベルに襲われるのを許すために帰るようになったのだった。

「何をしようとしている?」彼とメリーベルの顔の間に顔を突っ込み、彼の肩を鷲《わし》づかみにしてディディマスが揺すっていた。

「放っておいてくれ」ゴスペルシンガーは言った。

「わたしはそうするがね」ディディマスは言った。「あの連中はそうはいかないだろう」彼が指差した先には顔がずらりと並び、いまだに棺の前に跪く彼を見つめていた。だがいまその顔たちは怒りを滲ませ、真っ赤になり、汗をかいていた。ときどきそれらの口が開き、歯と喉の奥の赤い壁が見える。

「なぜ皆の前でこんな風に懺悔をしている?」ディディマスは訊いた。「役に立たんと前にも言っただろう。ぜったいにだ。懺悔は公衆の面前でやるべきものではないのだ」

「懺悔だって？」ゴスペルシンガーは訊き返した。

「きみが跪いて〈進めよ、さらに〉を歌うのをかれこれ一時間は見ている。それに連中も外で跪いている、なかを覗くにはそうするしかないからな。彼らは暑がっている。頭にきている。何度言ったらわかるんだ、懺悔はクローゼットのなかだ。でなければ公衆は耐えられんのだ」

「気がつかなかったんだ……」

「ひとことも聴こえなかったよ」カーター夫人が言った。例の三人を引き連れて彼女は葬儀場へ戻っていた。「耳を凝らしたけど何も聴こえなかった。おまえがこの子と一緒にいればいるほど通りの連中はどんどんうるさくなってね。歌っていなかったのとおんなじさ」

「さあ」ディディマスは言った。「立つんだ」

ゴスペルシンガーは固まった足でなんとか立ち上がった。カーター夫人は棺のそばまで歩を進め、見下ろして言った。「かわいそうなこの子には聴こえたと思うかい？」

「わかりません」ゴスペルシンガーは言った。

「わからないだって！」カーター夫人は言った。

「聴こえましたとも」ディディマスが言った。

「そう思うかい？」

「もちろんですよ」とディディマス。

「どうだかね」婦人のひとりが言った。「あんなにわめき散らされてたんじゃ、救いだろうが呪いだろうが誰にだって届くもんかね」

死人の耳を塞ぐにはひと群れ以上の人間が必要だとカーター夫人が連れに話している間、カーテンの隙間からハイラムがこちらをうかがっているのが見えた。彼は手を上げ指を曲げて合図をした。

「カーターさん、お役に立てていればいいのですが」ゴスペルシンガーは言った。

「本当に」

カーター夫人はすでに棺の脇の椅子に腰を下ろしていた婦人たちに加わった。「今夜の集会で一曲この子に捧げてやるのはどうだろうね」彼女は言った。「心を鎮めてやれるような気がどうしてもするんだよ」

「もちろん、そうさせてもらいます」ゴスペルシンガーは言った。

「それにしても」カーター夫人は言った。「どう思う？ いったいあのニガーはなぜメリーベルにこんな仕打ちをしたんだろう。あのニガーはいったいどんな心の持ち主なんだい？」

「カーターさん」彼は言った。「ぼくも同じことを考え続けているんです」それは本当だった。定期的にゴスペルを歌うようになって以来ウィラリー・ブカティーには会っていなかったが、記憶のなかの彼は柔らかな声で話す同い年の優しい少年だったのだ。

「あのニガーには会いに行ってない」カーター夫人は言った。

「あたしら誰も会っちゃいないよ」婦人の一人が言った。「この郡中であれに会ってないご婦人はあたしらだけさ」

「我々も会っていませんな」ディディマスが言った。

「胡瓜《きゅうり》みたいに落ち着いてるって言うじゃないか」カーター夫人は言った。

「ほとんど動かないらしいね」婦人の一人が言った。

「あたしのかわいい娘をアイスピックで刺しておいて、落ち着いていられるものなのかい」カーター夫人は言った。

「あのニガーはあの檻のなかで、もう立ったまま死んでるのさ」婦人の一人が言った。

「捕まったときから死んでるんだ。だから落ち着いていられるのさ」

「あのニガーに会って、どうしてなのか確かめたいよ」カーター夫人は言った。

「裁判ですべてが明らかになるでしょう、そうですとも」ディディマスが言った。

四人の婦人たちはいっせいに向き直り、彼を見上げた。

「なぜあんなことをしたのか話す前に、主の裁きを受けることになるはずだよ」カーター夫人は言った。

「ぼくが行って会ってきます」ゴスペルシンガーが言った。

「そうしてほしいと思ってたよ」カーター夫人は言った。「おまえを信じているからね。わけを聞き出せるのはおまえしかいない。喋りもしないらしいじゃないか。けどあたしにはわかる、話を聞ける人間がいるとしたら、それはおまえだけだってね」

「やってみます」彼は言った。

「この子も浮かばれるよ」

ゴスペルシンガーは座っている婦人たちを残し、カーテンを抜けてハイラムの作業部屋へ入っていった。ディディマスがその後に続く。彼は取り出した〈夢の書〉を手にしていた。ハイラムは明かりの灯ったデスクのそばに座り、その横には血色の悪い同じ赤い髪と目をした少女が立っていた。蒼白い肌で、飛んでいる鳥のような形のピンク色の口をしている。彼女の顔が部屋を横切るゴスペルシンガーの音を追った。ハイラムは決まり悪そうで、笑みを作ったり消したりと落ち着かない表情《かお》だった。ディディマスが開いた棺のところまで行き、そのなかを覗き込む。しばらくして蓋を閉じると、その上に座った。そして〈夢の書〉を開くと、舌で鉛筆の先を湿らせた。

「やあ」ゴスペルシンガーはいった。

「アン、そら、ゴスペルシンガーを覚えているかい?」ハイラムが訊いた。

「いいえ、パパ」娘は言った。

「ようく考えてごらん」ハイラムは言った。「さっきこの人が家にいたときはわからなかっただろうね、でもそれより前だよ、一年前だ、おまえはこの人の顔に手で触れただろう。覚えてるかい？」

「いいえ、パパ」かわいらしい笑みを浮かべたまま娘は言った。「あたしのこと、おぼえてる？」

「きみみたいなかわいい娘《こ》を忘れるなんてできないな」ゴスペルシンガーは言った。

「あたしって、かわいいの？」

「そうとも」ゴスペルシンガーは言った。

「すてきな声ね」彼女は言った。「パパはあなたの声は世界一だって」

「きみのパパはいい人だね」彼は言った。

「顔を見てみてもいい？」

「よろこんで」彼は言った。

「ひざをついてくれなくちゃ」彼女は言った。

彼が跪くと、小さな両手が顔に温かく柔らかく躊躇《ためら》いがちに触れ、やがてしっかりと、力強く、ところどころほとんどつねるようにするのだった。彼女が彼の顔を押したり引っ張ったりする間、彼は生きているメリーベルに最後に会ったとき彼女が言ったことを思い出した。「手で触れたら誰もがあなたをつねりたくなる、嚙みつきたくなるのよ。あなたは神さまが人間に与えたなかでいちばんすべすべしてざらざらして柔らかで硬い体を持ってるわ」

「ううん」アンは言っていた。「あたしはそう思わないわ」

ディディマスが書く手を止めて訊いた。「そう思わないって、何が？」

「あたしが見たなかでいちばん素敵なお顔だとは思わない」

「アン！」ハイラムが言った。

「いいんだ」ゴスペルシンガーは言った。

「まだ子供なもんでね」ハイラムは言った。

「さっきぼくはきみのことをかわいいと思うって言ったね」ゴスペルシンガーは言った。「今度はきみがぼくのことをどう思うか言ってくれなくちゃ」

「そうね」ゆっくりと彼女は言った。彼女の手がもう一度彼に触れる。「素敵な顔よ、でも、みんなのとたぶんあんまり変わらないわ」

「この子は目が見えないから」ハイラムが言った。

「パパは、あなたの顔を感じればあたしが見えるようになるかも、いっしょうけんめい信じたら見えるかもって」アンは言った。

「アン、パパは……」ハイラムが言った。

「静かに、ハイラム」ゴスペルシンガーは言った。

「見えたことが一度もないのに、見えるって信じるのはとってもむずかしいわ」娘は言った。「どうやればいいのかもわからない」もう一度、彼女は彼の顔に懸命に触れ、頬を引っ張った。「あたしを見えるようにはできないのね？」

「ああ」ゴスペルシンガーは言った。

「見るってどんなふうなの？」アンは尋ねた。

「そうだな……それはね」葉に燦《きら》めく太陽の色を、どんな風に花が咲き、空が薔薇《ばら》色に輝くかを伝えたかった。だがどこからはじめればいいのかすらわからなかった、彼女は光を見たことがないのだから。「だめだ」とうとう彼は言った。「どんなだか、ぼくには教えてあげられない」

彼女は彼の顔から手を離した。彼女は言い尽くせないほど悲しそうに見え、その口から折れた翼が落ちていった。脇へと退がってきた娘の頭に父親は触れた。

「でも、愛してるよ」ゴスペルシンガーは言った。

「今夜、ふたりできみを聴きに行くよ」ハイラムは言った。

すでにアンは跪いたままのゴスペルシンガーにほとんど背を向けていた。「愛してる」もう一度彼は言った。

「最前列さ」ハイラムは言った。「最前列のど真ん中できみが古き良きゴスペルを歌うのを聴こう」

〈夢の書〉を閉じたディディマスが棺から立ち上がった。「さあ」彼は言った。「もう行かねば」ゴスペルシンガーの腕を取り、立ち上がらせた。「人生の半分はきみを助け起こしてばかりいるみたいだな」二人がカーテンの間をくぐって行くとき、その子は鼻をほじっていて、さよならを言うディディマスの存在にすら気がついていないようだった。

「例の黒人に会いに行くのか？」ディディマスは言った。

「行かない方がいいか？」

「もちろん、行くべきさ！　わたしも会うのは構わないとも。なにしろアイスピックで六十一回だ！　だがなぜきみはさっき、カーター夫人に彼女の頼みを聞いて会いに行くようなことを言ったのかね」

「そこが思いつくかぎり唯一、外の連中から逃れられそうな場所だからさ。今回のことはそもそもが悪い思いつきだったんだ、連中にまた近づかれたら、今夜の集会をやり通せるか自信がない。もし家に帰ればついてくるだけだ。ウィラリーと一緒に牢にいるしかない」

「なるほど、そいつはいい、たしかにその通り」また本を取り出そうと格闘しながらディディマスは押し殺した声で言った。「聖なる場所は、殺人者の牢のなかに、と」

ゴスペルシンガーは、メリーベルの死に心を痛めるよう努めることに全労力を傾けていた。人生はまだはじまったばかりなのに殺されてしまった憐れなかわいい娘。多くの人々に対して優しく寛大だった。なんという愛情に満ちた献身的な娘だったことか。そういったことを何度も何度も自分に言い聞かせたが、その間にも彼女がついにいなくなってくれたということを、もう二度と夜の最中に彼女が跳びかかってくることはないのだということを、ひしひしと感じ続けていた。もう二度とエニグマへ帰ってくる心配をせずに済む。この旅が終わればもう二度と、彼が望むなら、エニグマへ足を踏み入れなくて済むのだ。

7

群衆はいまだエニグマ葬儀場の周りを埋め尽くしていた。だが、ありがたいことに黒い肌の男はあたりにはいないらしかった。さらに車が到着した。そのうちの何台かは、フロントとリアのバンパーに赤白縞《しま》のステッカーを貼り付けている。〈フリーク・ショーをご覧あれ——驚天動地の人体！〉エニグマ種子店のオーナーであるハイラムの弟キャッシュは、ティフトンに人をやって綿菓子製造機を借りてきており、葬儀場の道を挟んだ向こうでは子供たちが板張りの歩道の端に腰掛けて、コーンにうずたかく盛られたピンクのキャンディーを食べていた。

ゴスペルシンガーとディディマスが葬儀場から一歩踏み出すと、渦巻く群衆が静止して彼らの方を向いた。メリーベルに歌いかけるのをようやく止めたいま、人々は機嫌を直したようだった。もう誰も窓の周りに立って葬儀場のなかを覗き込んではいない。人々の注意は彼に移っていた。多くが手を振り、ティーンの娘たちの一群が突然彼の名をいっせいに叫び、黄色い声を上げた。そこら中で音楽が鳴っていた。あらゆる種類の音楽だ。通りのあちこちでカーラジオがつけっぱなしにされている。子供たちの多くは綿菓子を口に、トランジスタラジオを耳に押し当てている。ディスクジョッキーたちの快調で金属的な声がエニグマの通りに鳴り響く。〈さぁさぁ、そこ行くラジオの国のイカれたティーンたち、最高にスウィンギンでフリンギンでストンピンな音の乱痴気騒《らんちきさわ》ぎの準備はいいかい、アトランタのザ・コロシアムでショーがはじまるよ！　出演はモンスター・マン&ザ・ブラッド・サッカーズ、イザイア・メサイア&ザ・メッセージ、ザ・ヴァーチュー・トリオ、ホープ・フェイス・アンド・ラヴ！　ほかにもみんなが大好きなアーティストが目白押しだ！〉

「見てみたまえ」ディディマスは言った。「主の愛は計り知れん」

彼の名を叫んでいた娘たちのラジオから群を抜いてけたたましい音が流れ出すと、皆で目を見合わせ、少女たちの体が唐突にツイストと挑発的なダンスで活気づいた。

「あれを贖うに足る懺悔があると思うかね？」ディディマスが訊いた。

一団のなかにひときわ可愛らしい娘がいた。白のストレッチ・パンツを穿き、ポニーテールにした黒髪を腰のくびれまで垂らしている。両腕は丸くピンクに色づいている。彼女は両足をまったく動かさず、尻を、ありえないほど丸くてはち切れんばかりの尻を風にうねる水面のように震わせ波立たせていた。いま彼女は前屈みになって風車のようにポニーテールを振り回し、ゴスペルシンガーの視界は、こちらへ向けられた彼女の震える部位だけに狭められた。おそらく十五そこそこだろう。静かに見つめるゴスペルシンガーの歯は浮き、喉はからからになった。周りの叫び声と振り回される腕のなか、エニグマではメリーベル以外の女を抱いたことがないということに彼は気がついた。できなかったのだ、メリーベルのせいで。彼女は空気のように遍在した。彼は大きく息を吸って吐き、あたりを見渡した。いない！　彼女はいない！　彼は自由なのだ！

黒いポニーテールの少女の方へ足を踏み出そうとしたとき、WWWWと書かれたマイクを手にした男が目の前に現れた。背の低い男の白い両頰には十セント硬貨ほどのシミがいくつかあり、茶色いスーツに褐色のシャツを着て、天辺の丸い黄色の麦わら帽の前と後ろのひさしを下へ折り曲げていた。ひどく潤んだ目で、形はいいがほとんどない顎の頂上に鎮座している口は震えているように見えた。がっしりとした黒いケーブルがマイクから垂れ、男の両足の間を通って人混みのなかへと続いている。彼は手を伸ばし、まるでそこに自分がいると知らせるかのようにゴスペルシンガーに触れ、ちらと見上げて太陽の昇り具合を確認し、ネクタイを直し、消えていくケーブルの方へ振り返ると、びっくりするくらい大きな声で叫んだ。「まったく、みんなケーブルから離れてくれ！　ちょっと退がって騒ぎを止めてラジオも消す！　わたしが誰だかわからないのか！　見えてるだろう？」

さっと沈黙が降りて、男の背後にいる人々の群れがナイフでパンをスライスしたように道を開けた。黒いケーブルはＷＷＷＷと大書された白い小型トラックまで延びていた。白いオーバーオールを着た男がトラックの上にしゃがみ、肩にテレビカメラを担いでいた。人々が数人、カメラの黒い口へ向けて、まるで親しい友達との悲しい別れを惜しんでいるかのようにおずおずと手を振った。

男はカメラに横顔を向け、空いている方の手でゴスペルシンガーの腕をつかむと、突如として活力を漲《みなぎ》らせた。顔は輝き、流れるような動きで小刻みに体を揺らす。声が瓶から注がれでもするかのように口からほとばしり出る。いったん事がはじまるや、始めも終わりもなく淀みなく流れていく。「皆さんにはこの方の紹介は不要でしょう。何千もの人々の心に平和と喜びと幸せをもたらしている人物です。合衆国中に、はたまた人によっては世界中にまで知られていると言われる人物です」ゴスペルシンガーは回るカメラに向けて目を瞬かせながら、片目の端でいまは動きを止めている先ほどの少女が、ＷＷＷＷのトラック上にいる男に担がれた魔法の箱に向かって花崗岩《かこうがん》のように一心に身を乗り出しているのを見ていた。「本日のＷＷＷＷ《フォーダブリュー》ネットワークニュースは、エニグマからお届けしています、皆さんの心を浮き立たせてきた歌い手であるこの方の本拠地、かつ故郷であります」ここでトラック上の男が突然手を振り、カメラを下ろした。

「彼が準備できるまでの間、さて、調子はどうだい？」男が訊いた。

「いいよ」ゴスペルシンガーは言った。

「どうやらかなりの集客が見込めそうだな、ディディマス」アナウンサーは言った。

「ゴスペルシンガーがどんなかは知っているだろう」ディディマスは言った。「彼は最上の客と一緒に最悪の客も引き寄せる。ゴスペル歌唱ビジネスの住人に選《え》り好みはできんさ」

トラックの男がカメラを担ぎ、彼らに向かって手を振った。「さっき止まったそのあたりまで退がって」男は言った。「すぐにはじまるよ」ゴスペルシンガーを位置につかせる。「悲劇がこの町を襲いました、そしてわたしといるこの人物、テレビの向こうにいる数多くの方々の心にとって近しく親しいこの方こそが、その悲劇の中心なのです。こんなときにまことに失礼ですが、少しお話しさせていただいても？」

白いストレッチパンツの少女を見つめていたゴスペルシンガーは、アナウンサーの話が止んだことに気がついたが、何を言われていたのかはわからなかった。

ゴスペルシンガーは頭を振った。「まったく、まったくです」彼はつぶやいた。

「もちろん、いいですとも」黒いポニーテールの娘を目にし、ゴスペルシンガーが話を聞いていなかったことにぴんときたディディマスが答えた。

「テレビの前のみなさんに――あなたの友人たちです――彼らに、ゴスペルシンガーでいるとはどんな感じなのか、お聞かせ願えますか、それから……」

「……悲劇、悲劇です」ゴスペルシンガーは言った。

「……ええと、こんなことが起こってしまってという意味かな？　そうです、悲劇。まったくです。それ以外の何ものでもありません。このようなことが起きると、薄々お感じに？」

「いやまったく」ゴスペルシンガーは言った。

「いまや起きてしまったわけですが、何かなさるお考えはありますか？」

「そうですね」彼は言い、ほんの短い間だけ言葉を切って、すでにラジオを耳に当てて腰から下をそっと揺らしはじめている娘の方を盗み見た。「そう、メリーベルの記念碑を建てようと思っています」急に思いついたことだったが、口に出してみると彼にはそれが正しいことだと思われた。「親愛なる、優しい彼女のために、このエニグマに記念碑を建てましょう、世界中の人が見ることができるものを」

「あなたとメリーベルの関係は子供の頃からだと伺っていますが」

「とても親しい間柄でした」彼は言った。

「あの黒人のことはご存じで？」

「ええ、かなり昔のことですが」

「動機については？　なぜやったのか、何かお考えはおありで？」

「レイプですよ」ゴスペルシンガーは言った。「メリーベルのようなか弱い娘を黒人が殺す理由が、何かほかにあるとでも？」

「そう、もちろんです」アナウンサーは言った。「ほかには考えられませんな」ゴスペルシンガーからカメラの方へ向き直り、彼は続けた。「さて、静かにまどろむ町、我が国が誇るかのゴスペルシンガーが生まれ育ち、そして帰ってきたいま心痛と……悲劇に見舞われることになったこの町からは以上です。WWWWのリチャード・ホグナットがエニグマからお伝えしました」

「本当に記念碑を建てるつもりなのかい？」尻ポケットにマイクを突っ込みながらリチャード・ホグナットは訊いた。

「ええ」ゴスペルシンガーは言った。

「かわりにホテルでも建てちゃどうだい？」ホグナットは言った。「それから……」

「言葉に気をつけろ」ディディマスが言った。

「すまん、ディディマス」とホグナット。「ホテルを建てて、エアコンを入れるのさ。昨日の夜はるばるここまで車を転がしてきたがね、ホテルは一軒もないわ、きみの家族の居場所はわからないわ――聞けばなんでも沼かなんかに……失礼、のあたりに住んでるって言うじゃないか――結局、眠るところを見つけるのにわざわざティフトンまで戻る羽目になったよ」

「彼女が死んで四日になる」ディディマスは言った。「なぜきみは着いたばかりなんだ？」

「ゴスペルシンガーが来るまではニュースにならなかったのさ、キー局が扱うほどじゃない。彼が話すのを撮る、そうなれば話は別でね」突然、背中を押してくる人混みに彼は振り向いた。「ちくしょう、ケーブルから離れろって！　いやはや、すごい人出だ！　ひとまずティフトンまでもどってテープを発送してから夜の集会に戻ってくるよ。まったく、落ち着きのない連中だ。退がれったら！」そう言うと、ケーブルを投げ縄のように腕に巻き取りながらゆっくりとトラックへ戻っていった。

群衆の大部分は、通りの端にある群庁舎まで二人について行った。雲で覆われた空に開いた穴から、突然陽の光が眩しく射し込む。ゴスペルシンガーはすでに白いストレッチパンツの娘を見失っていた。つかの間、彼女はその夜の集会に来るだろうか、もし来るならどこへ連れ込もうか、と彼は考えた。公衆の面前で宣言してしまった以上、確実に記念碑を建てなくてはなるまい。ディディマスが手配してくれるだろう。どんな記念碑にすべきかまったくわからなかったが、ディディマスがなんとかするだろう。忘れずにすぐに取り掛かるよう言っておかねば。

保安官は、事務所のデスクの前で古い新聞の漫画を読みながらダイエット・ライトのコーラを飲んでいた。十二人ほどの人々がゴスペルシンガーについてドアから入ってくる。シャツの下の半分詰まったずだ袋のような下腹を撫でながら、保安官は大義そうに立ち上がった。ダイエット・ライトのボトルをデスクに置くと、ゴスペルシンガーの方へよたよたと歩いてくる。何かにもしくは誰かにできるかぎり懸命に同意を示そうとでもするように、彼の頭は上に下に忙しく揺れた。彼はゴスペルシンガーの腕に触れ、それからまるでそこでようやく気づいたみたいに、事務所まで一緒に入ってきた人々の方を向いて、ドアから追い出しはじめた。「出ていくんだ」彼は言った。「ほら、ほら、ほら、ほら」ディディマスの腕を取り、彼も押し出そうとする。「ほら、出て」

「彼はぼくの連れなんだ、ルーカス」ゴスペルシンガーは言った。

保安官は狼狽《うろた》えた。「おっと、こりゃ失礼」ディディマスから手をふり離し、体のあちこちをぽんぽんと叩く。それからドアを閉め、そこに倒れかかった。「いやはや、とんだ騒ぎだ！」保安官は言った。「ああやって押しかけてくるんだ、昨日の晩から。メリーベルを一目見たら最後、あいつも見なきゃ気がすまなくなるんだな」彼はゆっくりとゴスペルシンガーの周りを歩くと、上から下まで見つめ、肩から何か振り払おうとするように手を伸ばしては、優しく腕を握るだけに落ち着くのだった。「こいつは本当に嬉しい驚きだ」保安官は言った。「ここへ寄ってくれるかどうかわからなかったからね。今夜の集会には行くつもりでいたんだ、女房とね。そう」息を整えるために立ち止まり、ディディマスを見つめた。「まったくひどいことだ！　ほんとうに。嘆かわしい。事件が起きて、すぐにきみのことを考えたよ。つらいことだ！　なんせメリーベルだからね。そうさ」彼はまだディディマスを見つめていた。

「新しいマネージャーなんだ」ゴスペルシンガーは言った。「名前はディディマス」

「お会いできてうれしいですよ」保安官は言った。「ルーカスです」ディディマスが手を差し出すと、保安官はその手首を握ってぽんぽんと叩いて撫ではじめた。「あのキーンて男は、いつかきみがお払い箱にすると思ってたよ」ゴスペルシンガーに向かって言った。ディディマスの手をなかば包むようにしたまま。「煙草をやるようだね、ディディマス。すぱすぱとすごいじゃないか。おれも吸ってたよ。キーンは煙草農家だろ。そう。癌《がん》農家ってやつさ。おれは罹《かか》ってたんだ。罹ってる、と言うべきかな。死んじまうまでわからんさ、治ってるのかどうかね。やあ、おたくほんとによく吸うな！」前屈みになって唇を濡らすと、ディディマスの口から立ち昇る煙の柱に鼻先を突っ込んだ。「体を開かれて片肺を引っこ抜かれたよ、瘤でも取るみたいにね」ゴスペルシンガーに向き直って言った。「マーサを呼んでもいいかな。あいつ、喜ぶぞ、きみに会えたらそりゃあ喜ぶ」ゴスペルシンガーから目を離さずに彼は叫んだ。「マーサ！」

花崗岩でできた群庁舎の奥の方から、山びこのように即座に大声が返ってきた。

「ちくしょう《ガッダムイット》うるさいね、もうないったら！」

保安官は恥ずかしそうな笑みをゴスペルシンガーへ向けた。「なんで呼んだかわかってないんだ。サンドイッチとコーヒーをもっと欲しがってると思ってるのさ。品切れでね。持ってたのはみんな売ったよ。エニグマには薄切りパンもボローニャソーセージの厚切りも買えるのはもうひとつもない。この人集《ひとだか》りですっからかんさ、連中がみんな食っちまったんだ。それであいつも少しばかり疲れていらついてるわけでね。いやはや、持ってたら四倍は売れただろうな」

「ウィラリーに会いにきたんだ」ゴスペルシンガーは言った。「カーターさんとの約束で」

もう一度保安官が叫んだ。「あいつらじゃない、彼だよ！」

グラスが割れる音と嬉しそうな短い悲鳴が聞こえ、すぐに保安官の後ろのドアが開いて女性が飛び込んできた。彼女は鉛筆の線に沿って作られたようで、老けた肌をして、鉄灰色の髪を頭蓋骨のつけ根にスチールウールを四つ貼りつけたように赤いリボンで束ねていた。彼女はゴスペルシンガーの前に飛んできて、腰も胸もない痩せた体の横でせっせと手を拭いた。いまにも彼の胸に跳びつかんばかりだったが、なんとかそれを抑え、半ば高貴な人へのお辞儀のような格好をして、そわそわとまた自分の体に手を這わせた。

「ショックだったでしょうね！」彼女は言った。「そうでしょうとも。でもこの一件がはじまってからってもの、あたしもなんとかぎりぎりでやってるの。本当にね、歯を食いしばるほかどうしようもないんだもの。ふだんはさっきみたいな良くない言葉は口にしないのよ。ルーカスはそうだけど、あたしはね。それにしてもあらまあ、なんてハンサムだこと！」彼のことをよく見るために一歩退がると、彼女は勢いよく両手を腰に当てようとしたがそこに腰はなく、結局また自分をこするほかないのだった。「人生でちくしょう《ゴッダム》なんて四十回も言ってやしないけど、そのうち三十回はあの可哀想な娘がニガーの手にかかってからのはずだわよ」

「彼に会いに来たんです」ゴスペルシンガーは言った。

「みんな来たわ、あれの兄弟もね」彼女は言った。「そうですとも。ルーカスに聞いたかしら。会ってもどうもなりゃしないわ。喋らないいんだから。あそこに入れてからほとんど食べないしね、あんな大きな図体《ずうたい》なのに」

ゴスペルシンガーは、息を吸い込むか彼女の頭の向こうを見ようとでもするかのように首を伸ばした。「何ができるのかは本当にわからないんだけど、カーターさんに寄ってほしいと言われてね。ぼくにできるせめてものことだから。戻って今夜の集会にも備えないといけない。でもその前に彼に会ってみたくて」

「おれは片肺だけど、二つあった頃と同じようにやれてるって思わないかい」保安官が言った。「顔色もいいし、豚みたいに食ってるよ。顔色、いいだろう?」

「元気そうに見えるよ、ルーカス」ゴスペルシンガーは言った。「さてと、そろそろ……」

「そう見えるかい? こいつは太りすぎだって言うんだ。片肺にしちゃ太りすぎだってのか? 片肺になるとおれみたいに太るってことなのかな?」

「きみは大丈夫さ」ゴスペルシンガーは言った。「ウィラリーに会わなくちゃ。ゆっくりはしていられないんだ」

「そうか」保安官は言った。

「会っても仕方がないと思うけどね」マーサが言った。「ここでしばらく話でもした方がましよ。あのキャデラックにはまだ乗ってる? コーヒーが少し残ってるわ。ホットプレートですぐにできるから。一杯いかが?」

「ウィラリーに会わないと」

保安官がドアを開け、ゴスペルシンガーの後に続いて皆が裏手の牢へ向かうと、そこにはウィラリーがこちらに背を向けて立ち、柵のはまった窓越しに通りを眺めていた。

「ほとんどああやってじっとしてるよ」保安官が言った。

「本当に彼が彼女を殺したのかい?」ゴスペルシンガーは訊いた。

「殺したのは奴さ、絶対だ」

ゴスペルシンガーの声に反応し、ウィラリーは窓からドア口に立つ皆の方へ振り向いた。大男で、ゴスペルシンガーより三インチ背が高いが、引き締まったバランスのいい体格をしていた。肌はとても黒く、立派な顔立ちだ。力強い顎、深い色の目、高く突き出た頰、広くなめらかな額。丸太でも見ているような、皆がまるでそこにいないかのような表情だった。ゴスペルシンガーは長いこと彼に会っておらず、会っていたにせよ覚えていなかったし、即座に彼を捕らえたのは、なんてハンサムなんだろう、という驚きだった。

「やあ」ウィラリーは言った。「待っていたんだ」

「たぶん狂ってるのよ」マーサが言った。「ほとんどの人たちがそう思ってるわ、狂ってるんだって」

「扉を開けてなかへ入れてくれないか」ゴスペルシンガーは言った。

「そいつはやめた方がいいと思うがな」保安官は言った。「こいつは危険以外のなにものでもない」

「どっちにしろぼくは彼と話すよ。約束したんだ」

保安官が扉を開けると、ゴスペルシンガーは牢へ入っていき、〈夢の書〉を開いて鉛筆を握りしめたディディマスがそれに続いた。保安官が扉を閉める。ディディマスが椅子に座り、ゴスペルシンガーは鉄の簡易ベッドに腰を下ろした。保安官とその妻は扉の近くを離れずにやや前屈みになってじっと見つめた、何か途方もないことを、おそらくは奇跡を目撃しようとでもいうように。

「気をつけて」保安官は言った。

外からはまるで競馬の歓声のような、長く尾を引く叫び声が聞こえていた。

「彼は何もしやしないさ」ゴスペルシンガーは言った。「きみたちは戻って外の人たちを見て。入り口を壊しかねないからね。ディディマスとぼくなら大丈夫だから」

「そこに入って平気でいられるのは、エニグマじゃきみだけだろう」保安官は言った。彼は太鼓腹にぶら下げた重たい煙草色のピストルに手をかけた。「何かあれば呼んでくれ。それからニガー、もしこの人に手をかけたら、ここから立ったまま腹に六発くらわしてやるからな」

保安官とその妻が出ていくと、すぐにディディマスは窓のところへ行った。「また降ってきそうだ」彼は言った。「通りの連中を追い払ってくれるかもしれん、車のなかやどこかほかのところへ」

通りから低く唸るような音が聞こえる。人々の声やラジオからの音楽越しに、誰かがサンドイッチを売り歩いていた。ゴスペルシンガーの目の前のテーブルでは、蠅の大群が皿の上の食べ物を奪い合っていた。空気が熱く湿った重りのように、壁と天井から彼らを押しつぶす。牢のなかは汗の匂いがした。ディディマスは戻って椅子に座り直した。鉛筆の先を吟味《ぎんみ》すると、本の余白に印をつける。脚を組み、また解く。

「さてと」彼は言った。「さてと」

ウィラリーはまだ扉のところに立っていた。彼の顔と手の甲で汗が光る。青い作業着の背中と脇のところが黒く濡れている。作業着が胸に貼りついている。その顔は穏やかだったが、目は激しく光り、牢内の壁の上を素早く動き回っていた、何か怖ろしいものが飛び出してくるのを待ち構えているかのように。

「来てもらえるように願った」ウィラリーは言った。「間に合わないんじゃないかと、怖かった。彼らは今夜おれを殺すから」

ディディマスは椅子から飛び上がった。「殺す？　殺す？」その言葉そのものを見ようとでも言わんばかりに彼は下からウィラリーを覗き込んだ。「殺す！　殺す！今夜なのか？」

「そんなことはしないさ、ウィラリー」ゴスペルシンガーは言った。

ウィラリーはディディマスを払いのけた。「するよ」彼は言った。「おれにはわかる。今夜、集会の後でおれを引っぱりだして木に吊るす。それはいい。おれはただ彼らがそうする前にきみに来てほしかった」

「ウィラリー、ぼくはきみに何もしてあげられないと思う」ゴスペルシンガーは言った。「どうすればいいかわからない。裁判がいつになるのかは知っているかい？　弁護士はいるのか？」

「どうでもいいことだ。裁判など開かれない。彼らは今夜やるだろう」

「よせったら」ゴスペルシンガーは言った。「怖がる必要はないさ。ぼくは保安官を知ってる。囚人をごろつきの手になんて渡しっこないさ」

「吊るされるのは怖くない」ウィラリーは言った。「おれは……」

「死ぬのが怖くないだって？」ディディマスが叫んだ。いま一度、彼はウィラリーににじり寄らんばかりになって彼の顔を覗き込んだ。

　ウィラリーは静かにディディマスを払いのけた。「おれが怖いのは地獄に堕ちることだ。死ぬのを怖れはしない、怖れているのは主だ。なぜ自分がミス・メリーベルを殺したのかを知らずに死にたくないんだ」

「彼女を犯したのか？」ゴスペルシンガーは訊いた。

「それは白人たちの言っていることだ。うそだ。彼らはおれがやったと言う、でもおれはあの人を犯していない。あのアイスピックいがいであの人には触っていない。でもあれで触りはした。おれが殺したんだ」

「なぜ殺したのかね？」ディディマスが訊いた。

長い沈黙が降りた。通りの群衆の騒音が柵のはまった窓から流れ込み、ゆっくりと牢のなかを満たした。「どうしてなのかわからない」ようやくウィラリーは言った。「だから地獄に堕ちるのが怖いんだ、もしあいつらが、わかっていないままのおれを吊るせばそうなる。死ぬことはいい、わからなくちゃいけない」

「それは違う。誰も今夜きみを吊るしたりはしない。そうさ、でも一応知らせておこう、ルーカスに話しに行くよ」ゴスペルシンガーは言って牢の扉を揺らした。「ルーカス！　開けてくれ！」

ピストルに手をかけて保安官が飛び込んできた。「どうした？」彼は訊いた。「何があった？」

「開けてくれ。それからその銃をしまってくれ、ぼくを撃ってしまう前に」

事務室に戻った保安官はなんやかやと言葉をはぐらかし、はっきり言おうとはしなかった。「正義ね、こいつは込み入った話になってきたな」彼は言った。「ダイエット・ライトはどうだい？」

「欲しくない」ゴスペルシンガーは言った。「欲しいのは答えさ。誰かが今夜ウィラリーを吊るすかどうかわからない、きみはそう言ってるのか？」

「いや、そうじゃないさ」突き出た腹の頂上を調べつつ彼は言った。腹の向こうのホルスターに収めたピストルは彼に見えていない。彼は言葉を切った。「連中があいつを殺すだろうってことはわかってるよ。吊るすつもりなのか撃つつもりなのかってことまでは、どうもね」

「ルーカス、だめだ!」

「説得しようとはしたんだ」彼は言った。

「南部名物、リンチだな!」ディディマスは言い、〈夢の書〉に猛烈な勢いで書き込んだ。

「でも、そんなこと許されないだろう」ゴスペルシンガーは言った。

「いや、彼が有罪なら……」ディディマスは言った。

「やめるように連中を説得はしたさ」保安官は言った。「それこそ懸命にね。つまり、おれにとっても気楽にお出かけってわけにもいかないだろ。知事は人をよこすだろうし、FBIとかニガーを保護する団体だのなんだの──あらゆる連中がやって来てどんな風に起きたかおれに訊いてくることになる」

「裁判を受ける権利があるんだぞ」ゴスペルシンガーは言った。

「いや」ディディマスは言った。「彼が有罪なんだ」

「あの若造たちときたら興奮しっぱなしじゃんし」保安官は言った。「あいつらがメリーベルのことをどう思っていたかは知ってるだろう。ニガーがあの娘を殺しちまってそりゃあ頭にきてる、誰だってリンチにかける勢いさ」

「リンチ、リンチ、と」ディディマスが言った。

「ニガーに殺されなくても、遅かれ早かれエニグマの誰かがメリーベルを手に入れてただろうさ。こんな言い方をして悪く思わないでくれ。だがきみはほとんどエニグマにはいないし……一人どころの話じゃない、若い奴らであの娘に目をつけていたのは。それが現実だよ。彼女だって一生処女ってわけにもいくまい。この郡の男たち全員が夢見てたところへあのニガーが下着のなかに突っ込んだ——それが現実なんだ——何度もそいつになりたいって思って……」保安官は言葉を濁し、悲しげに頭を振った。

「彼女をレイプしてはいないとウィラリーは言ってる」

保安官は驚いて、目を見開いた。「そんなこと、まったく筋が通らないじゃないか」彼は言った。「ぜんぜん通らんよ」彼は片手を上げて指折り数えた。「奴は金を盗《と》っていない、それに宝石もだ。ほかにどんな訳がある？　ひとつしかないじゃないか。それに」目を落として腹をそっと撫でた。「それに、彼女は下着を穿いていなかった。現場に着いていちばんにおれが確認したことだ」彼はため息をついた。「あの娘はワンピースの下に何も身につけちゃいなかったんだ。あのニガーが剝ぎ取ったにちがいないさ」

ゴスペルシンガーは口をあんぐりと開け、また閉じた。保安官に言うことなどできなかった、メリーベルは下着など穿かないことを、ここ一年以上、一度も穿いたことがないということを。

「ウィラリーと話さなくちゃ」ゴスペルシンガーは言った。

「またかい？」保安官は訊いた。「いったい何を話すことがあるんだい？」ちょうどそのとき、ぱっとドアが開いて何人かの人間がなかを覗き込んだ。「退がれ」保安官が叫んだ。「閉店だよ。ほら、出ていけったら！」

男がひとりドア口に立ち止まっていた。好戦的な声で彼は言った。「ゴスペルシンガーに用がある。おれたち何マイルも車を転がして来たんだからな、彼に会いたい」

保安官は男を押し出し、ドアを閉めた。向こう側で誰かが叫んだ。「彼はたしかになかにいるぜ」歓声が沸き起こる。

「やれやれ、とんだ騒ぎだ」保安官は言った。

「さあ、牢を開けてくれ」ゴスペルシンガーは言った。

「きみじゃなきゃ、こんなことはしない。きみだからやるんだ、いいね」

「わたしはここに残ろう」ディディマスが言った。「保安官を助けることにするよ、外の連中が入ってこないようにな」保安官と二人で事務室へ戻りながら、ディディマスは訊くのだった。「きみは、リンチに遭った人間を見たことがあるのかな？」

ウィラリーはベッドに座り、房の反対側に立つゴスペルシンガーを見つめた。彼の膝の上には開いた聖書が載っていた。

「彼らはやる、そうだろう？」ウィラリーは訊いた。

「かもしれない」ゴスペルシンガーは言った。

「思ったとおりだ」彼は言った。「どうでもいいことだ」立ち上がり、聖書を手に窓まで歩いて行った。牢屋の真下にはおそらく二百人以上の人々が集まっていた。前に後ろに揺れながら、物を食い、話し、ラジオのボリュームを上げている。

「ウィラリー、もし……もし彼らが今夜やるなら、それはきみが彼女をレイプしたと思っているからだ。彼らがこんなに興奮しているのはそこなんだ」

「おれはやってない」ウィラリーは言った。

「なぜわかるんだい？」ゴスペルシンガーは訊いた。「なぜそこまでたしかだと言えるのかな、覚えていないと言ったじゃないか、その……」

「ぜんぶ覚えてる」ウィラリーは言った。「おれがしたことはみんな」彼は左手に聖書を握りしめ、目の前にかざした。その手は分厚く、巨大で、黒い聖書の表紙よりも黒かった。「おれはあの人の喉を刺した。覚えている。おれは壁にかけていたアイスピックに手をのばした、おれはあの人めがけて最初のひと刺しをくりだした。覚えている。あの人は叫ぶことができなかった。ひとことも口をきけなかった。あの人が死ぬと、おれはベッドに入って眠った。おれはアイスピックいがいであの人に触っていない」

「保安官は、レイプしていなければ筋が通らないと言ってる、たしかにそうかもしれない」ゴスペルシンガーは言った。「つまり、ほかにどんな理由で殺すことがある？　腹でも立てていたのか？」

　ウィラリーはかすかに顔をしかめた。「おれは狂った人間じゃない。アイスピックで刺したなら、腹を立てていたにちがいない」

「なぜ？」

「わからない」ウィラリーは言った。「そこのところが思い出せない。やったことはぜんぶ、思い出せる。なぜやったのかが思い出せない」

「何かしてあげられることがあるといいんだけど」

「祈ってほしい」ウィラリーは言った。

「なんだって？」

「おれと一緒に祈ってくれ。おれがしたことを赦《ゆる》してくれるように、主に祈ってくれ」

「もし彼が赦すというなら」ゴスペルシンガーは言った。「それはきみが祈るからだ、ぼくがじゃない」

　ウィラリーはベッドに座るゴスペルシンガーのもとへ来て、ゆっくりと膝をついた。

「おれがきみにしたことはわかっている」

「立つんだ、ウィラリー」

「黒人たちはみんな、きみとメリーベルがどんなだったか知ってる」

ゴスペルシンガーはベッドの上で鯱張《しゃちこば》った。「そうなのか?」

「きみの恋人を殺したのはわかっている、でもきみはそんなおれでも赦すとわかっている。きみはおれをはねつけたりはしない。主との間を取りなしてくれ」

「立つんだ、ウィラリー」ゴスペルシンガーは言った。「神ときみの間をどうこうなどぼくにはできない。きみがなにをしたのか、どういうことかも知らないんだから」

「きみの力と栄光は誰もが知っている」ウィラリーは言った。「白人たちは知っている、黒人たちも知っている。きみは道であり救いだ。おれに残されたたったひとつの光だ」

いまゴスペルシンガーはウィラリーを引っ張って、なんとか立たせようともがいていた。

「ミス・メリーベルも知っていた。そう言っていた。そう歌っていたんだ。あの人はクオーターズでそのことばかり言っていた」

ゴスペルシンガーは引っ張るのを止めて言った。「なんと言っていたんだ?」

「あの人は言った、ウィラリー、彼は〈谷間の百合〉よ。小屋を塗って屋根に釘を打ちなさい、なぜって彼こそはヨシュア記の〈天にとどまる太陽〉で、彼がそう望むのだから、そう言ってあの人は笑った、とても幸せだったから。笑って笑って笑いつづけた。きみに遣わされたとクオーターズのみんなに言って回った。バラの木を植えて育てなさい、なぜならゴスペルシンガーはバラが好きだから。彼はバラの木が好きなの。彼は庭を掃くのが好きで、きたない子供たちもきたない家も好きじゃないわ。そう言ってあの人は笑って笑って笑いつづけた、きみに言われたことをするのが幸せだったから」

　ゴスペルシンガーはウィラリーのひと言ひと言に合わせるように首を振っていた。

「嘘だ」彼は言った。「彼女はそんなことしはしない。そんなはずはない。ぼくが何を望もうがクオーターズの誰も気にかけはしない。そんな理由はどこにもない」

「あるんだ」ウィラリーは言った。「この世でいちばんの理由だ。おれはみんなに言った、あの人の言うことはあのシンガーについての真実《ゴスペル》なんだと、だからそうするのは正しいんだと。ミス・メリーベルはそれはよろこんでくれた。おれがみんなに言うと、いつでもあの人は笑いが止まらなかった、クオーターズ中にミス・メリーベルの笑い声が聞こえた」

「けど、なぜそんなことをきみが皆に言って聞かせるんだ？」ゴスペルシンガーは訊いた。「ぼくはきみに何かした覚えはない。そもそもなぜ皆はきみの話を聞くんだ？」

「おれも説教師だからだ」彼は言った。

　ゴスペルシンガーは蒼ざめた。「も、じゃない」彼は言った。「やめてくれ」

ウィラリーは立ち上がり、両手でゴスペルシンガーに聖書を差し出した。「おれは説教師だ、きみの教会も建てた」

「ウィラリー！」ゴスペルシンガーは叫んだ。「やめてくれ！」

「おれにできるのはそれだけだった」ウィラリーは言った。「きみはテレビでおれを救ってくれた」夢見心地な声になっていた。聖書を体に近づけると彼は言った。「おれはただの男だった、森のなかで働いて、松脂を採ってはまた幹をけずって。きみがテレビに出るたびに、おれはきみのことを観たよ、観るといつでも、きみが誰なのかおれにはわかった。それからある真夜中に、小屋で横になっているときみがマンツに映って、おれはどうなるのかがわかった。四月に入って七日目だ、水曜だった。きみはヌ・ヤークシティにいた。きみの姿が映ると、もうおれの準備はできていた。ミス・メリーベルは言った。あの人は何度も何度もきみのことを見続けてさえいれば、どうなるのかをおれに話した。だからおれはそうして、そうなった。おれは手をのばして画面のガラスに触った、それから……」

四月七日。水曜日。彼女は赤毛でひどく黒ずんだ乳首をしていた。覚えているのはそれだけだった。美人で、ショーがはじまる前のほとんど三時間ずっといちゃついていて、それが〈ラジオ・シティー・ミュージック・ホール〉でのことで、ショーがはねた後もまた夜中までいちゃついたということ以外には。名前は思い出せなかったが、彼女は並はずれていい娘だった——賢くて、飾り気がなくて——ショーの間中、彼女のことを想ったものだった。自分を待ちながらひろげられているはずの、彼女の白く巨大なサンドイッチのことを想いながら彼が歌っていた一方で、ウィラリーの開いた黒い手がガラスの向こうの彼のイメージに触れ、神を発見していたのだった。ゴスペルシンガーは肺が潰れていくのを感じた。神は黙っていないだろう。最後のチャンスは絶たれたも同然だった。

「……ミス・メリーベルは言った、ゴスペルシンガーの教会を建てたらどうかしら？　教会をはじめるのに、きみがおれたちのためにってあの人にあげた金をみんな使った。その金があったし、きみはおれたちが知ってる最高の人で、おれたちにとってもよくしてくれた、だからおれたちはそうした」

ゴスペルシンガーは、彼女がはじめて手紙で金を無心してきたときのことを思い出した。およそ四ヶ月前のことで、彼女がなぜ必要だと言ったのかは思い出せなかったが、自分がどれだけそれでほっとしたかをはっきりと覚えていた。彼は書かれていた倍の金を送り、すでに定期的に送金していた人々の長いリストに、彼女の名も加えるようディディマスに指示したのだった。

「クオーターズのどれくらいの人間がそこへ通っているんだ？」ゴスペルシンガーは訊いた。

「ルボー郡の黒人たちの半分にはなる」ウィラリーは言った。「みんなテレビできみを観ているし、ミス・メリーベルはどうやってきみが主との間を取りなすか話してくれた」

「教会はどこなんだ？」

「シャックルフォードを下って行ったところだ」ゴスペルシンガーの前に、もう一度ウィラリーは跪いた。彼はゴスペルシンガーの手を取って自分の頭に載せた。その髪はごわごわとしてじっとりと濡れていた。「なぜおれはミス・メリーベルを殺したのですか？　あの人は金をくれた。あの人はどうすればいいか話してくれた。教会の名前を考えついたのもあの人だった」

「教会の名前？」ゴスペルシンガーは漏らした。

「あの人が思いついてサインを書いて、それから……」

ゴスペルシンガーが勢いよく前にのめるとウィラリーはほとんど倒れそうになった。「だめだ！」彼は叫んだ。「よせ、やめるんだ！　聞いてくれ、ウィラリー、ぼくは止めなきゃいけない、ぼくは……」

ウィラリーは悲しげに頭を振った。「きみに止められるとは思えない。むりだ、今夜彼らはおれを吊るす、そうするしかないんだ。おれの準備ができていることを主はご存じだ。おれはミス・メリーベルを殺した、そのためにおれを吊るせるだけの高い木を主は一本もお植えになったことはない。そうとも。おれはただ最後の審判が下るときなぜやったのかを言いたい、なぜなのかをきみに言いたいのだ。おれはきみの教会の説教師で、きみが愛している娘をアイスピックで殺した男だ。彼らがおれを吊るすとき、おれは主を見上げてうちへ帰るとわかっていたい。だけど犯した罪を盗っ人みたいに心にかくしている人間は、まっすぐ地獄へ行く。主は洗い清められていない者はお迎えにならない。だめだ」

ウィラリーは目を閉じてすすり泣き、膝の上で体を揺らした。ウィラリーの窮状の責任は自分にあるという、いま明らかになりつつある情報に驚愕したゴスペルシンガーは、彼を見つめたまま言葉がなかった。ようやく彼はウィラリーの両肩をつかんで言った。「さあ、もういい。聞いてくれ、連中はきみに何もしはしない。聞いてるかい？　ぼくがついている。もう泣くのはやめて立つんだ。きみと一緒にいるから」

ウィラリーは立ち上がり、簡易ベッドの端に腰を下ろした。ゴスペルシンガーは窓まで行って外を眺めた。眼下に見えるエニグマの端から端までを埋め尽くした群衆は、いまひっきりなしの色と音の洪水で渦巻いていた。背後からウィラリーの、抑揚も生気もない声が聞こえていた。「きみはいつだっておれと一緒にいてくれた。おれが救われたその日から、きみがそばにいなかったことはない、一度もない。おれは救われたんだ、救われたときちゃんと感じた。いまもまだ救われたままだ、それが真実《ゴスペル》だということをおれは知っている。けどおれの手はミス・メリーベルの血で濡れている……おれの心も」

「聞いてくれ」立っている窓の前で振り向き、ウィラリーをなだめようと、真実を告げようとゴスペルシンガーは言ったが、真実がこの幾層にも重ねられた見事な嘘よりも彼を傷つけることも彼にはわかっていた。だが、振り向いた先に目にしたものもまた、彼に言葉を飲み込ませるのに十分だった。鉄製の簡易ベッドの上に、擦り切れてぼろぼろになった彼の写真が鎮座していたのだ、丹念に伸ばされてはいたが、古びて四つ折りの跡がくっきりと刻まれていた。唇を動かし喋り続けているウィラリーは、ゴスペルシンガーではなくその彼の写真を見ていた。

ゴスペルシンガーは牢を横切って簡易ベッドまで近づいた。「どこでそれを手に入れた?」彼は訊いた。

ウィラリーは目を上げなかった。「……あの人がすべてやってくれた。あの人がクオーターズにやって来なかったら、おれは昔のおれのままだった。背中にカミソリの傷がある、黄色い女たちと寝てばかりのいやしいニガーだ。あの人が道を照らしてくれた」喋りながらウィラリーのとてつもなく大きな、たこで硬くなった指が、雑誌の表紙に印刷されたゴスペルシンガーの顔をなぞった。「あの人はいやしいニガーを正してくれた、もうカミソリでの切り合いも、主の名前を汚すことも、黄色い女たちもなしだ。ゴスペルシンガーのことを教えてくれた。それがどんなだったかを。ミス・メリーベル、ミス・メリーベル。教会を建てた。修理して。やっていけるようにして。ミス・メリーベルが」一瞬、彼はじっと両手を見つめ、手のひらを上に向けた、頭を振り、眠たげで単調な声で彼は話し続けた。「集会。そう集会だ、彼が帰ってきたら教会で。ちゃんと修理した、準備した、だから彼は彼の教会に立って、おれたちを見わたして褒めてくれる。そうとも。おれたちの準備はできている、いつ彼が帰ってきてもいいように。そうとも。ミス・メリーベルはゴスペルシンガーが帰ってきたとわかったらすぐに教えに来てくれると言った。あの人は真夜中に来た。いつだったか何時だったかも誰にもわからない。あの人は……」言葉が途切れ、彼は頭を傾けた、何かに聴き入るように。人差し指で彼は額の真ん中を押さえた。「あの人は言った、あなたにゴスペルシンガーのことを伝えに来た、と。おれは言った、彼はいつ来るのですか、と。あの人は……」湿った燃え殻のような灰色がウィラリーの顔に湧き上がった。一筋の血管が額の上を走る。「だめだ」彼は言った。「おれは説教師だ。救われたんだ」ゴスペルシンガーの写真にぐにゃりと彼は沈み込んだ。「そんな、主よ、だめだ、いけません。あの人は言った、おまえが救われたのはうそによってだ、教会はうそっぱちだ、ゴスペルシンガーはうそっぱちだ。神はパンツを下ろした男だ、神はボタンをはずした前チャックだ。あの人は言った、ゴスペルシンガーは……それでおれはあの人をアイスピックで刺した。喉をしめあげて、刺して刺して刺しつづけた」簡易ベッドに顔を埋め、左右の拳を握りしめて彼はすすり泣いた。

膝で支える術《すべ》もなくゴスペルシンガーはくずおれた。そしてウィラリーに腕をまわした。「もうやめてくれ」彼は言った。「お願いだ」

ウィラリーは簡易ベッドから身を起こし、あたりを見た。震えはすでに治まっていた。彼はもう泣いてはいなかった。その顔はほとんど微笑んでいるようだった。「思っていたとおりだ」彼は言った。「おれがなぜあの人を殺したかきみなら知っている、主との間をとりなしてくれると信じていた。もう大丈夫だ。もう誰もおれを傷つけることはできない、自分が何をしたかわかったし、主を裏切ったこともわかったから。これで安らかに行ける」

ゴスペルシンガーが立ち上がり、向き直って房の扉まで行くと、柵の向こう側にじっと、頭を垂れ膝の上に〈夢の書〉を開いてちびた鉛筆を走らせているディディマスがしゃがんでいた。

「おれはすぐかっとなるいやしいニガーだ」ウィラリーは言った。「あの人のうそを聞いたとき、いつもみたいに悪魔がおれをつかまえたんだ。そうとも。ざまはない。でもこれで主との間にうそはなくなった」簡易ベッドの上にきちんと座り直した。

「なぜミス・メリーベルはうそをついたんだろう?」

ディディマスの鉛筆が止まるのがゴスペルシンガーには聞こえた。通りの群衆のたてる音が高まった。「どうしてかな」彼は言った。

「でも、誰でもうそをつくものだ」ウィラリーは言った。

「そう、誰でもね」房の扉を前にしてゴスペルシンガーは言った。それからその息で告げた。「もう行くよ、ウィラリー」

背後でウィラリーが立ち上がった。「わかっていたよ」彼は言った。「主よありがとう、きみは来てくれた。ちょっとの間しかいられないのははじめからわかっていた。それでも、ひとついいことがある」

「何だい？」

「今夜の集会だ、みんな教会にやって来る。おれがいなくても大丈夫だ」

房の扉を揺すってゴスペルシンガーが叫ぶと、すぐに保安官が腹の下のピストルを手で探りながら、何事だ、どうしたんだ、と声を荒げて飛び込んできた。

「扉を開けてくれ、ルーカス」

「何かわかったのか？」保安官は訊いた。「どういうこ……おっと、ずいぶんと顔色が悪いじゃないか。座った方がいい。奴に何を言われたんだい？　入ってって一発頭をど突こうか？」見えないピストルを探して手をさまよわせながら言った。

頭を振ることしかゴスペルシンガーにはできなかった。呼吸が苦しく、脚は汗で濡れ不快そうだった。メリーベルのしたことに彼は打ちのめされていた。ほとんど信じられないような気持ちだった。そこに込められた見えない憎しみの量には驚くべきものがあった。いまになってようやく、彼女がどれほど彼を憎んでいたかを悟りはじめた。事務所に戻り、彼は保安官のデスクにもたれかかった。

「ルーカス」彼は言った。「ウィラリーに何も起こらないようにしてほしい。牢屋から彼を連れ出すような真似《まね》は誰にもさせないと約束してくれ」

ルーカスはデスクの脇にある発泡スチロールのボックスからダイエット・ライト・コーラを取り出した。「一本どうだい？　すごく気分が良くなるよ、ほかのやつみたいに太ったりしないし」

「約束してくれるか？」

ルーカスはごくごくと流し込んでからげっぷした。「いいとも」彼は言った。「約束しよう。でも連中が吊るすのはおれの約束じゃない、あのニガーさ。おれがきみになんと言おうと何も変わらんよ」そしてダイエット・ライトのボトルのなかで唸るような音をたてた。

「やろうと思えば止められるはずだ」ゴスペルシンガーは言った。

「いいかい」保安官は言った。「あいつは自分でメリーベルを殺したと、そう言うはずだ、否定すらせずに。おれか？　おれは片肺さ、太りすぎてもいる。ニガーを吊るそうとしてる奴の邪魔をおれがするって？」

「ぼくがお願いしてもか」ゴスペルシンガーは言った。

「この際だ、きみのことが好きだから言うがね」首と顎の垂れ下がった肉を紅潮させて保安官は言った。「きみはゴスペルシンガーさ。だがここはエニグマだ。きみがあのニガーをどう思っていようが誰も気にしやしない。いくらきみが奴のことを好きでも関係ない。だがこれだけは言っておこう、あいつが引っ張り出されて吊るされるべきじゃないだのなんだのと、おれは触れ回ったりしない。おれがきみだったらぜったいにそんなことはしない」

「彼を公正に扱ってほしい、そう言っているだけだ」

「連中はあいつがメリーベルを扱ったように扱うさ。それに、間に入ってきた人間も同じ目にあわせるはずさ」

「彼を連れ出させないようにしてほしい、そう願うよ」

「こっちはきみにマーサのコーヒーかダイエット・ライトでも飲んでほしいね」ルーカスは言った。「いまあいつが淹《い》れてるからさ。きみが回ってきたいろんな場所の話をしようじゃないか、それからしてきたこともだ、あのニガーのことは忘れようじゃないか。あんな奴の話をしても仕方がない。死んだ馬を走らすようなもんさ」

「もう行かなくちゃ」ゴスペルシンガーは言った。

「マーサのやつ、がっかりするよ。せっかくきみのために淹れているのに」

「用事があるって伝えておいてくれないか。行くぞ、ディディマス」

　ウィラリーの牢屋の下にいた群衆は、ある種の自然な洞察が働いて蠢《うごめ》き、ゴスペルシンガーが現れた群庁舎の角にある戸口へと集まった。町には夜の集会目当てに続々と人が到着していた。ゴスペルシンガーは階段の最上段に立って彼らを見下ろした。通りは顔という顔で埋め尽くされ、それらはマスクのようで、開いた黒い口から一塊りの息を吸っては吐き、彼を見上げている。グッド・ヒューモアのトラックが二台テイフトンからやって来ていて、牢屋と葬儀場を隔てた通りのそれぞれの側に駐まっていた。トラックの天井に設置された小さなメガホンが回転し、クリスマス・キャロルのような音楽を流している。曲が終わるたびに、機械的な声が停車駅を告げる車掌《しゃしょう》のようにアイスクリームの味やサンデーの名前を読み上げるのだった。

「これを通り抜けるのは無理だな」ディディマスが言った。

　ゴスペルシンガーは返答のかわりに人混みの最中へと突っ込んでいった。ディディマスは上着の下に入れた〈夢の書〉を抱えてそれに続いた。キャデラックへ戻るのはガントレット（二列に並んだ人々の間を鞭打《むちう》たれながら進む懲罰。軍隊でよく行われる）をやらされるようなものだった。ゴスペルシンガーを軽く叩き、彼に触れ、撫でようと手が伸ばされる、だがその数はあまりにも多く、人々は焦り、愛撫《あいぶ》は引っ叩《ぱた》きや小突きに、ついには単なるパンチへと変わった。あるいは、二人にはそう感じられた。もがく肉の壁があらゆる方向から押し寄せてくる。ディディマスは彼を助けようと、押し返そうと試みたが、即座に人の群れに押し出され、ゴスペルシンガーはひとりでもがくしかなかった。ポケットが上着から引きちぎられる。濡れて熱狂した口という口が頭上で讃美歌を唸っている。不可能な要求を耳元で囁く者たち。神への嘆願に混じって、あちこちで罵り声が聞こえていた。

到底無理そうだと思える長い時間が過ぎ、ようやくゴスペルシンガーはキャデラックまで辿り着いた。取っ手をひっつかんでドアを開け、なかへ跳び込んだ。スイッチに触れて車全体を自動ロックする。ぜーぜーと喘ぎながら彼はクッションに倒れ込んだ。左右の窓もフロントガラスも後部ガラスも、引き伸ばされた顔という顔、歪められた口という口、爛々《らんらん》と輝く目という目で埋め尽くされている。遠くの方で、若い娘の一団がラジオから流れる音に合わせて彼の名を唱和していた。ようやくディディマスの顔が窓に押しつけられるようにして現れた。焦点の合っていない両目のせいで、彼の表情はびっくりハウスの鏡に映る歪んだ顔のように見えた。真っ赤になって大汗をかいている。ゴスペルシンガーがドアをひとつだけ開ける。若い娘が彼の足につかまっていて、それを振り解いてなかへ入るのにゴスペルシンガーが手を貸さなければならなかった。ディディマスは背後のドアをロックした。

「まったく、乱暴な連中だ！」一息つくと彼は言った。

キャデラックは静かに揺れた。

ディディマスは頭を振った。「いつもなら退がらせておくことができるんだが。わからん、この連中はまともじゃない」彼は興奮し、話しながら運転席で弾むように体を揺らし、あちこちに目を走らせようと忙《せわ》しなく頭を屈めた。「きみと、殺されたメリーベル、それに通りの端の牢に入れられた黒人、この三つが合わさってどうかなってしまったのだ。きみのすぐ後ろにいたのだが、手があちこちから伸びてきて捕まってしまった……ところで、きみは大丈夫なのか？」

「平気だよ」ゴスペルシンガーは言った。「あんたはできる限りやってくれたさ。エンジンをかけてくれ、ここから離れよう」

ディディマスは大通りを戻るのは諦めた、もはや通り抜けることはできない。人々は板張りの歩道と歩道の間を、ストリート・ダンスの列に加わりでもするかのように右往左往していた。大通りに並行して走る裏通りに抜けたときには、ちょうど雨が降りはじめていた。そこでも彼らは見つかり、人々がサイン帳や聖書や、さまざまな種類の不具になり変形した手足を振りながら、我がちに前に出てきて車を止めようとする。誰かがひどい怪我を負うか、最悪の場合死んでしまうことをディディマスは怖れ、人々のいる町中はゆっくりと車を走らせなければならなかった。ときどき、なかでも熱心な輩が夜の網戸に突進する虫のように車の側面めがけて駆け寄った。

「ウィラリーに嘘をついたな」バンパーとボンネットに人々がうじゃうじゃと寄ってきたせいで、しばらく車を停車させながらディディマスは言った。

「あんたなら真実を言ったか？　その方が彼のためになるとでも？」

「いいや」いらつき、フロントガラスに貼りついている顔に向かって舌を出しながらディディマスは言った。「わたしはただ、人が嘘をつくのは真実を恥じているか、もしくはその嘘が本当であってほしいと願っているときだということを指摘しておくべきかと思ってね」

「もっとスピードを出せないのか？」

「誰かを轢き殺したくはないだろう」ディディマスは片足でアクセルを、片足でブレーキを操作し、文字通り人々を押し退《の》けながら進んでいた。いつ誰かを押し潰し、その体から命を搾り出してもおかしくない状況だ。「ところで、あの保安官はたいした人物じゃないか。古い知り合いなのか？」

「生まれてからずっとさ」歩道で小さな少年が綿菓子を食べているのを見つめながら、ゴスペルシンガーは言った。

「リンチのことやなんかについてみんな話してくれたよ」ディディマスは言った。

「タールと羽を塗られると人間が死ぬなんてことを知っていたかね？　あの男のリンチに関する知識に触れたらきみも驚くぞ。リンチの前にはほとんど必ず何かしらされるものらしいな。リンチするだけで終わりだと思うだろう？　ところが彼らはタールを塗り、去勢し、目を潰し、そうやって活力をみんな奪うのだ。見ものだな。人々が今夜ウィラリーに何をするか見当もつかん」

「何もしはしないさ。ぼくが止めてみせる」

ようやくエニグマを抜け、車はいまスピードを増していた。

「どうやって？」

「わからない。でもなんとかする方法を探さないと。それよりあの道を曲がらないでくれ、まだあそこへは行かない」

「どこへ行くんだ？」片手でハンドルを握り、〈夢の書〉を取り出して助手席にほかの数冊と一緒に置きながらディディマスは訊いた。

「着けばわかるよ」

「例の教会へ行くつもりだろう、ウィラリーの？」

「ああ」

「いい徴《しるし》だ」

「その話にはうんざりだ」ゴスペルシンガーは言った。「いいからあのペカンの樹のあたりの道を曲がってくれ。メリーベルがやったことを確かめに行くだけだ。あいつは狂っていた。いまになってそれがわかったよ。この教会騒ぎがあいつを殺したんだ、あんなふうにウィラリーをそそのかしたりして。イカれた雌犬《ビッチ》さ。もっとゆっくり進んでくれ」

「ウィラリーの話は辻褄《つじつま》が合わんように思うが」ディディマスは言った。

「辻褄が合うどころの話じゃないさ」ゴスペルシンガーは言った。「彼女はウィラリーに嘘を詰め込んだんだ、すべて信じ込ませた、そのうえで本当のことを告げたのさ。彼が殺したのも無理はない。もちろんやらないでいてくれた方がよかったとは思う、でも無理もない。ここがシャックルフォードの場所だ。そのすぐ向こうにあるはずだ」

彼らの進む驟馬と馬車用の道は、両側に繁茂し迫っている草で暗く、狭かった。

「あそこに何かあるようだ」ディディマスは言った。「やはりそうだ、尖塔《せんとう》のようなものが見える。ここで間違いないな」

後部座席にうずくまるゴスペルシンガーには見えていなかった。静かにあたりを圧する空を彼は見上げた。小雨が止むことなく降り続いている。雲が美しく広がる山脈の底部のように見えた。近づく教会を見ないで済むように、彼はいま山の麓《ふもと》に埋もれているのだというあり得ない事実に意識を集中した。

「ほう、これは」ディディマスが言った。「悪くない建物じゃないか、こんな場所に建てられ……」

　ゴスペルシンガーは彼の声の調子が変わるのを聞いて振り向き、その目で確かめた。それは長方形のドッグラン（一九～二〇世紀初頭の米国南部に見られた、一つの屋根で覆われた二つのスペースを中央のホールで繋ぐ建築様式。通常は一階建ての小屋）で、正面のドアは光り輝いて見えるように鮮やかな赤いペンキで塗られていた。壁の全体をぴかぴかのブリキの板が覆っている。ゴスペルシンガーはディディマスの声を変えたものを見た。屋根の頂上に打ち付けられたサインにこう書かれていたのだ、〈ゴスペルシンガー第一教会〉。

「これは徴だ」ディディマスが言った。

「ニガーの建てた教会さ」ゴスペルシンガーは言った。

「それでも教会だ、きみの名を冠した教会だ」

「メリーベルの仕業だよ」ゴスペルシンガーは言った。「ぼくが憎くてやったんだ、ジョークとして、神への冒瀆として！」

「神の教会《いえ》だ」ディディマスは囁いた。

「メリーベルのさ」ゴスペルシンガーは主張した。

「きみの教会だ」ディディマスは言った、硬い声だった。「きみの名を冠した神の教《い》会《え》だ」

「そう思うのか？」

「そこに真実がなければきみもそこまで怒りはしまい」ディディマスは言った。「それにそこまで怖れもしないはずだ」

「怖れちゃいないさ」

それは本当だった。たしかにいままでは怖れていたのだ、だがいまは奇妙な平静さに包まれていた。メリーベルが死んだと知ってからというもの、彼はその死の結果どんなことが明らかになるのかと内心びくびくしていた。彼女がしでかしていたかもしれないことには際限がなかった。彼女は狂っていたのだ。最悪というほどでもないのだから、自分は運が良かったのかもしれない。

「そのようにわたしには見えたがね」ディディマスは言った。「なかへ入るかね？」

「その必要はない」

「きみはまだウィラリーを救うつもりか？」

「ぼくは……ああ、そうしたいさ。本当に、何をおいても。そうさ、連中は彼を殺すだろう、いいとも、それはわかってる。彼はメリーベルを殺した、だから彼らは彼を殺さなくちゃならない。けど、リンチはしてほしくないんだ。メリーベルを殺したことで連中が彼を吊るそうが知ったことじゃない、けど問題は、彼らは彼がやっていないことのために吊るそうとしてるっていうことだ……つまり、レイプのことさ……あんたも彼の話を聞いただろ」

「聞いたとも。いや、わたしが訊いたのは、きみがウィラリーを救うことになると思っているのかどうかだ」

「ぼくは自分に言い聞かせている、彼がいま死のうが後で死のうが、何のために死のうがどうでもいいことだとね」

「だがどうでもよくなどない、そうきみは気づいた」ディディマスは言った。

「ああ」

「それなら、なかへ入るべきだと思うが」ディディマスは言った。

「なぜだ？」

「これが起こったことすべての中心だということがわからんのか？　教会がメリーベルを殺した、それなら教会がウィラリーを救わねばならない」

「どうやって？」

「わからない。わたしを信用したまえ。なかへ入ろう。さあ」

ゴスペルシンガーは彼が車のドアを開け、途中用心深く彼の方を、空を、びっしりと生い茂る草の壁を見つめるために立ち止まりながら、教会へとゆっくり近づいていくのを眺めた。それからついに、彼はなかに消えた。ゴスペルシンガーは後に続くべきか否か決めかね、待った。それから外へ出て雨のなかをドアまで進んでいった。教会のなかは深い闇に沈んでいた。通路の中ほどのベンチのひとつにディディマスが座っているのが見えてくるまで、彼は長いこと目を凝らした。ゴスペルシンガーが隣に座ると、即座にディディマスは立ち上がり、ゆっくりと何度もあたりを見回しながら言った。「これは本物だ、本物だ」

「メリーベルがなぜこんなことをすることになったか、あんたは知らないんだ」急いでゴスペルシンガーは言った。「あんたはすべてを知らない」

ディディマスは立ち止まり、ゴスペルシンガーを見下ろした。その声は穏やかで夢見るようだった。「わたしはきみを知っている」

「ぼくはあいつとヤったんだ」ゴスペルシンガーは言った。

「珍しくもない」ディディマスは言った。

「でもこれは別なんだ。ほかとは違う。彼女はきれいなままだった……純真だった。ぼくは教えなくちゃならなかった……いろんなことを」ゴスペルシンガーは彼女に教えなければならなかったあらゆる事柄をディディマスに語って聞かせた、細大漏らさずに。「わかるだろう、あいつはぼくに復讐《ふくしゅう》するためにやったんだ、哀れなウィラリー・ブカティーは巻き添えをくったんだ」

祈りの姿勢で耳を傾けていたディディマスは頭を上げた。微笑んでいたが、その顔は涙で濡れていた。「美しい。まったく美しい。主の御業は為されるだろう。欲も、肉も、死すらも主の計画を妨げられはしない」

「あんたは狂ってる」ゴスペルシンガーは言った。「あいつは神を信じてすらいなかったよ」

「だが教会を建てた、そしてそれにきみの名を冠した。神はご自身の家をお守りになれないほど弱いのか？　わたしはそうは思わない。むしろ、ひとりの人間がどの道を辿るかをお尋ねにはならない、それらの道がどこへ導くかだけなのだ。きみの名はあそこに書かれている、議論の余地はない」

「議論などしたくない。ぼくは議論なんかしていない。あんたはここに入ればウィラリーを救えるかもしれないと言ったじゃないか。ぼくは彼を救って出ていきたいだけだ。エニグマを離れてもう二度と戻りたくない」

「わたしが思うに」ディディマスは言った。「唯一の道は真実だ、真実を認めることだ」

　ゴスペルシンガーは立ち上がった。稲妻が一閃《いっせん》し、彼のこわばった顔を白く照らした。「真実だと？　メリーベルの！　ウィラリーのか？　あんたは狂ってる。ぼくに何をさせようとしているのか、あんたはわかっちゃいないんだ！」

　ディディマスは用心深く目をそらした。「わたしの言っているのは別の真実のことだ。自分が誰か、皆に告げるのだ」

「ディディマス……」

「きみが答える前に、きみが来る前にわたしが見つけたものを見せよう」

通路を進んでいくディディマスの後をゴスペルシンガーはついていった。そこには背の低い祭壇が設《しつら》えられていた。

「見たまえ」ディディマスは言った。

祭壇の上に正方形の紙があった。画鋲で固定されている。ゴスペルシンガーは、それが何なのかを見るために屈まなければならなかった。屈み込んだ先に見えたのは、自分自身の顔だった。それはウィラリーが牢の簡易ベッドの上にひろげたものと同じ写真だった、ライフ誌の表紙だ。ゴスペルシンガーは長いこと身を屈めていたが、怖れも怒りすらも感じず、むしろある種の痺れを彼は感じていた。ようやく身を起こすとディディマスが今度は彼の背後を指差しているのに気がついた。ゴスペルシンガーは振り返った。近くの壁に、闇の奥から見つめる彼の顔があった。指差す腕が移動する。また彼の顔だ。さらにこちらにも。そしてあそこにも。祭壇背後に位置する教会後部の壁一面から、彼の顔が彼を見つめ返していた。振り向いてディディマスを見ると、用心深く彼は目をそらした。ゴスペルシンガーは背を向けて雨のなかへと出ていった。

キャデラックのなかで彼は言った。「ぼくを憎んでやったことだ。ジョークなのさ。ぜんぶジョークなんだ」

「ウィラリーはどうするつもりだ？　ジョークでしたと皆に伝えて済むとは思えん

が」

「彼を救うのはやめだ。できると思ったが、無理だ。今夜歌うのもやめたいくらいさ、きみの言ったことはたぶん正しいんだろう、ぼくのイメージが台無しになる、それさえなければね。ぼくはぼくとぼくのイメージを守りたい。さあ、もう行こう」

「戻って休まなければ、昼寝でもするんだな、今夜のために」ディディマスは言った。「さもないと歌うなんてとても無理だろう」

「いや、戻らない」ゴスペルシンガーは言った。「ゲルドが言っていたフットのいる場所へやってくれ。家よりフットのところの方がよく休めるだろう。あそこじゃ誰を待たせてるかわかったものじゃない」

轍《わだち》だらけの道からディディマスは黙って車を出した。州道まで戻ると彼は言った。

「なぜフットに会いにいくのかはお見通しだぞ」

「ふん、ならこれ以上話す必要はない」

「才能とはかくあるものだ」ディディマスは言った。「きみの行動はすべて誤った理由に基づいている」

ゴスペルシンガーは〈星条旗よ永遠なれ〉をかけるよう命じた。

8

フリーク・ショーは、二二九号線のすぐ裏手にある空き地に設営されていた。正八角形に展開され、それぞれの角に茶色いキャンバス地でできた八角形のテントが建ち、各テントの天辺には赤地に黒で一本足の輪郭がスタンプされたペナントがはためいていた。整備され表面をならされた幅広い道が各テントを繋いでいる。二二九号線に沿って走り、やがてエニグマへと続く農村電化事業団《REA》の電線から電力を引き込んでいる。設営地全体の正面には、二本のポールの間を赤い電球を数珠《じゅず》つなぎに取り付けたワイヤーが渡されている。雨のなかで、未点灯の電球はほとんど黒に近い色に見えた。

　雨で歪むキャデラックの窓から、ゴスペルシンガーは不審げに見つめていた。何を期待してここへ来たのか自分でもわからなかったが、こんな光景でないことだけはたしかだった。それはまるで、経験豊富な、おそらくは教会の助祭をやっているようなスカウトマスターの指導のもとで年長のボーイスカウト集団によって設営されたかのようだった。地面にはごみひとつ落ちていなかった。二つのテントの小さなボイラー管からゆらゆらと煙が立ち昇っている。全体に、どこかしらゆったりとくつろいだような雰囲気が漂っていた。

「なかのあそこに見えるのが彼の場所だ」よく見ようと窓を下ろすゴスペルシンガーに、ディディマスが言った。

八つのテントで描かれた外周の中心に、まるで菌輪のなかに生える巨大な毒キノコのように、ひときわ大型のトレーラーハウスが置かれていた。そばにゴスペルシンガーのものと同モデルのキャデラックが駐められている。トレーラーの道路に面した壁には紋章が刻まれていた。描かれているのは喇叭《らっぱ》とはためく旗を手にした二人の使者、そして交差する剣だ。長いことそれを眺めていたゴスペルシンガーは、中央に配置されそれ全体をまとめているのが片足の図柄であることに気がついた。

「彼になんと言うつもりかね？」ディディマスは訊いた。

「わからない」ゴスペルシンガーは言った。

「早いところ決めておきたまえ」

「ゲルドのことでも話すさ。兄を放っておいてくれってね」

「それはうまくない」ディディマスは言った。「彼はまだ何かをしたわけではないだろう、きみの兄さんを溝から引っ張り出して医者に連れて行き、ギプスを当ててくれた以外に。それを責めるつもりなのかね」ディディマスは車を進めた。「ここにいる間に、テントを回ってフットが連れている連中を見るといい。あれは我々すべてにとって教訓となるものだ」

「もう十分見たさ、誰も見たくなくなるくらいな」ゴスペルシンガーは言った。

敷地内に車を乗り入れ、トレーラーの脇に停車する。二人は車を降りて正面の扉から十二フィートほど延びている天幕の下に入った。四角い石がきっちりと敷き詰められ、歩道を成している。とても静かだった。ゴスペルシンガーはパンの焼ける匂いを嗅いだ。降り注ぐ雨が天幕に絶え間なくドラムのように響いている。雨の音と静寂の向こうから声が、歌声が聞こえていた。それは女で、高く清らかで優しい声だった。じっと動かず、つかの間この平和で心地よく整えられた場所に心奪われているゴスペルシンガーを、そばに立つディディマスは興味深げに見つめた。彼はこれらの平凡で静かなテントの表面が覆い隠しているものを簡単に忘れることができた、ここにいるのが全世界へ向けたエンターテインメントのために組織された、神の創りたもっとも哀れな生き物たちなのだということを。

二人の背後で物音がし、ゴスペルシンガーは反射的に振り返って目をやった。そしてもう一度よく見ると、彼は二歩後退りして雨のなかへ出てしまった。ドア口に立っていたのは背の低い、短くて四角い頭と腕と脚をあべこべに生やしたような、液体じみた生き物だった。それは靴を履いておらず、ズボンの先からはかつて手だったように見えるなにかが生えていた。「やめろ！」ゴスペルシンガーは叫んだ。「退がれ、退がれぇ！」

　ディディマスは眉をひそめると、短い言葉でゴスペルシンガーの不作法を咎《とが》めた。

ドア口の生き物に振り返って彼は言った。「元気かね、ランドルフ？　巡回《フェアー》ショーは儲かっているかな？」

　ランドルフが笑うとピンク色の下唇がめくれ、顎から一本だけ生えた大きな歯が剝き出しになった。「ああ」彼は言った。「とても《フェアー》ね」

「ランドルフ」ディディマスは言った。「ゴスペルシンガーを紹介させてくれ」それからゴスペルシンガーの方を向いて言った。「こちらはランドルフ・ドレイトン、フットの従者兼雑用係をしている。彼のことを話して聞かせたのを覚えているだろう？」

　ゴスペルシンガーは両手を降ろした。彼は落ち着きを取り戻そうと懸命になった。

「そうだったな」なんとか言った。「もちろん、覚えてるとも。ええと……会えて嬉しいよ」

　ランドルフは笑顔をおさめてとても静かになった。「ゴスペルシンガー」かすかに畏敬《いけい》の念を滲ませて言った。コンクリートの歩道へぬるりと降り立つ。「あらためて、お近づきになれて光栄です」

ゴスペルシンガーは外の雨からなんとか歩を進めて入ってきた。「フットに会いにきたんだ」

「それはご親切に」ランドルフは言った。「あなたのような方がこんなところへ来てくださるなんて」ゴスペルシンガーの目の前で止まると、服のひだの内側から太い、先端に肉のボタンの付いた棍棒《こんぼう》のようなものを突き出した。それは腕だった。握手をしようとしているのだ。

ゴスペルシンガーはそれを握った。それは磨いた木材のようにすべすべして硬かった。だが温かくもあった。握手を終えると、ランドルフはスマートに向きを変えて話しながら、トレーラーの階段を這い上がった。「あなたのことは何度もテレビで拝見しましたよ、すぐにでもお会いしたいと思ったものです。でも皆がそうでしょうし、わたしと同じように皆だってそんな日が来るとは思ってもおらんでしょうな。というのも、伝道集会があるたびに遠くから何度も拝見していますが、わたしらはお客に備えてテントを張りながらですからね。あなたは本当にお客を呼び込んでくれますな」

いま彼らはトレーラーのなかにいた。とても広く、豪華に設えられている。壁に直接テレビが埋め込まれ、その向かいの壁には棚が埋め込まれていて、開いたスライド式の扉から様々なサイズのクリスタル製のグラスやウィスキーのボトルが、封を切られていないものからほとんど空のものまで並んでいる。とても低く作られた分厚い黒革のカウチが、三面の壁すべてを覆うように設置されている。カウチの前にはチーク材の低いテーブルがあり、その上に置かれた鋳造製の足の形をした容器からはフィルター部が金色の煙草が突き出している。足は細部まで作り込まれており、浮き出た静脈や、筋肉と靭帯の筋まで表現されていた。

トレーラー奥へと続くドアは折り畳み式で、フィルム加工された板が連結し、滑車に沿って一方の壁に専用に埋め込まれたスペースに完全に格納されるようにできていた。そのドアをちょうど自分が入れる広さに開いてランドルフは言った。

「ここでしばしお待ちいただけますかな、フットを連れて来ますから。いまちょうど休んでいるところでして」

「いいとも、ランドルフ」ディディマスは言った。「急ぐには及ばんよ」ゴスペルシンガーの方を向いて彼は言った。「それで？」

「思っていたのとは違うな」彼は言った。「ぜんぜん違う」

「テントも回ってみるべきだぞ」

ゴスペルシンガーはそれを無視し、マイアミ・ビーチのホテルでもここまで上等な部屋は見つからないはずだ、と感想を述べるのだった。

「座った方がよさそうだ」ディディマスは言った。「どれくらい待つかわからんからな。フットには自分の動くスピードというものがあってね」

二人は黒革のカウチに腰を下ろしたが、落ち着いたのもつかの間、すぐにランドルフが出ていったドアが開き、スツールに載せられたとてつもない大きさの素足が目の前に現れた。足は優に高さ二七インチ、つま先の下の幅は一八インチはあった。とても形のいい足ではあったが、まるでいちども地に足をつけたことがない、地面に触れたことすらないかのように、信じられないほど白かった。小人その人は足の裏に隠れた格好で、目の前の光景に釘付けになっていたディディマスとゴスペルシンガーは、長い時間が経ってようやく目を上げることができた。足の向こうには、クローム製のバーを握りしめた女が立っていて、そのバーはクッションを敷きつめた台車のハンドルの役割を果たしていた。フットは台車の上に半ば横になったまま、堂々たる奇形部を底部に取りつけた背の低いスツールにうやうやしく載せていた。

ディディマスとゴスペルシンガーはさっと跳び上がったが、売春婦だとわかっているその女のためではなく、そのどこか王族のような気高さをたたえた足の故だった。

「お座りを、お座りを、諸君」フットは言った。「ランドルフ、タオルとコーヒーをお持ちしなさい。これはまさに予期せざる光栄。もっとも兄上のゲルド君と話をしたからにはあなたともいずれお会いすることになるとは思っておりましたが。おっと、これは失礼、こちらはわたしのアシスタント、ミス・ジェシカ・ワースです。ジェシカ、前回いらしたディディマス君は覚えているね、それからこの偉大な国中、いや世界中の多くの皆さんと同様、ゴスペルシンガー氏のことは存じ上げているだろう」

ゴスペルシンガーと同じく、いまだ立ったままのディディマスが堅苦しく腰を曲げてお辞儀する。「ミス・ワース」紹介を受けて言った。「またお会いできてなによりです」

「ジェシカで結構よ」そう言ってフットの背後から歩み出る。彼女は繊細な体つきで、小さくて壊れそうな骨格にしては豊満なヒップとバストをしていた。器用に、だがやりすぎない程度にマスカラを引いた目は丸く、その色はほとんど透き通って見えるほどの緑だった。鮮やかな燃えるような赤毛だ。「それからもちろん、あなたにはお会いできてとても光栄ですわ」

伸ばされた彼女の手をゴスペルシンガーは握った。彼はドアが横に引かれた瞬間から彼女を、目の前の足を見つめていてそちらに目を向ける前から彼女の匂いを嗅ぎ分けていた。嗅いだのは石鹸とかすかな香水の匂いだったが、それは彼女自身の体の発する匂いを封じてはいなかった、量産品の香水をいくら上手くつけてもこうはいくまい。「ありがとう」彼は言った。「こちらこそ」

「さて、お座りください」フットは言った。「それから、お好きなら煙草も召し上がれ」低いテーブル上の煙草を入れた足の複製の方へ手を差し向けた。

ディディマスは吸っていた煙草をもみ消し、敬意を表してフットの一本に火をつけた。ジェシカはフットを部屋の中央、テーブルの近くまで押していき、もたれていた枕《まくら》を叩いてふかふかにし直し、スツールの上の足をより快適になるように調整した。一連の動きのなかで屈む必要があった彼女は、ゴスペルシンガーの鼻先数インチに丸い尻の曲線を突き出した。彼の胃を毛で覆われた節足の生き物たちが這い上った。自分が彼女に溺れるのを、温かな風呂に浸かるように彼女の光景のなかへと沈んでいくのを感じた。彼女が足の重心を変えると目の前の尻が数インチずれ、彼の顎の間に強烈な疼《うず》きが湧き上がった。

「はい」フットの頭の天辺を優しく叩きながら彼女は言った。「これでいかが?」

「いいよ、ありがとう」フットは言った。

ランドルフがコーヒーを持って戻ってきた。トレーに載ったカップと砂糖とクリームと銀のスプーンの間で、ばかでかいポットから湯気が立ち昇っている。分厚いタオルも二枚あった。

「雨に濡れさせて申し訳ない」フットは言った。「どうかできるかぎり乾かして。よりによっていまあなたが喉の痛みにやられては、わざわざ聴きにいらっしゃる皆さんもかないませんからな」嬉しそうに彼は笑った。

ゴスペルシンガーはタオルを手に取って頭を二、三回叩くと、膝の上に放った。

「ところで……」彼は口を切った。

「まあ、信じられない」ジェシカが言った。「男らしいこと。髪を乾かそうとすらしていないじゃないの」そう言いながら立ち上がると、近づいてきて膝の上からタオルを取って自分が後ろに回るようにほんの少し彼の向きを変えさせた。「いいかしら？」彼女は訊き、ゴスペルシンガーは彼女の指の一本一本がタオル越しに彼の髪、首まで伸びるカールしたブロンドの髪の間を動き、繊細であると同時に力強いその指先が顔の横を、それから胸の上を、そして腹と腰の両側へと下っていくのを感じた。

彼女が彼をこすっている間、フットは話し続けた。

「いけません、とりわけ今夜は喉を痛めてはね。そんなことになったら沢山《たくさん》の人間をがっかりさせてしまう、とくにこのショーにいる我々をですよ。あなたが今夜あそこですてきな伝道集会をなされば、明日には同じ群衆がちょっとした楽しみを求めてこのフリーク・ショーへなだれ込んでくる、というわけです。実際のところ、あなたが到着してからもう人が集まりはじめていましてね、昨夜の入りもちょっとしたものでしたよ」

だがゴスペルシンガーは聞いていなかった。こう近くに立たれては彼女の匂いは圧倒的だった。それは素晴らしく、完全な感覚だった、できるなら永遠に感じていたいほどの。肉欲が生きた何ものかのように彼の内に湧き起こり、それが目の前すべてを圧倒した、祭壇も、リンチも、教会も、そして集会でさえも。

「ランドルフ、コーヒーをもっとお注ぎしなさい、それからもう少しミルクをお持ちして」フットは話していた。「ディディマス、元気そうだね。前に会ったときよりも顔色もいいように見える。そう思わないかい、ジェシカ?」

「ええ、そうみたい」ジェシカは言った。彼女はゴスペルシンガーの髪を拭く手を止めた。「はい、これでたぶん風邪《かぜ》を引いたりはしないでしょ」

ゴスペルシンガーは彼女を見上げた、にこりともせず、目は充血していた。「ありがとう」しゃがれ声で彼は言った。

ディディマスはがっかりしたようだった。彼は頰に触れた。「どんなものか想像もつきませんな」彼は言った。「たしかに気分はいい、これまでにないくらいだ。おそらく今朝食べすぎたせいでしょうな」

「兄の件で来たんだ」いま部屋の反対側に座っているジェシカの、ウィンクしてくる膝からなんとか目をそらそうと必死になってゴスペルシンガーは言った。

「ああ、そうでしたか」フットは言った。「ゲルド君、素晴らしい青年です。事故に遭ったのは気の毒でした。あなたのご家族のひとりにこんな形でお会いするとは、残念なことです」

「きみに仕事をオファーされたと聞いたんだ」

「彼をわたしの組織に迎え入れてもいい、そう考えたのですよ。あなたがわたしにしてくださったことを思えば、それがせめてもの恩返しではと」

「ぼくがしてあげたこと、だって？」

「まあお聞きを」フットは言った。「わたしがどれだけあなたに感謝しているか、わかっていただきたい。わたしが持っているものはすべて、あなたのおかげだ。あなたという方を発見するまで、わたしは生きているのがやっとでした。ここにあるすべてが」手を振りながら続ける。「トレーラーも、いい食事も、外のキャデラックも」ジェシカに微笑みかける。「アシスタントを雇えるのも、すべてあなたの素晴らしい声のおかげなのです」

「ゴスペルシンガーに恩義を感じている者たちはとても、とても多い」ディディマスが言った。

「でもわたしほどではない。わたしはフロリダ州タンパの子供向けのカーニバルにいたのです。はじめてテレビでゴスペルシンガー、あなたを観たとき、わたしには本当にわずかばかりの小銭しかなかった。まさに天からの思《おぼ》し召しでしたよ、青天の霹靂《へきれき》というやつです。この人の後についていくしかない、そう確信しました」

「ぼくの後についていく」訊ねるでもなく、ゴスペルシンガーはただ言葉を繰り返した。

「いかにも」フットは言った。「ほかに手がありますか？　わたしにはあなたがどんな観衆を呼び込んでいるのかがわかった、そしてわたしに何かわかることがあるとすれば、それは観衆のことだ。それでフリークを何人か集めたのです――実のところ、近頃では市場はより取り見取りですよ。ベストの者だけを選ぶことができる――それから古いトラックを買ってあなたの後を追ったわけです。それからは儲け通しでした。あなたはショックを受けていますな。奇形《フリーク》という言葉に動揺しておられる。いけません。こんなものを引きずっておれば」自分の巨大な末端部に向けて頷き、彼は続けた。「誰だって自分を正しい名で呼ぶ権利があるというものです」

「兄への気遣いには感謝している」ゴスペルシンガーは言った。「だけど、彼がきみのショーで仕事をしたがっているとは思えない。本気じゃないはずだ」

「僭越《せんえつ》ながら、あなたは間違っておられる」フットは言った。「彼は望んでいますよ」

ゴスペルシンガーは会話に集中しようとしていた。だが同時に、彼が目を向けるたびジェシカの透き通った緑の瞳が彼の瞳を捕らえるのだった、オープンに、フランクに。だからゲルドのことについてフットと話し合っている最中でさえ彼にはわかっていたのだ、皆の見ている前で彼女の手を取ってキャデラックに乗り込み走り去りさえすれば、彼女をものにできるということが。

「ゲルドは必要なものはすべて持っている」ゴスペルシンガーは言った。「いい家に住んでいるし――ぼくが建てたものだ――十分な食べ物も、使える金もある」

フットは優しく、辛抱強く微笑んだ。「そう、すべてをね。エニグマにはいたくない、という一点を除けばです。彼は出ていきたいのです、何にも増して、出ていきたがっている」

「ぼくがエニグマを出たのは、声があったからだ」ゴスペルシンガーは言った。

「虚栄なり、虚栄なり」ディディマスが言った。

「どんな風に聞こえるかはわかっているさ」ゴスペルシンガーは言った。「でもぼくのような声を持っていたら、ただ無視するなんてことはできない、存在しないふりなんてできないんだ。唯一できるのはエニグマから出ていき、それを使うことさ」

「いかにも」フットは言った。「おっしゃる意味はよくわかります。わたしもまたご覧のように賜物《たまもの》、特別な……なんと申しますか……神による采配《さいはい》に恵まれておりますからな。わたしは裕福で社会的地位のある両親のもとに生まれましてね（彼らを困らせることがないよう、名前も捨てたくらいです）。金で手に入れられるなかでは最良の教育を受けました、家庭教師をね。けれども悲しいかな、そんな教育が何になるというのです、二七インチの足を持ったわたしのような人間にとって。おわかりでしょう、それがわたしのエニグマですよ、使用人と五体満足な両親、そして優雅な友人たちでいっぱいの豪華なあの家にいる、ということがです。いられるものじゃないでしょう？　そう、もちろんわたしにはできませんでした。あなたはこうおっしゃるかもしれません、それでも頭を使って成功することだってできたはずだと、株の仲買人だとかそういった者に。たしかにそうです。しかしそれでもわたしの同僚や友人たちには、わたしはフリークであるという、彼らにとって対処せねばならない事実が残ります。あなたには想像できないのだ、不可能ですよ、一二インチの足の人間が二七インチの足の人間にどんな態度を取ればいいのかなどということはね。そういうわけでわたしに残された唯一の選択肢は、わたしの才能をそのあるがままにしたがって使うことだったというわけです――その才能のあるがまま、この世のあるがままに」

「ああ、それは理解できるさ」ゴスペルシンガーは言った。「でも、それと兄のゲルドとはなんの関係もないだろ」

フットはとても真剣になっていた、もう微笑んではおらず、枕から身を乗り出していた。「あなたもご存じのはずだ」彼は言った。「誰もが世界をでっち上げておいて、そこにあるすべてを自分自身の奇跡によって正当化するものだということを、そして同じように、誰もが天国では自分の名前が最初に読み上げられると確信しているということを。ええ、もちろん誰もそんなことを口にはしません、けれどもだからといって、人々がそう信じるのを止めることはありません」枕にもたれ直すと、彼は続けた。「あなたとわたしの場合、神の下で我々がどう特別なのかを理解するのは簡単です。あなたには美貌と声、そしてわたしには足がある。ついでに申し上げれば、率直な物言いをお許しいただきたいが、あなたはわたしが思っていたよりもちっとも美しくありませんな、こうして実際にお会いしてみると」

「ありがとう」ゴスペルシンガーは言った。「きみもぼくが思っていたよりも醜くないよ。実際のところきみの足はすごくいい形をしている、それなりにね」

フットはまた真剣になった。「けれども大きい、とても大きい」

「そう、たしかにね」ゴスペルシンガーは言った。

「ともかく話を戻せばですな」フットは言った。「我々の才能があきらかだからといって、ゲルド君がそれを持っていないということにはならない、あるいは少なくとも、彼がそう望んでいないということにはなりません。すべてのカトリック信者たちは自分も教皇になれたかもしれないということにはなりませんが、すべての犯罪者たち、たとえどんなにケチな連中でもです、彼らは心のうちで自分がプリティー・ボーイ・フロイドやジョン・デリンジャーだということを知っているのです。つまり誰もが、幸運にさえ恵まれれば自らの才能が自分を解放してくれる、そう思っているのです。あるいは十分な不運に見舞われれば、ですな、これは物の見方によるわけですが」

「すごい人物だと言っただろう?」ディディマスが言った。「まったく素晴らしいと思わんかね?」

「来てよかったよ」ゴスペルシンガーは言った。「この快適な部屋に座ってきみを目の前にしてこんなことを言うのは馬鹿げているけど、きみに後をつけ回されてどんなにぼくが不愉快だったか、きみにはわからないさ」

「それは申し訳ない」

「つまらないことだった、たったいまそれがわかったよ」ゴスペルシンガーは言った。「でもなんと言うか……」彼は笑った。「怖かったんだ。どこへ行ってもきみのポスターを見かけるだろ、なのにぼくが知っていたことといえば、きみが彼らを引き連れているということだけだったからね、あの可哀想な、不運な……不運な……」

「フリークたちを」フットが言った。

「オーケー、フリークたちを、だ。それになぜきみがぼくをつけ回しているのかもわからなかった」ゴスペルシンガーは言った。

「観衆のためですよ」フットは言った。「すべては観衆のためです。あなたのような……献身的な方が金の話をするのは好まないでしょうが、あえて申し上げれば、彼らはあなたに出すのと同じくらい我々にも金を落としてくれるのです。そしてそれが、ご覧の通り、かなり裕福なフリークを生んでくれるわけです。あなたの目には哀れで不運に見えるでしょうが、うちの者たちはこの世界に居場所と、いくらかの敬意、つまりある種の名声を手にしている。いずれも彼らを纏《まと》め上げるわたしと、後につき従うべきあなたがいなければ決して手に入れることの叶《かな》わなかったものです。普通の世界で普通の人々に囲まれてフリークでいることと、見せ物に特化したカーニバルで自分の仲間に囲まれて、世界の方をやって来させるのとでは、まるで別物ですからな」

「ディディマスが言うには、生きた鶏を二分で平らげる男がいるってね」ゴスペルシンガーは言った。

「どうもあなたは、質問せずに質問なさろうする」フットは言った。「ええ、そんな男をひとり置いています。つまりあなたはこう訊きたいわけですな、そんなことを人にやらせるとは、あるいは彼が自分自身にそんなことをするのを許すとは、いったいどういう神経なのか、と。わたしも人並みにクリシェは好みませんが、答えることができるとしたらそれは、この世界を創ったのはわたしではない、ということです。人々はそれを観たがる（実際、彼は一番人気でしてね）、そしてその男もそれをやりたがるのです、人々が金を払えばね。酔い潰れてどこかのゲットーか下水に横たわって腹をすかせている方が、いまの彼がそうであるように、暖かなベッドときちんとした食事、それに素面《しらふ》の状態に戻る必要があるときには医者を手に入れられるよりいいとお思いかな？　とんでもない、わたしはそうは思いませんな」

「きみとは友達になれそうだ」ゴスペルシンガーは言った。「ゲルドにきみと出ていくかもしれないと言われて、怖かったんだ。いまじゃぼくがきみと一緒に行こうかと思うくらいさ」

フットは微笑んだ。「残念ですが、この組織にあなたの場所があるとは思えませんな、少なくとも公かつあからさまな形ではね。もちろん、あなたはすでにここの重要な一部なわけですが」

二人が話している間、ひっきりなしに煙草を吸っていたディディマスは、いまテーブル上のホルダーにあった最後の一本に火をつけた。それからゴスペルシンガーに目を向けて言った。「せっかくここへ来たことだし、もう一度テントを回ってこようと思うのだが。こんなご馳走《ちそう》にあずかる機会はそうないのでね」

「よろこんでご案内しましょう」フットは言った。

「でも雨が降ってる」ゴスペルシンガーは言った。「ずぶ濡れになるぜ、それに……」

「構いません」フットは言った。「たかが雨などで怯《ひる》むわたしではない」ディディマスを案内する、とフットが口にすると同時にさっとトレーラーの裏手へ消えたジェシカが戻ってきて、眩しい黄色のレインコートを羽織り、左足にはゴム長、右足には巨大な特注のセロファンをかぶせ、最後につばの長い撥水《はっすい》性のハットをかぶる彼に手を貸した。「とんでもない」フットは言った。「雨だろうがほかのなんだろうがです、このことに関してはね。ディディマスは先ほど虚栄心について口にしましたな、あなたがご自分の声に自惚れていると。それも虚栄、これも虚栄というところでしょう。わたしとて、このカーニバルにおいて自分が成し遂げてきたことには少なからず誇りを持っていますからね。誰かにお目にかける機会は逃しませんとも、特にディディマスのような目利きにはね」

「ゴスペルシンガーを濡らすわけにはいかない」ディディマスは言った。「彼はここで待たせなくては」

「もちろんです、いけません」フットは言った。「どんな理由であれこんな天気のなかにお連れするわけには。ゴスペルシンガーに客がなければ、わたしにも客はありませんからな」彼は台車の横にある輪型の取っ手を握り、自分でそれを回した。それからカウチの脇の床近くにあるスイッチを入れると、モーターが駆動しはじめる。するとドアが開き、階段の上に現れた傾斜台が天幕の下の歩道へと伸びていった。「ランドルフが傘を持って、ディディマスに押してもらうとしましょう。あなたは寛いでいればよろしい。もう一杯コーヒーでもお飲みなさい。わたしがディディマスを案内してくる間、ジェシカがお相手しますよ」クローム製のハンドルを捕まえようと急ぐディディマスを従え、彼は傾斜台を勢いよく下って行った。その後ろにランドルフが続き、ずんぐりした指のない腕でどうやったものか奇跡的に傘を開くと、慣れた様子でフットを雨から守るのだった。離れていく彼らをドア口で見送るジェシカを、暗い横殴りの雨が四角く縁取っていた。ようやく彼女はスイッチに触れ、ドアが閉まるとゴスペルシンガーの方を振り向いた。

「フットみたいな人は、そういるもんじゃないわ」彼女は言った。

「たいした男のようだね」彼は言った。

彼女はカウチの彼の隣に座り、トレーラー後部の窓から鮮やかな黄色いレインコートが最初のテントのなかへ消えていくのを見つめた。彼女の体、その丸みを帯び、波打つ尻と太腿の肉をきつく包んでいる緑色の生地から、彼は目を離すことができなかった。それはまるで彼女の光り輝くラッカー塗装された肉体のなかで忘我の境地に至る夢へ滑り落ちていくような、あるいはそこから滑り出るような感覚だった。彼女ならマーストもディディマスも伝道集会も、そして神さえもこの世から追い払ってくれるだろう、二人きりで、繋がって、無名のまま。

「このカーニバルにフットがどんな出し物をそろえているか、ディディマスから聞いて?」

「いくつかはね」彼は言った。

彼はヴァージニア州ロアノーク以来、女を抱いていなかった。それはちびで色白の淫らな女で、集会テント正面にある粗雑な松材の祭壇で礼拝を終え、まだ体を火照《ほて》らせていた彼のもとへ、炎に吸い寄せられる蛾《が》のようにどうしようもなく彼女はやって来た。思っていた通り、彼女はエニグマへの帰途にある自分を忘れさせてくれた。

「いま入ってったテントには骨がちぐはぐな男がいるの。なんていうか、ちゃんとくっついてないのね。ジャックナイフみたいに体を折りたためるのよ、両脚を両腕の下へ入れるでしょ、それからその両腕を持ち上げて背中の方へ曲げて、頭が見えなくなるの」

彼女には手こずるだろうとわかっていた。彼が壇上に立つ場に居合わせたことがないし、ゴスペルで息づく彼を観たこともないからだ。

「出てきたわ」ジェシカが言った。「次のテントに向かってる」

トレーラー後部の窓からは四つのテントしか見えなかった。彼は三人の男たちが、聳《そそ》り立つ巨大な足を次のテントへエスコートしていくのを見た。思っていたよりも動きが早い。彼女をモノにするなら、彼も動かねば。

「こっちのテントにいるのは、さっきのテントより少しレベルが上よ」ジェシカは言った。「廻って行くうちに上がっていくのね。フットがそうなるように配置したのよ。最後のテントに着く頃には、お客たちはよろこんで持っているものをなんでも差し出すわ――お金に、指輪に、腕時計――なかにいるものを見るためにね。最後のテントがギークよ、例の鶏を食べる男」

「どうかな」彼は訊いた。「ぼくの髪、ちゃんと乾いてるかい？　ここはエアコンが効いているから喉でも痛めてしまうかもしれない」指先で長い髪を払うと、彼女が触れるように頭を傾けた。彼女はその頭の上に優しく両手を載せ、すぐに引っ込めた。

「もう一枚タオルを取ってきた方がいいみたい」彼女は言った。

タオルを手に彼女が戻ってきたとき、彼は受け取るそぶりも見せず彼女の方に頭を向けてじっと座っていた。彼女は彼の髪に手を這わせた、今度は目の前に立ったので、彼のちょうど顔の高さに彼女の腹があった。

「二番目のテントはさっきより長くいるわね」彼女は言った。「お客たちもそうなるのよ」その声には、ほんのわずかに震えがあった。

ゴスペルシンガーは両手を持ち上げ、彼女の尻に当てた。それは二つのメロンのようだった。顔を彼女の腹に当て、ドレスの繊維を優しく嚙んだ。顎の先に陰部の土手を感じる。彼女の息が深くなるのが聞こえ、彼女が震えているのを彼は感じた。

「テントから出てくるわ」彼女は言った。「あと六つしかない。すぐに戻って来ちゃう。ギークの芸を観るとはかぎらないもの」

ゴスペルシンガーはドレスの上から彼女にキスをした。わずかに盛り上がった陰毛のクッションに口が沈むのを感じた。「シャツを脱いだ方がいいな」彼は言った。「濡れてる。今夜のために声は取っておかないと」彼女から手を離す。彼女は半歩退がり、タオルを落とした。彼はゆっくりと青白い骨色のシャツのボタンを外し、肩をすくめながらそれを脱ぐと、彼を目の当たりにした彼女の目が欲望に曇るのを眺めた。彼はミルクのように白く、ほとんど痩せていると言ってよかったが、完璧に左右対称な筋肉が胸と肩で盛り上がっていた。黄色い髪が両耳の下に垂れるとき、肌とのコントラストでそれが映えるのを彼は知っていた。

「フットを愛してるの」彼女は言った。「彼を愛してる」

彼はもう一度彼女の尻をつかんで横に座らせた。首をひねって窓の外に目をやった彼女の視線の先を彼も追い、ランドルフが不自由な腕で傘を持ち、フットとディティマスを連れて道を滑っていくのを二人は見つめた。隣で弱々しく彼女は言った。「フットは、あたしが買われて一時間幾らで売られていた家から連れ出してくれたわ。ここへ来たのはお金のためだけど、とどまったのは彼を愛しているからよ」

彼女の片方の乳房が彼の掌《てのひら》に生き物のように触れ、小さな乳首が薄いドレス越しに硬くなった。彼女の匂いは変わっていた。刺すような愛の匂いが座っている彼女の膝の上から立ち昇り、彼女の肉がそれを部屋のなかへと吐き出し、彼はその芳香を捕らえ、震え、この世からの逃避の時が目の前まで迫っていることを感じた。

「次のテントへ入ってくわ」彼女は言った。「雨が激しくなってる。残りのへは行かないかもしれない。帰ってきちゃう。みんながいまいるテントには何がいるか知ってる？　ね、知ってる？」

口を開き、彼女の耳元に声を注ぎ込むことで彼はそれに答えた。彼は優しく歌い聞かせた、神の愛について、肉体が滅び魂となりやがて初夜を迎える天の花婿《はなむこ》と地上の花嫁について。

「目のなかに骨しかない男よ」彼女の言う声が聞こえた。「顔が鼻のところで止まってるの」彼女の息が止まる。「あの人を愛してるってこと、信じてないのね、そうでしょ？　あたし愛してるわ！　あたし誓って愛し……」

ファスナー付きのドレスが彼の手で引き裂かれ、彼女はいまピンク色の二本の脚と腹と乳首の立った乳房だけとなり、それよりも濃いピンク色のパンティーが、濡れてそこに、世界が止まる場所にまとわりついていた。死に物狂いの手慣れたやり方で、ゴスペルシンガーは彼女の体から片時も物理的に離れることなく自分の服を脱ぎ彼女の横に裸で、美しく横になった。

「フット！」彼女は喘いだ。「フット、ああフット！」

そしてゴスペルシンガーは歌い続けた、いまや声だけではなく、その曲線を描く長い両脚と、両手と、舌を使って。彼女の下着は脱ぎ捨てられ、彼は彼女が濡れて、温かに、世界から自分を飲み込んでいくのを感じた。

「いまギークと一緒にいるわ」彼女は言ったが、その両手はいま彼をきつく掻き抱いていた、もはや彼自身ではなくなるまで彼女のなかに沈めようとするかのように。

「ああ、触って神様、深く、もっと深くまであたしを！」

降りしきる雨の叩く音と彼女の息遣いを超えて鶏が長く大きく鳴き、やがて苦しそうな甲高い金切り声に、叫びのようなものに終わった。「だいじょうぶよ」彼女は言った。「まだ時間があるわ。お客たちはギークが二分であれができるって思ってるだけ、あんまり怖くて終わってほしくないんだわ。ああ、そこ！　そこよ！」彼女は叫んだ。「神様、そこよ！」

だがゴスペルシンガーには鶏の叫びも彼女の声も自分の心臓の音も聞こえず、彼は温かく広大な、神の目よりも広大な海へと、静かにあてもなく泳ぎだしていった。

9

彼らはまたキャデラックのなかにいた。ゴスペルシンガーは体中びしょ濡れのまま後部座席に横たわっていた。濡れた髪が、光沢の失せた薄い金の帽子のように彼の頭を包んでいる。彼の息は浅かった。傷のように細めた瞼の奥から、彼はたわんでいるディディマスのハットのつばに意識を集中させた。ときおり眩しい雫《しずく》がそこから滴り、ディディマスの首の上を滑り降りた。窓ガラスの外側では雨の雫と細い流れが、テントからテントを辿るフットの道行をジェシカと見守ったときと同じように震えながらとどまっていた。

どこであれ行っていた場所からゴスペルシンガーの意識が戻ってきたとき、ジェシカは彼を強く抱きしめ、その胸に顔をうずめて泣いていた。彼女は何度も何度もフットを愛していると、フットは自分が時間で売られていた家から連れ出してくれた、だけどゴスペルシンガーを離しはしないと言い続け、キスをしながら彼のことを生涯待ち続けていた相手だと囁いた。篠《しの》つく雨の静寂を超えて鶏が二度目に鳴いたとき、彼女は両の乳房をさらにきつく押しつけて、まだ時間がある、彼がもう一度自分を愛すための時間はたっぷりあると告げた。だがすでに果て気が済んでしまっていた彼は、彼女の首と肩に顔を埋め、その力強い太腿の間に身を預けるのだった。

風はぴたりと止んでいた。雨がまっすぐに、一面を覆うように降りそそいでいる。途切れることのないドラムロールの咆哮《ほうこう》のようなその音が車中に響いていた。道の両側では溝が溢れ、地面は暗く、澱《よど》んだ水で浮き上がっていた。

「とにかくあのギークが素晴らしかった」ディディマスが言った。

「あんたはあんなに長いこと外にいるべきじゃなかった」ゴスペルシンガーは言った。「戻るべきだった」

「人間の顎の力というのはとてつもないものだな」ディディマスは続けた。「フットはああいった方面の知識も豊富なのだ、人間の口には五百ポンドの咀嚼《そしゃく》力があるそうだ。あの鶏はギークの口のなかでまだ生きていた、腹に収まっても死んですらいない。なぜ人間の顎にそんな力が授けられるのだろう?」

「あんたのような者たちが観られるようにさ」苦々しげにゴスペルシンガーは言った。

「あるいはきみのような者が見ないで済むためだな」ディディマスは言った。

「一羽だけじゃあんたは満足できなかった」ゴスペルシンガーは言った。「だからその男に三羽も食いちぎらせたんだ」

「四羽だ」ディディマスは言った。「彼も後半の二羽は食えなかったよ。見事に噛み砕きはしたがね」

「一羽で十分だろ」

「何羽でも十分ではなかっただろう」ディディマスは言った。「わたしは前にも観たことがあるのだ。きみに必要なだけ時間を与えようとしたにすぎん」

「くれすぎたよ」運転席から振り返るディディマスになんとか微笑んでみせた。「モノにした後で女といちゃつくのは好きじゃない。ぼくは手に入れたら去る主義さ。けど、あんたが外で化け物を見てたからな、帰れたもんじゃなかったよ。とんだ災難さ、鶏はギャーギャー鳴くし彼女は連れて行ってくれとせがむし、フットを置いて」

「彼女に何と言ったのかね？」

ゴスペルシンガーは、ディディマスをいらつかせようと、わざとらしく忍び笑いを漏らした。「嘘をついたさ、ほかにどうしろと？」

ディディマスの首の後ろが赤くなった。「彼女に何と言った」

「今夜迎えに行く、集会が終わったらすぐにキャデラックで乗りつけるってね」

もう一度忍び笑いをもらした。だが可笑《おか》しくなどなかった。彼女はさめざめと泣いた。その彼女に彼は嘘をついたのだ、メリーベルを何度も何度も誘惑させたのと同じ激しい衝動に駆られて。彼女は彼を愛撫し、ぎゅっと抱きしめた、すると見事なまでの嘘が彼の口から次から次へと転がり出た。フットの元から連れ出そう。きみは美しい子供たちの母親になるし、ぼくはきみを永遠に愛そう。

だがそれは、ほかの女たちと一緒にいたときと同じではなかった。彼はなんとか震えを抑えるのに必死だった。体から離せば手は震え、それをどうすることもできなかった。自分でもコントロールできずに何度も頭上を覗き見たが、神の不満を示す徴の代わりにそこに見えたのは、小さな白いつま先のついた黒い片足を型取った防音タイルに覆われたトレーラーの天井だけだった。トレーラーのなかで彼は、たったいま起きていることはメリーベルの死に対する反応にすぎないのだ、ディディマスに懺悔を命じられればすぐに元通りになる、そう言い聞かせ続けた。だがディディマスは外の雨のなかで鶏はけたたましく鳴き彼は震え、そして、ジェシカはあなたこそ夢見ていた男よと彼に言うのだった。

「懺悔をくれ」これ以上我慢できず、ゴスペルシンガーは言った。

「ウィラリーを救うか?」

「無理だよ」ゴスペルシンガーは言った。「言っただろ」

「では懺悔はなしだ」

「そんなばかな」ゴスペルシンガーは言った。「ぼくはあの娘を騙《だま》したんだぞ。考えられる限りの嘘をついたんだ。あの娘は今夜スーツケースを抱えて待つつもりだ、このぼくを、行きっこないと知りながら迎えに行くと言っていたぼくのことをだ。懺悔をよこせ。〈主の救い〉を二十回……いや、足りない。四十回だ、逆から歌うように言えよ」

彼が話す間、静かに頭を振っていたディディマスはいきなり叫んだ。「何も十分ではない！」彼はものすごい勢いで肩ごと振り返り、ゴスペルシンガーを見つめた。「何も十分ではない。なにもかも決して十分にはなり得ん。いつの日かすべてが終わったとき、本当は何が十分なのかをきみは知るだろう。そんなもので己の惨めさが軽くなるなどと思わんことだ、〈主の救い〉の二十回、四十回、いや五千回などで！懺悔は一時凌《しの》ぎにすぎん、神の御業のためにきみを生かしておくためのな」車が路肩でスリップする。ディディマスは運転に戻った。

「わかったよディディマス、わかった。それなら、一時凌ぎでいいから懺悔をくれないか」

まだひくひくと痙攣してはいたが、ディディマスは落ち着きを取り戻した。「できない」彼は言った。

「だけど、どうしても必要なんだ」

「できない、ウィラリーがいるからだ。彼は主の懺悔《ゆるし》そのものだ。きみがもし彼が吊るされるのを許すのなら、わたしは二度ときみに懺悔を与えることはできん。彼を牢から連れ出し、メリーベル強姦（ごうかん）の廉（かど）で吊るすことをきみが見過ごすのなら、我々は終わりだ」

「ぼくが見過ごすならだって?」

「彼らもきみの話なら聞くはずだ」

「ぼくが何を言おうが、あいつらはウィラリーを放っておきはしないさ」

「考えてみたまえ、何かできることがあるはずだ」

「なら、ぼくにはわかりっこないさ」ゴスペルシンガーは言った。「なぜならぼくは考えるつもりはないからな。集会に行くつもりもないね。決めたよ。知ったことか、ぼくなしだってやれるさ」

ディディマスは路肩に車を停めた。彼はゴスペルシンガーに向き直った。「そうなれば本当に終わりだ。わたしは無理に行けとは言わん。行きたくないなら、そうしたまえ。だがそれでイメージは傷つき、粉々になり、永遠に葬り去られるぞ! きみがここにいることは皆が知っている。テレビのインタビューにも応えた。あのレポーターはまだここらにいる。故意に参加しなかったことはすぐに知れ渡るだろう。来年の今頃、きみはエニグマに帰って親父さんの農場をほじくっているだろう、いったい何が起きたんだと考えながらな」

「病気だったと言うさ」彼は言った。「体調が悪くて行けなかったんだとね」

「ならばわたしは本当のことを言うだろう。きみは行きたくなかったから行かなかったのだと。皆のことなどクソ食らえ、そう言っていたともな」

「無理には行かせないと言ったじゃないか」哀れっぽくゴスペルシンガーは言った。「懺悔をよこさないなら、きみにぼくを行かせる権利はない。懺悔なしでは歌えない」

ディディマスは煙草に火をつけ、じっと考え込んだ。「よかろう」とうとう彼は言った。「今夜きみは歌うのだ、ジェシカのための懺悔をやろう」

「〈主の救い〉を何回だ?」

「いいや」ディディマスは言った。「先に歌うのだ。懺悔はその後だ」

「ウィラリーはどうするんだ?」ゴスペルシンガーは訊いた。

ディディマスは躊躇い、そして言った。「彼は自分でなんとかせねばならんだろう」

「ぼくには彼を助けることはできない、わかったな」

「ああ」

「そしてぼくらは集会の後エニグマを去る、いいな?」

「ああ」

「そして二度と戻らない、いいな?」

「ああ」

「それじゃ荷造りしに戻ろう」ゴスペルシンガーは言った。

家の前に停車すると、ゲルドが犬を追い払い、ディディマスとゴスペルシンガーはポーチまでやって来た。二人の立つあたりには暗い水溜《たま》りができていた。家の明かりはついておらず、ほとんどゲルドの姿は見えなかったが、彼はボール紙製のスーツケースにギプスをはめた足を載せ、背もたれ付きの椅子に座っていた。

「みんなはどこだい？」ゴスペルシンガーは訊いた。

「町さ」ゲルドは言った。怪我をした片足にじっと視線を注いでいる。

「全員でかい？」

「おまえがどうなったのかわからなかったからな」ゲルドは言った。「おまえはインディアンみたいにここから逃げ出して戻らなかったろ、みんな怖くなっちまったのさ。そしたらウディ・ピー師が来て、ここにいるべきじゃない、行かないとって言ったんだ。で、みんなして行ったのさ、がん首揃えてな」

「置いてかれたの？」

「こうしてここに座ってたさ」ゲルドは言った。「けどおれはちっとも行きたくなかったんでね」

「どうして？」

「ほかのとこへ行くからさ。スーツケースが見えないのか？」

「どこへも行けっこないだろ」ゴスペルシンガーは言った。「連れて行く奴が誰もいないじゃないか」

「考えたんだが、集会へ行く途中でフリーク・ショーのところで降ろしてくれないか」

ゴスペルシンガーは家の庇《ひさし》から雨水が滴《た》れるのを見つめた。彼はゲルドを見ようとしなかった。「わかった」彼は言った。「先に荷物を取ってくるよ」

部屋に入ると、ゴスペルシンガーは鰐革のスーツケースを開けて汚れた下着を放り込んだ。その脇のベッドの上にどさりと倒れ込む。エニグマであと一回歌う、そうすればすべてが終わる。二度と戻ってくることはない。考えてみれば戻ることができないのだ。十中八九、町の人間たちは彼の名前のついたあの教会を見つけるだろう。あそこのことに気がつけば、やがてあのことも……

ドア口に、松葉杖に斜めに身をあずけたゲルドが立っていた。ゴスペルシンガーの方を見てはいたが、その目は彼を通り越した向こうの壁を見つめていた。

「入ってもいいか?」

「ああ」ゴスペルシンガーは言った。「ちょうど詰め終わったところさ」

ゲルドはギッタンバッタンと部屋へ入ってきてベッドに座った。松葉杖を床の上に下ろす。指先を彼はじっと見つめた。

「あの説教師がプログラムを変えたよ」

「そうかい?」ゴスペルシンガーは言った。

「特別なアイデアだとさ、家族に敬意を表して。親父とお袋をステージの上に座らせるんだと。マーストとアヴェルにギターで何か演らそうとまでしてる。みんな何かしらやることがあるのさ、哀れなゲルド兄ちゃん以外はね」彼は怪我をしていない方の足でそっとギプスを蹴った。

「兄貴も行くべきだよ」

「いいや」彼は言った。「行っても仕方がないさ、ミスター・フットと出てってフリーク・ショーで働こうってんだからな」彼はギプスを叩いた。「おれがフリークたちと出ていこうが行くまいが、おまえはどうでもいいんだろ?」

「そのことについては考えたよ、本当に」ゴスペルシンガーは言った。「わざわざあそこへ出向いた理由はそれなんだ。フットと話したけど、悪い人間じゃないらしいね。けど、兄貴にはしたいようにしてほしい」

「あそこのテントを回ってフリークたちを観たのかい?」

「ディディマスがね」彼は言った。

「おまえは?」

「いいや」

「おれは観て回ったぜ。どんなのがいるか教えてほしいか?」

「もう聞いたよ」ゴスペルシンガーは言った。

「おれにあそこのテントのなかにいてほしいか？」

「そんな訊き方ばかりじゃないか、ぼくが望むかどうかだって？　ぼくのせいにするのはやめてくれ！」

「怒鳴らなくたっていいだろ」ゲルドは言った。「脚は怪我してるけど耳は聞こえてるんだから」

「ごめん」

「おまえのせいにはしちゃいないさ。おれは綿の日除けの下であの麻袋のハンモックにあんまり長いこと揺られすぎて、もうこれ以上耐えられないんだ、それだけさ。なんとかしてロック・ハドソンやドリス・デイがいるあそこへ行くつもりだ。世界にはエニグマよかいい場所がある、おれはそいつを見つけるんだ、たとえミスター・フットのテントのなかに入らなきゃならないとしても」

「でも、そんなやり方で行きたいわけじゃないだろ」

「当たり前さ」彼は言った。「まともな男がやりたがるようなことじゃねえよ」

ゴスペルシンガーは何か言ったが、その声はあまりに小さくてゲルドには聞こえず、訊き返さねばならなかった。

「兄貴のやりたいことは何なのかって言ったのさ」

ゲルドは座ったまま、ギプスの先からのぞく大きなつま先をじっと眺めた。「そうだな」彼は言った。「おれがめちゃくちゃ誰かの役に立つわけじゃないのはわかってるよ。マーストみたいにギターは弾けないし、アヴェルのように踊れもしない、それにおまえみたいに歌える奴なんかどこにもいやしない、おれだって歌えない、つまりは、誰の役にもたいして立たないのさ。おれができることはそう多くないんだ。近くに置いてくれて、おれにもできるような細々《こまごま》した手伝いをさせようっていう人間なんているとは思わないさ、服を拾うとか、でかいホテルにスーツケースを運び込むとか、あのでっかい車を運転するディディマスに手を貸すとか、そういうことをさ。けど、ミスター・フットのテントのなかに入るくらいなら、そっちの方がだんぜんいいのもたしかさ」

それは明らかに不可能だった。キャデラックにゲルドを乗せ、彼を巡業に連れて行くことなどできない。ウォルドルフ＝アストリア（NY州マンハッタンにある高級ホテル）のロビーに立つゲルドは、フットといるよりもずっとフリークらしく見えることだろう。ゲルドには居場所も、役目も、目的も何もないのだ。彼は邪魔になるだろう。フィフス・アヴェニューにいる彼が、綿の日除けの下のあの麻袋のハンモックで揺られているよりも所在なく不幸になるだろうことはほとんど目に見えていた。それでもゲルドは行きたがっている。ゴスペルシンガーには、ゲルドの存在という対処せねばならない現実があった。いま彼はそこに座っている、なにも成し遂げず、病んで不幸せに。だがそれでも血を分けた彼の兄なのだ。その彼がエニグマから連れ出してくれと頼んでいた。置き去りにするのはなおさら不可能なことだった。それに、ひょっとしたらこれは懺悔、主への贖いになり得るかもしれないという考えが浮かんでいた。しかも彼は、神のみぞ知ることにせよ、手に入る懺悔ならなんでもいいという気でいたのだ。

「ゲルド」彼は言った。「考えてたんだけど、たったいまいいアイデアが浮かんだよ。フットのことは忘れて、ぼくとディディマスと一緒に来ないか？」

ゲルドの息遣いが変わった。それは犬の喘ぎのように早く浅くなった。彼はベッドカバーのキルトをぐっと拳で握りしめた。「ちくしょう」彼は言った。「ちくしょうめ！」彼の目は輝いていたが、顔は崩れ、震えていた。震えを止めるために彼は両の唇同士を押しつけるのだった。「一緒に行ってほしいと思うなんて、夢にも思わなかったよ」

「当然さ」ゴスペルシンガーは言った。「いてくれたらすごく助かるよ」

「おまえがおれを連れてくって話したらマーストの奴がどんな顔をするか、こりゃ待ちきれないぜ。よし、おれもみんなと一緒にテントの正面に座るぞ。あそこに座って自慢してやるんだ、誰かに訊かれたらおれはエニグマから出ていくんだって言ってやる。マーストはギターがどうのアヴェルはダンスがこうのと言えばいい、けどエニグマを出ていくのはこのおれさ。そうさ！　けどそうだった！　聞いてくれ、あれだ、あの話をしなくちゃ！」ゲルドは早口でまくしたて、それでももどかしそうに腕と頭を振り回した。足にギプスさえはめていなければ、跳びはねて部屋中を走り回りそうな勢いだった。「すっかり忘れてた。知ってるか？　ウディ・ピー師がおまえにサプライズを用意してるって言ってたぜ。でかいサプライズらしい」

「ぼくに？」

「そう言ってた。集会へ行く前におまえが戻ったら必ず伝えてくれって言われたんだ。でっかいサプライズを用意してるから、心の準備をしておくようにってな」

ウディ・ピーは大男で、神の啓示を受けて説教をはじめる前はジョージアのミレッジヴィルで松脂採集の仕事をしていた。かつて彼は一度も自分の教会を持ったことがなく、南部を北へ南へと大股で移動しながら、そのとき集まった聴衆に向けて誰彼構わず説いて回っていた。彼は一緒に集会を開こうと何年もゴスペルシンガーをつけまわしていたが、ミスター・キーンはぜったいに申し出を受けなかった、というのも、キーン曰くウディ・ピーは三流の宗教をやっている男にすぎないからだった。だがそれは彼がテントを手に入れるまでの話だった。

二ヶ月前、ディディマスはウディ・ピーから手紙を受け取り、そこには彼が三千の不滅の魂たちを収容できるテントを持っており、もしゴスペルシンガーが出演するなら喜んでエニグマまでそれを引きずって行く用意があると書かれていた。ディディマスはゴスペルシンガーに相談もせず、次回ゴスペルシンガーがエニグマに帰るときはウディ・ピーのテントで歌うことを、ただしそれはエニグマでなければならず彼が伝道集会をセッティングするなら、という条件付きで承諾したのだった。

サプライズだって？　ゴスペルシンガーに？　彼はウディ・ピーのことを知りもしなかった。一度会ったことがあるだけで、しかもそれは偶然だった。ティフトンの煙草競売会でのことで、彼は山積みになった円盤型のバスケットの背後から現れて、ゴスペルシンガーの腕をつかんだのだった。

「神を讃えたまえ、ドアから入ってくるところを見かけてね、きみだと思ったよ」ウディは言った。

「誰なんだ、あんた？」ミスター・キーンは訊いた。彼はゴスペルシンガーの少し前にいて自分の農場の倉庫から運び入れたばかりの煙草葉の山を点検しているところだった。

「こいつは誰なんだい？」バナナのような親指でミスター・キーンを指しながらウディ・ピーは訊いた。

ミスター・キーンはウディとゴスペルシンガーの間に割り込もうとしたが、ウディが腕をつかむ手にさらに力を込めたのでゴスペルシンガーは叫び声を抑えるのに唇を噛み締めるはめになった。ミスター・キーンは同じ質問をもう一度繰り返した。

「あんたの倍はある男だ」ウディ・ピーは言った。「あんたにはそれだけで十分だろう」その通りだった。彼はゴスペルシンガーとミスター・キーンと倉庫係数人を足したくらい大きかった。

ミスター・キーンも何か言ったが長くは続かなかった、なぜならウディ・ピーはその巨体と同じくらい並はずれて乱暴で、ゴスペルシンガーから手を離すとミスター・キーンの頭をつかんで四列先の煙草葉の山まで投げ飛ばし、キーンは背中から倒れ込むはめになった。そこからは見事な敗走劇が続き、キーンの倉庫係のうち四人が病院送りにされたのだった。ウディ・ピーはドアのないダッジで逃走し、ティフトンの警官たちにはあえて彼を追おうという者は誰もいなかった。

「どんなサプライズか言わなかったのかい?」ゴスペルシンガーは訊いた。

「ああ」ゲルドは言った。「ただでかいやつだって」

ディディマスがドア口に現れた。「準備は?」

「ああ」ゴスペルシンガーは言った。

一行がテントに着いたときも、まだ雨は降り続いていた。キャデラックでは入り口から五百ヤード以上離れた場所までしか近づくことができなかった。駐車を管理している者が誰もおらず、野原にはテントを囲んでありとあらゆる種類の車両がひしめいていた。規律もモラルもあったものじゃない。運転している者たちはみな自分の車やトラックや馬車を我れ先に、できる限りテントの近くへと進め、どこだろうと停まったその状態のままで駐車していた。

「遅れている」ディディマスが言った。

彼らは車に座って雨を眺めた。雨はあまりに激しく、その距離からではテントは野原の中心にある光の輪にしか見えなかった。

「さてと」ゴスペルシンガーは言った。「行くなら行こう」

「ゲルド」ディディマスは言った。「この降りだからきみは車で待った方がいいかもしれない」

「ここに座って舞台に座る機会を逃す気はないね」

ゴスペルシンガーとゲルドは雨のなかに立ち、ディディマスがトランクを開けて歌唱用ローブを入れたヴェルヴェットのライン入りの金属ケースを取り出すのを待った。歌うときに特別な衣装を着るというのはミスター・キーンのアイデアだった。「パッケージは商品の一部だからな」よく彼はそう言っていた。ディディマスが取って代わったときにはすでにその衣装は皆の心に定着しすぎていて、彼も渋々だが着ることを認めていた。

一行はテントの入り口で、巨大で、顔を紅潮させ、息を切らし、汗をかいているウディ・ピーと対面した。挨拶の言葉もなく、彼はまるで授業をサボっていた生徒でも見つけたかのようにゴスペルシンガーの腕をつかみ、人々を突き飛ばし、つま先といううつま先を踏んづけ、顔という顔を押し退けて中央通路を進んでいった。ゴスペルシンガーに気づいて駆け寄る群衆に押しつぶされ、ゲルドの行方はあっという間にわからなくなった。ディディマスはウディ・ピーのベルトにつかまって船に曳かれる泳者のように進んで行く。声が泡のように沸き立ち、やがてあまねく行き渡る喚《わめ》きにまで高まった。ゴスペルシンガーの目に映ったあらゆる人間たちがずぶ濡れだった。おがくずを敷きつめた床は二インチほどの深さまで浸水し、テントの端にはさざ波が打ちつけていた。信じられないほどの暑さだった。観衆たちから水蒸気が立ち昇り、茶色い天蓋《てんがい》に吊るされた電球の周りで渦巻いている。テントのいちばん奥に高い演台があり、彼の家族たちが特別に設置された照明に照らされてのっぺりと座っている。片側に母親と父親、もう片側にマーストとアヴェルがいる。彼らは観衆の方を向いたままじっとしていた。

テント正面の一角に、木製の携行用衝立《ついたて》で小さな囲いが設置されていた。ウディ・ピーは彼ら、ディディマスとゴスペルシンガーを引きずって行き、二羽の溺れた鶏のようにそこへ放り込んだ。木製のテーブルとそれを囲む椅子が用意されていた。ゴスペルシンガーはくたくたになって椅子に倒れ込んだ。ディディマスがテーブルの上にケースを置いて蓋を開ける。

「もう来ないんじゃないかと思ったよ」ウディ・ピーが言った。とてつもなく広い胸を上下させている。「玉が縮んだね」ニヤリとして言った。「本当だとも。きみが来なかったらどうしていいやらわからんからな」衝立のところまで行って、彼は外の様子を覗いた。「みんな濡れてるわ、疲れてるわ、暑がってるわで、あの真ん中あたりじゃ殴り合いの喧嘩をおっぱじめる始末さ。このテントにいくら払ったか知ってるかい？　たまげるぞ……」彼が振り向くと、ゴスペルシンガーはまだ座ったままで彼を見ていた。「ああ、頼むから着替えてくれんか！　みんな待ってるんじゃないか！　大金をはたいたよ。本当だ。こいつを手に入れるために魂を質に入れなきゃならなかったほどだ。それなのに外の阿呆《あほ》どもときたら押したり突いたり、何人かどやしつけなきゃならなかったよ、テントの横腹をずたずたにしかねなかったからね。言いたいのはそのことさ。テントだ！　費用だよ！」駆け寄ると、彼はゴスペルシンガーの支度をするディディマスに手を貸した。二人して彼の服を剥いで裸にして体を拭き、白いローブを着せ、腰にシルクのロープを巻いた。

ウディ・ピーは手のひらでゴスペルシンガーの顔を包むと、愛しそうに優しく叩いた。ゴスペルシンガーの頭は彼の手のなかでオレンジのようだった。「こんなときに話すこっちゃないのはわかってるが」ウディは言った。「長いこと待っていたからな。

兄さんから聞いたかね？ サプライズの話を？ つまり、このテントなんだ。わたしと手を組んで一緒にやらないか。きみが歌って、わたしが説教するんだ。このテントを引っぱってね。諸経費なし、貸し会場もなしってことだ。取り分はまるまる我々のものさ、だろ？ わかるか？ だが誤解しないでくれ！ 顔を見ればわかる、だがそれは誤解だよ」彼はディディマスに懇願した。「彼に言ってくれ、信用できるってことを。手紙で説明しただろ。彼に話してくれ」

「つまりだな……」

だがゴスペルシンガーは割って入った。「いや、ぼくが話す」彼は言った。「条件を聞こう」

「条件ね」ウディ・ピーは言った。「そう、条件か……だが金の問題じゃないんだ。我々は金に興味はない」

「もちろんさ」ゴスペルシンガーは言った。

「それじゃ四〇 - 六〇でどうだ」ウディ・ピーは言った。「むろんきみが六〇だ、恥を承知で言うが、わたしよりきみの方が集客力は上だからね。いちばん客を呼べるのがきみだってことは国中が知ってることだし」

ゴスペルシンガーは何も言わなかった。もう一度彼は椅子に腰を下ろした。衝立越しに人々の叫び声に耳を傾ける。まるで川だ、彼は思った。

「わかった」ウディが言った。「三〇 - 七〇だ」声にはいら立ちが滲んでいた。「だがきみがみんな欲しがるとは思わなかった。きみがミスター・キーンを失ったと聞いて取り引きができると思ったんだが」

外では人々が彼を待っていた、それなのにこの男——このウディ・ピーなるこの男——は取引の話をしている。彼の覚えているかぎり、いつでも取引が問題だった。家族たちとの取引、メリーベルとの取引、ミスター・キーンとの取引、テレビ局との取引、そして最後に、ディディマスとの取引。彼、ゴスペルシンガーとは取引そのものだ。金の音、唸る札束とジャラジャラ鳴る銀貨の音がそのすべてに伴っていた。

「二五 - 七五はあんまりだ」ウディは言った。「まるきり強盗だ」丸めた拳で彼は虚しく空を殴った。「だがわかったよ。仕方ない。手の内をひろげたわたしをこんな目に合わせるなんて。だがこれ以上は無理だぞ。二〇 - 八〇なんて話にならん。持ってるものはなにもかもこのテントにつぎ込んだんだ。弟もわたしのために農場を抵当に入れてくれたし。支払いはみんな……」

だがゴスペルシンガーはもう聞いてはいなかった。彼は朝から休息も食事も取っていなかった。その日一日が、終わることなく続く衝撃だった。ある種の超然とした、陶酔的無心さで、彼は膝の上で手のひらを上に向け自分の両手をじっと見つめた。それは白く柔らかで、指はリラックスし丸められている。ステージに出ていって歌える自分など想像すらできなかった。喉はこわばりがらがらしていて、視界はぼやけている。彼のなかで何かが折れ、壊れたようだった。膝の上の両手が動き、彼は立ち上がった。「オーケー」彼は言った。「いいだろう」

いいだろう、とはつまり出ていって終わらせようという意味だったのだが、ウディ・ピーはそれを二五 - 七五の提示を受けたものととらえた。「そうこなくっちゃ」ウディ・ピーは言った。「厳しい条件だがないよりはましさ。少なくともテントは維持できそうだ。きみなしでは間違いなく失うことになるし。しかしここまで客が集められるとはな、見たこともないくらいだ。そのうちわたしもあやかれるかもしれんな」衝立のドアのように開閉する場所まで行き、彼は外を覗いた。「あそこまで行かなきゃならない」彼は言った。「きみらはわたしの後ろに並んでくれ。ひとりずつ後ろについて進むんだ、わたしが先頭に立って、真ん中がゴスペルシンガーだ。こいつはとんだ見ものだぞ」二人を引き連れて演台と衝立で仕切られた場所を結ぶ短い通路に出たときも、まだ彼は喋っていた。ゴスペルシンガーが階段を登っていくと、一筋のスポットライトが彼の白いローブを目もくらむほど眩しく照らした。観衆たちのざわめきが静まる。ステージ中央に一脚の、重厚な肘掛けを備えたとても大きな椅子がゴスペルシンガーのために置かれていた。ディディマスはその椅子の真後ろに立ち、ステージ上にとどまった。ゲルドもステージ上にいて、いつの間にかマーストとアヴェルの向こうの椅子に収まっていた。彼は妙に怯えているように見えた。彼のシャツは背中が真っ二つに引き裂かれ、両側に垂れ下がる布からざらついた紫色の肌が見えていた。彼は視線をおどおどと観衆の上に走らせ、次いでゴスペルシンガーへ、そしてまた元へと戻した。

観衆ははっきりと三つに分かれていた。最前列にいるのは不具の者たち、病める者たちだ。車椅子が何台か並び、松葉杖が思い思いの角度で突き出していて、頭上からの照明が様々な装具や補助具の金属パーツを捕らえ反射している。病人たちの後ろはエニグマの人々だった。多くは暗い色の服、黒のスーツ、オーヴァーオールを着て、膝の上にフェルトの帽子を載せていた。ボネットや黒いスカーフをかぶっている女性たちが数名いる。横の折りたたみベンチには彼らの子供たちが静かに、行儀よく座り、いちばん幼い子は砂糖を含ませたおしゃぶりを咥《くわ》え、皆で両親と一緒に照明で溢れ、仕上げにゴスペルシンガーを配したステージを見つめていた。残りの観衆、全体のほぼ三分の二以上にのぼるのは、ディディマスが新聞やラジオに出したスポットコマーシャルや宣伝、または少なくとも南部の一部の地域では伝説もかくや、というレベルにまで達していた口伝えの噂に対する飽くことのない好奇心に釣られて車でやって来た、ほかの町の人間たちだった。彼らの服装はよりファッショナブルで、明るかった。より栄養が行き届いているように見え、より肥えた人々だ。トランジスタラジオを持ち込んでいたのはこの連中で、いくつかはまだかけっぱなしだったが音量はしぼられていた。彼らはカメラや双眼鏡を首からぶら下げていた。そしていまこの瞬間、全観衆のなかでいちばん怒っているのが彼らだった。濡れて、せっかくのいい靴は台無しで、彼らは疲れていた。そして誰ひとり、ゴスペルシンガーという男がこの不愉快さを埋め合わせるほどのエンターテインメントであることを証明できるのかどうか、確信を持てずにいた。彼らは濡れずに快適な映画館で過ごすことも、家でテレビを観ていることもできたのだ。

ウディ・ピー師がステージ中央のマイクに近づく。「今夜はすばらしい夜になることでしょう」その声がテント中に轟きわたる。彼は両手をひろげて伸ばし、太った磔《たっ》刑《けい》像のような姿勢で止まった。「あの方が来ています、その素晴らしい才能を我々と共有するために」そしてゴスペルシンガーが成し遂げた歴史を矢継ぎ早に繰り出すのだった、彼がどこに赴いたか、何をしたか、これから何をするのか。

聴衆はじっと彼の話に耐えていた、だが彼らの目はその向こうにいるゴスペルシンガーに注がれていた。彼は重石のように座ったまま、自分に向けて集中する視線の重圧を感じた。目の前の、車椅子の並ぶ一列目とステージの間に、葬儀場の前でゴスペルシンガーをつかんだあの男がいた。彼はわずかにステージの方へ体を傾けて立っていた。その濡れた服は変色した彼の皮膚よりほんのわずかに黒ずみ、誰かが乾かそうと適当にかけておいた服のように皺になり、彼にまとわりついていた。

彼の目とゴスペルシンガーのそれが合い、彼ら、ゴスペルシンガーとその男は、互いの白く、醒《さ》めた凝視で拮抗した。男の両目は獰猛な燃え立つような決意と、鞭打《むちう》たれた、犬のような懇願の間を行き来した。ゴスペルシンガーにとってその男は、その瞬間、そこにいる残りの全観衆だけでなく彼が歌うのを聴いたすべての人間たちの象徴となった。男は求めていた、まるで声をかぎり叫んでいるかのようにありありと、不可能な祝禱《しゅくとう》を、ゴスペルシンガーには見込みのないこの世と肉の間のとりなしを。憐れみでも愛でも慈悲でもなく、その黒く死にゆく相貌を凝視しながらゴスペルシンガーが感じたのは、彼の知るうちでもっとも強烈な、刺し貫かれるような憎しみだった。クソ食らえ！　地獄でクソでも食らうがいい！

ゴスペルシンガーはトランス状態のような凝視からはっと我に返った。その言葉が頭蓋のなかであまりに強力に鳴り響いたので、実際に叫んでしまったのかと彼は思った。だがそうではない、叫んでなどいなかった。ウディ・ピーはまだマイク越しに彼についての嘘を並べたて、観衆は胡散臭《うさんくさ》げに彼を見つめていた。ボタンひとつで皆殺しにできるなら、彼はそうしていただろう。自分の人生の不当さに涙が込み上げた、だがそれは怒りの涙だった。

割れるような拍手がテントを揺らした。牧師が前に出るよう彼を手招きする。病める者たちがぐっと身構える。テント内の誰よりも前にいるあの男の黒い肌が、照明を受けて磨き上げた木材のように光る。彼はいまステージに触れんばかりに迫っていた。

ゴスペルシンガーはゆっくりと立ち上がった。ステージの端にある壁で半ば隠れているピアノ奏者が期待を込めてゴスペルシンガーを見上げ、ものすごい勢いで鍵盤《けんばん》の上に両手を走らせた。譜面はなく、あったとしても彼には読めなかったが、ゴスペルシンガーが歌おうとする讃美歌がなんであれ、弾く準備が彼にはできていた。

ゴスペルシンガーが口を開くと、テント全体が前に乗り出し息を呑《の》んだ。だがそこで、やにわにディディマスが彼の前に歩み出て、彼の胸に両手を当てると、彼を椅子まで押し戻した。ディディマスは立ったまま彼を見下ろし、彼にはその唇が動いているのが見えたが、再度沸き起こった観衆たちのざわめきにかき消され、何を言っているのかはわからなかった。ディディマスはマイクへ向き直った。「お集まりの皆さん」彼は言った。その言葉を追って静寂が広がる。いっせいに息をする音、長く引き伸ばされるため息。「歌う前に、ゴスペルシンガーから皆さんにどうしてもお伝えしなければならないことがあります」

巨大なバネで弾かれたようにゴスペルシンガーは椅子から跳び出した。二本の足で着地した彼は、こわばり、その顔は着ているローブのように真っ白だった。彼は信じられないという顔でディディマスを見つめた、いまだ話し続けているがもはや観衆の騒《ざわ》めきで何を言っているのか聞こえないその男を。ディディマスは振り返り、ゴスペルシンガーに手を差し伸べた。ゴスペルシンガーはその場に立ちすくんだままマイクの前へ出ることを拒み、押し殺した聞き取れない声で言った。「ユダめ！　この裏切り者め！」怒りで我を忘れていた。突然はっきりしたのだ、ディディマスがこの集会に参加するよう彼を説き伏せたのは、ただただ彼を裏切る機会を得るためだったのだということが。長い間、なんとか抑えていた観衆への憎しみがそこで爆発した。激昂《げっこう》で周りが見えなくなった彼が、ディディマスを締め殺そうと喉元めがけて飛びかかろうとしたそのとき、誰かが叫んだ。「歌え！」

ゴスペルシンガーはマイクの向こう、目の前でステージに手をついている死体じみた男を見た。「なんだと？」

「歌えと言ったんだ！」死体は叫んだ、黒い口を大きく開けて。

「歌え、歌え」不具の者たちの列が声をそろえる。

老人が車椅子を押して死体の背後に出てきた。車椅子には少年が乗っていた。少年は太りすぎ、ふにゃふにゃで、生っ白かった。彼の頭は浮きのように上下に揺れた。

「わしらはあんたが歌うのを聴きに来た」老人は言った。「日が昇ってから濡れたままで待った。これ以上は待てねえ」

ずぶ濡れのおがくずの上で、ほかの数人が車椅子をがたがたと揺らし、松葉杖が振りかざされ、金属の装具が軋《きし》んだ。

「退がれ！」ゴスペルシンガーは叫んだ。「ぼくに近づくんじゃない！」残りの観衆たちが地響きのように騒ぎたてた。彼らはちょっとした気晴らしを喜び、この障害者たちが次に何をするか見届けようと頭をもたげた。

恐怖で笑顔を凍りつかせたウディ・ピーが、ゴスペルシンガーににじり寄った。鉄のような笑みを観衆の方へ向けたまま、彼は口の端から話しかけた。「何をしてる？　挑発するんじゃない！　後生だから、歌うんだ！」

炎で触れられたかのようにゴスペルシンガーは跳び退いた。「神の怒りに打たれるがいい！」烈火のごとく言い放った。「貴様も、貴様のテントも！」

跳び退いたとき、彼はいつのまにか脇に立っていたディディマスと衝突した。ディディマスは〈夢の書〉を手にしていた。ゴスペルシンガーは振り向き様、まるではじめて目にする相手のようにディディマスを睨みつけた。ディディマスは視線を合わせようともせず、〈夢の書〉に目を落としていた。ゴスペルシンガーは観衆へと向き直り、ためらい、ステージ上をせわしく動き回ってまた戻った。白いローブの両脇を波打たせるその姿は、見えない光源に向かってばたばたと羽を動かす巨大な蛾のようにしか見えなかった。とうとう彼はステージ中央にくずおれ、両膝の上に身を起こすと言った。「ぼくを誰だと思っているんだ？　ぼくが立ち止まって振り向くといつでも罪について語ってくるおまえたちは。ぼくを何だと思っている？　ぼくはいったい誰だ？」言葉ごとに彼の声は昂《たか》まっていき、ついにそれは叫び声になっていた。「ぼくは誰だ？　罪だと？　罪についてぼくに話してほしいのか？　そこのおまえら、罪についてぼくに教えてほしいんだろ？　女たちはみんなぼくにレッスンしてほしがる、断る奴なんているか、え？」

　彼の声と一定のリズムで打ちつける雨の音のほか、テント中が静まり返っていた。

「いちばんの罪人はこのぼくだ、それについて話そうじゃないか。ぼくだってことは神様がご存じさ。おまえたちが思いつくすべて、それにおまえたちには思いもつかない、あらゆる罪をぼくは犯した」エニグマの人間たちの暗い服の列がこわばった。彼らの口元は蒼ざめた。「そうとも」彼は言った。「おまえたちが言うような人間にぼくがなれるとでも思ったのか？　おまえたちだってその黒い心のうちじゃわかっていたんだろう、ぼくの心が真っ黒だということを？」

　ウディ・ピーがマイクに駆け寄り、ゴスペルシンガーの声をかき消した。「友人たちよ！　なにか怖ろしいことが起こったようだ。なんと主の御業の不思議さよ！　ゴスペルシンガーは……彼は……ともかく祈ろう！　そう、皆で祈りを捧げ……」

　ゴスペルシンガーはマイクの前に立つウディ・ピーに飛びかかり彼を殴った。そして不思議なことに、というのもこの説教師はゴスペルシンガーの数倍は大きかったからだが、ウディはステージから吹っ飛んで片脚しかない男の上に落っこちたのだった。その上目掛けてゴスペルシンガーはマイクを投げつけた。彼はエニグマの人間たちに食ってかかった。「そうとも、このろくでなしども、ぼくを見ろ！　どこへ行ってもつけ回しやがって。今度はこっちの番だからな！　エニグマだろうがどこだろうが町を歩いたなかでいちばんの売女、それがメリーベル・カーターさ——そしてあいつをそんな売女にしたのがこのぼくなんだ！」

エニグマの人間たち全員が立ち上がった。野蛮な怒号が飛び交った。ウディ・ピーが障害者たちの群れから這い出し、ステージまで辿り着く。「怖ろしいことが起きた」彼は叫ぶのだった。もう笑ってはいなかった。「祈るのだ！　皆で祈ろう！　やめるんだおまえたち、祈れったら！　テントに気をつけろ！　ほらそこ、気をつけろったら、そんな風にぶつかるんじゃない」

いまやすべての人々が立ち上がっていた。人の群れが波となってうねった。観光客たちがエニグマの人々をよく見ようと押し寄せて来ていた。

「おまえたちが望むのは嘘だけだ！」ゴスペルシンガーは絶叫していた。

「テントに気をつけろと言ってるんだ！」ウディ・ピーが怒鳴った。

「あのイカれたろくでなしを引きずり下ろせ」エニグマの誰かが叫んだ。

ことの中心に近づこうと押し合っていた観光客たちの間で喧嘩がはじまった。テント下部の一面全体がひしめき合う人々に押されて崩れ落ちた。風が勢いを増し、膨れ上がる天井に雨水が吹き込んだ。

「おまえたちはウィラリー・ブカティーがメリーベル・カーターにねじ込まなかったから彼を吊るすんだろう。彼はできたのにやらなかった、彼女がそう望んだのにやらなかったんだ。もしやっていたら、おまえらは彼を放っておいたはずだ」ステージ上で我を忘れてうろたえ、ゴスペルシンガーは叫んだ。

「歌え、ちくしょうめ、歌うんだ!」死体男が叫んだ、その顔は乾いた血の色だった。

そのすぐ後ろにいた老人は、さっと屈み込んでデブのくすくす笑いを浮かべた白痴の子を掻き抱いて泣いた。「彼は癒してはくれん、可哀想に。癒してはくれんのだ」

「癒す? 癒すだと?」ゴスペルシンガーは問い詰めた。「ぼくは癒すことなんてできないし救えもしない。そんなこと一度だって言っちゃいないぞ。おまえらが言ったんだ、ちくしょうめ」そしてエニグマの人間たちを指差して言った。「ぼくにできるのはゴスペルを歌うことだけだ、それにおまえらの女どもと、おまえらの嫁と母親と娘と寝ることだけさ――おまえらすべてのメリーベルたちと!」

エニグマという一人の人間が、ベンチから立ち上がるのではなくそれを通って、その上を超えて動きだした。赤ん坊たちは膝からドサリと落ち、老人たちは足場を失って倒れた。前方の障害者たちは押し退けられ、なぎ倒され踏み潰された。松葉杖が、車椅子が、補助具やストラップがあらゆる方向に飛んだ。よそ者たちが見届けようと前に押し寄せる。彼らは笑い声を上げ、叫んでいた。誰かが誰かをトランジスタラジオで殴りつけ、今度はその誰かがテントを支える骨組みに投げ飛ばされて、テントの崩壊を引き起こした。

「祈れ！　祈るんだ！」ステージに押し寄せる人々の第一波になす術もなく飲み込まれながら、ウディ・ピーは叫んだ。あごに三角形のほくろのある大柄な女がはじめにゴスペルシンガーに到達した。獰猛な叫び声とともに彼女は彼の上に倒れ込み、巨大な胸が彼の頭を包み込み、両手で狂ったように背中をまさぐり、彼のローブを引き裂いた。彼女は森で撃たれた何かのような匂いがした、重たい、麝香《じゃこう》のような獣の皮膚と体毛の匂いだ。あらゆる手がいま彼に向かって伸び、突き、殴り、ほじくっていた。彼女のぐにゃぐにゃした体に押しつぶされ、窒息しそうな自分を彼は感じた。そして彼が嚙みつこうとしたとき、突然その女はぐいと身を剝がされ、彼は力強い手に引っ張られた。

しばらくの間、彼は自由になった。彼と暴徒たちの間に振り上げられる拳と掻き乱れる髪が見えた。それは彼の母親だった。彼女の右腕には青黒い切り傷が走り、側頭部は血でべっとりと濡れていた。彼女は無言のまま、苛烈《かれつ》な怒りを込めて戦っていた。口の周りに血が見えたが、それは彼女のものではなかった。彼女は爪で引っ掻き、嚙みつき、蹴り続けたが、結局は暴徒の群れが口を開いてその体を飲み込むのだった。

ゴスペルシンガーは仰向けに倒れたまま母親が消えていくのを見つめた。脊椎《せきつい》をもろに蹴られていた彼は起き上がることができなかった。体と顔が次々と周りで数を増し、彼は内側へ、自分自身のなかへ後退していった。怒りはすでに完全に消え、息もできないほどの恐怖を彼は感じた。

彼らに打ちのめされる前の最後の瞬間、彼の母親が立っていたその場所に奇跡のようにディディマスが立ち現れた。彼は両手に折りたたみベンチの足をきつく握りしめ、全方位に襲いかかりながら奇妙にも歌っているように聞こえる何かを叫んでいた。それから首の横から血を噴き出すと、空の麻袋のように彼は倒れた。

エニグマの人間たちが実際に彼を捕らえてから敷地の縁にある樹へと引き連れて行くまで、ゴスペルシンガーは途切れることなく謝り続けた。嘘を言っていたのだ、すべては間違いだったのだと彼は叫んだ。まずメリーベルは処女だったと、それから彼女は聖人なのだと彼は言った。もし解放してくれるならひとり残らず救おう、病める者をことごとく癒し、盲人の目を開き、足萎えを歩かせようと彼らに説いた。だがエニグマの人々は、いま外からの連中も合流した彼らは怒鳴り散らし、すでに大枝に一本のロープが揺れているオークの樹へと、彼と抜きつ抜かれつ駆けて行った。

ゴスペルシンガーは息をするのもやっとだった。とんだ悪夢だ。彼は泣き、悶え、まった。

命を乞《こ》うた。祈ろうとしたが、神の名は中途半端に嚙んだ食い物のように彼の喉に詰

ロープを見て彼は気を失った。意識を取り戻したとき、着ていたロープは剝ぎ取られていた。両手は潰され、腹の傷から血を流していた。彼の真上には首にロープを巻かれて騾馬に跨《また》がるウィラリー・ブカティー・ハルがいた。彼も裸にされていた。股ぐらの傷から溢れる血が、騾馬の肩に流れ落ちていた。ゴスペルシンガーはもう何も感じることができなかった。顔まで麻痺《まひ》していた。口を開き、放っておいてくれと言おうとしたが、出てきたのはただの叫び声だった。誰かが二頭目の騾馬を牽いてきて、皆はその上にゴスペルシンガーを跨がらせた。彼は落ちた。彼らはもう一度乗せてから、今度は首にロープを巻いて彼をじっとさせた。いま、ゴスペルシンガーはウィラリーの言葉が聞こえる近さにいた。「主よ、彼らを許したまえ」その声はやすらかで静かだった、森のなか、ひとり腰を下ろして夕日を眺めてでもいるかのように。

ゴスペルシンガーはウィラリー・ブカティーを見つめて言おうとした、だが考えることしかできなかった、「すまない」と。それから彼は最後の力をふり絞り、見上げている顔また顔を見下ろして叫んだ。「クソ野郎どもめ、地獄へ落ちるがいい！」そして彼は、二頭の騾馬の尻めがけて枝が鞭打たれる音を聞いた。

ゴスペルシンガーとウィラリーは一緒に落ちた。ロープの結びはお粗末《そまつ》で、二人は

もがいた。そしてロープの先で悶え苦しんだ挙句、ようやく静かになった。暴徒は無言でそれを見つめた。雨が降り注いだ。突然、驢馬の尻を叩いた男がそのときの枝を手にしたまま、そっとつぶやいた。「なんてことだ」そして背を向け、樹の下から駆け出し、光の輪の方へ野原を突っ切って行った。暴徒たちがそれに続いた。

ディディマスは樹の根元に横たわったままで残された。目が覚めるまでかなりの時間が流れていた。彼は止まった時計の振り子のように静かにぶら下がっているゴスペルシンガーの亡骸を眺めた。そばの地面には、血に染まり泥にまみれた白いシルクのローブがあった。ディディマスは丹念にそれを丸めると、上着のなかに仕舞い込んだ。そして〈夢の書〉を取り出して開くと、書き付けるのだった。「今宵、彼らはエニグマの樹に男を吊るした、そして……」

あまりに激しい雨に彼は手を止めねばならなかった。ロープを入れた上着に本を仕舞い込む。立ち上がったが、倒れないよう樹に寄りかからねばならなかった。目の前の暗い野原が傾き、それから安定した。彼は首の横の凝固した傷に触れた。手を離すと、そこには鮮やかな血がついていた。

彼は立ったまま教会の方角を思い出そうとした。あそこで今夜集会があるとウィラリーは言っていた。辿り着けるかどうか彼にはわからなかった。たしかな方角もわからず、雨が降り、暗くもなっていた。彼は背中で樹にもたれ、息を整えた。

エピローグ

エニグマはリチャード・ホグナットに戦場を思わせた。町はぎらつく空の下で完全に、息苦しいほど沈黙していた。店はどこも開いていなかった。動いているものは何もない。通りには誰一人おらず、サンドイッチの包装紙やぐしゃぐしゃの段ボール、色付きの紙の小片や紙コップが散乱していた。銀行の前の歩道には壊れたベビーカーが打ち捨てられていた。そして町外れではジョージア州最大のテントがずたずたに引き裂かれ、誰もいなくなった野原に立つ支柱からメイポールの飾りリボン（五月に行われる祭りで、高い柱にさまざまな飾りを垂らしてその周りで踊る）のようにキャンバス地が垂れ下がっていた。

白い小型トラックの後部で携帯用タイプライターを前に座るリチャードは、ニュースで何をどう伝えるべきか思案していた。汗が首を伝って襟の奥へと流れ込む。空気が彼の周りで蒸発しているように感じられた。ストーリーをまとめなければならない、何か言わなければ。だが何と言えばいい？　彼はタイプした。「暴力の旋風が、この小さな南部の町に吹き荒れ……」だが、そこで彼の手は止まった。局の連中が知りたがるのは——そして世界が知りたがるのは——なぜ、なのだ。局も視聴者も、彼が何かを解決することを望んではいない。彼らが期待しているのは文脈に沿ったストーリーだ。だがここで起こったことについていったいどう話しはじめればいいのか、彼にはわからなかった。教会の信徒は暴動など起こさない。ゴスペル歌手はレイピストと一緒に吊るされたりなどしない。それなのに、野原には破壊されたテントがあり、ゴスペルシンガーの裸にされた白い死体が樹にぶら下がり、FBIの連中が写真を撮りながらその周りを何度も歩き回っている。リチャードは突然ゴスペルシンガーの恐ろしい、死に際に歪められた黒い顔をはっきりと思い出し、タイプライターの前から立ち上がると、トラック後部のドアから通りへ飛び出した。首を伸ばして息を吸い込み、彼は心からその顔を追い払おうとした。

かつてレポーターになりたての頃、リチャード・ホグナットは予期せぬ出来事に期待することを学ばねばならないと自分に言い聞かせた。だがすぐに、よくある大災害や悲劇ほどありきたりなものはないということを理解した。洪水を、火事を、爆発をひとつ見ればすべてを知るのに事足りる。バラバラ死体を、警察に踏み込まれた売春宿を、手入れを受けたクラップの賭場《とば》をひとつ見れば、ほかもすべて同じなのだ。だからもはや彼にはわかっていた、人間の悪徳ほどいつでも同じようで単調なものはないのだということが。

カメラマンがトラックまでやって来た。「ここは開いてるぜ」葬儀場を指差して彼は言った。「窓から覗いてみたが、なかに誰かいる」

リチャードは見上げた。駐車していたのが葬儀場の前だと気づかなかったのだ。

「入ってみるか」彼は言った。

そっとドアを抜けてなかへ入ると、そこには、棺のなかで頭上の裸電球に優しく照らされて浮かび上がるメリーベルがいた。部屋は腐りかけの化粧品の匂いがした。黒いボネットをかぶった女が棺の横の椅子に、彼らに背を向けて座っている。空き缶に活けられた花々が壁沿いでしおれていた。リチャードは咳払いをし、足で砂埃だらけの床を掃きならした。椅子の女は動かなかった。

「失礼」リチャード・ホグナットは言った。

女は椅子のなかで座り直し、二人の男は歩いていってその横に立った。彼女は目を上げた。「まだ観光客がいるとは思わなかったよ」平坦な声だった。彼女は横に屈んで缶に口のなかのものを吐き出した。

「観光客じゃありません」リチャード・ホグナットは言った。「レポーターです。こっちはカメラマン」カメラマンはメリーベルの穏やかな死に顔を見下ろしながら、目を瞬かせて挨拶した。「真相を究明しようとしていまして」

「あたしの娘は死んだ、それが真相さ」同じ平坦な口調で彼女は言った。

「そう、悲劇ですな」リチャードは言った。「こんなときに失礼、心中お察ししま
す」女はちらと彼に目をやり、また口のなかのものを吐き出した。「ですがわたしど
ももですね……いや、つまりその、昨晩あなたはあそこにおいでで？」
女の体がこわばった。膝の上にひろげられた手に力が入り、指が丸められる。
「話していただけませんか、彼、ゴスペ……」
女はさっと立ち上がり、二人の男とメリーベルの棺の間に割って入った。何かを守
ろうとするかのように両腕をわずかに横に伸ばしている。赤い血管の浮いた彼女の目
は横に引き伸ばされ、飛び出さんばかりだった。喉を締められたような声で彼女は言
った。「あたしの娘は死んだ、それが真相さ」
「ええ、マダム」リチャードは言った。急に彼女が怖ろしくなっていた。
「ほかのことを知りたいなら、ほかを当たりな」
「ほんの少しでも話していただけるとありがたいんですがね、つまり彼の……」
「だめだね」彼女は言った。
「彼についてまったく話さないおつもりですか！」
「あんたにも、ほかの誰にもだよ」メリーベルの冷たく整えられた顔を愛しそうに眺
めながら彼女は言った。「あたしの知ってる真相はひとつさ、もうあんたに話しただ
ろ。あたしの娘は死んだんだ」彼女はリチャードを見つめた。「こんな報いを受ける

べきじゃない、そうだろ」

「ええ、まったくです」リチャードは言った。メリーベルが首を六十一回刺されるに値すると、彼が思っているとでもいうのだろうか？

「町の誰にでも訊いてみるがいい、みんなそう言うさ、こんなことになるいわれは何もないとね」服のなかからハート型の扇を取り出すと、彼女は自分を扇いだ。「あんた、テレビ屋だね？」

「ＷＷＷＷネットワーク・ニュースです」リチャード・ホグナットは言った。リチャードもカメラマンも、もはや彼女を見てはいなかった。二人は彼女の手とキリストの顔が描かれたハート型の扇を見つめていた、なぜなら夫人はメリーベルを扇ぎはじめていたからだ。メリーベルの黄色い前髪が持ち上がっては、また額にかぶさる。

「今夜この子を埋めるんだ」カーター夫人は言った。「男たちが何人かで白い馬を二頭取りにティフトンに向かってるよ。この子の棺を白い馬車に載せて白い馬に牽かせるのさ。それから皆で今夜この子を土に埋める」メリーベルを扇ぐ手を止め、彼女はリチャードを見た。「いい画《え》になるに違いないよ」

「画、ですか？」リチャードは言った。

「テレビのだよ」カーター夫人は言った。「あたしのメリーベルは急に殺されたからね、テレビに出るチャンスも、ほかのどんなチャンスもなかった。いい画になるよ本当に、白い馬車に乗ったメリーベルに、あの白い馬たちに」

いま、リチャードとカメラマンは互いの顔を見合わせていた。「うってつけだな」カメラマンは言った。彼は手を持ち上げ、二本の親指を伸ばして合わせた。手で作ったフレーム越しに、彼はメリーベルの顔を覗いた。「それに、エニグマの人たちが徒歩で馬車の後ろをついて行く画も撮れるかも」

「エニグマのみんなには、あの白い馬に牽かれて行くメリーベル以上にテレビで見たいものはないよ」カーター夫人は言った。「みんな馬車の後について墓地まで行ってまた戻ってくるよ。みんなどこへだってついて行くさ」

「また雨が降ってくれるかもしれないな」リチャードは言った。これで心の荷が下りた。彼は微笑んでいた。「あれだ新しいニュースが形になっていくのが見えていた。これで心の荷が下りた。彼は微笑んでいた。「あれだけの連中が全員で黒い服を着て、白い馬の後に続くのが想像できるか？　しかも雨の降るなかをだ」

「いい画になるよ」彼女は言った。

「ここを動かないでくださいよ、カーターさん」リチャードは言った。「保安官に会わなくちゃなんです。でもまた戻ってきますから」

外の遊歩道で、カメラマンがリチャードを引き止めた。「あの女、一瞬狂ってるのかと思ったぜ」

「そうなのかもな」リチャードは言った。「だが、だとしても何も変わらんさ。うってつけな題材であることにはね。トラックを回してくれ、行こうや」

　保安官は群庁舎の自分のデスクの後ろに座り、キャメルをひっきりなしにふかしながらダイエット・ライトをすすっていた。「おまえさん方、間違った奴んとこへ来たな」彼らが誰で、何が望みなのか知った彼はすかさず言った。椅子の上で前屈みになり、耳の後ろの赤い腫れを見せようと彼は頭をひねった。「おれが一晩いたのはここさ。おれとこの瘤とでね。まともに頭をどやしやがったんだ、あいつらは。そしてニガーを連れて行った。でも教えてやろうか？　ありがたく思ってるのさ、このおれは。死ぬほど痛むがね、でもありがたい。おれかい？　なんにも知らんよ。知らなかったし、知らないし、知るつもりもないね」ぜーぜーと息を切らしながら椅子に身をあずけ直すと、吸いさしで新しいキャメルに火をつけた。

「なぜ彼らはゴスペルシンガーを殺したのかな？」

「なぜ誰が彼を殺したかって？」

「誰だったとしてもさ」

　保安官は立ち上がった。シャツの下で腹が揺れる。彼はそれを捕まえ、両手で握りしめた。「そいつに関しちゃエニグマで知りようのない人間が二人だけいる——おれとメリーベルさ」デスクから煙草のパックを手に取ると、彼は背を向けた。

「どこへ行く？」

「たったひとつ残ってる肺を連れて裏へ行くのさ、ウィラリー・ブカティーの牢に閉じこもって、奴のベッドに横になってキャメルでもくゆらすのよ」

リチャードとカメラマンは外のトラックへ戻り、テントへと向かった。ライバル局のニュース撮影車がすれ違い、群庁舎へ向かって行った。一台の車が葬儀場の前に停車する。知り合いの新聞雑誌連盟系のブン屋がそこから降りるのが見えた。彼はため息をつき、窓の外へ唾を吐いた。スクープをものにできたかもしれないのに。リンチのシーンをテープに収めることだってできたのだ。だがウィスキー一本と柔らかいベッドで彼はすべてを棒に振った。前の晩、伝道集会のために戻ってくる代わりに彼はティフトンにとどまった、なぜならエニグマにホテルはなく、彼は疲れ、群衆たちに嫌気がさしていて、豪雨のなかをはるばる車で戻る気にならなかったからだ。そういうわけで、彼はキャリア史上最高のネタのすぐそばにいながら、それを逃したのだった。

町の外では野原全体にロープが張り渡され、立ち入りできなくなっていた。ロープの目の前にティフトンからの警察車両が二台停められ、その向こうにはオールバニの空軍基地から来た軍用ヘリが見えた。野原の端で、何人かの白シャツ姿の男たちが巨大なオークの樹がひろげる大枝の下をうろついている。死体がすでに下ろされているのを見てリチャードは胸を撫でおろした。

　茶色い口ひげの下から茶色い歯をのぞかせ、胡桃色に日焼けした小柄な男が、警察車両から降りてWWWWのニュース・トラックの方へ歩いてくる。チェスター・マイルズという名のその男は、普段はアトランタが管轄だった。彼のことならリチャードは長いこと知っている。二人は数えきれないくらいのバラバラ死体や爆破事件や殺人について話してきた。小柄な男はトラックのドアに寄りかかった。彼とリチャード・ホグナットは共感を込めた目でお互いを見つめた。

「妙な事件だな」リチャードは言った。

「ひでえ事件さ、リッチ、まったくひでえ」チェスターは言った。

「誰がやったか、何か手がかりをつかんでるかい？」カメラマンが訊いた。

「誰がやらなかったかの手がかりさえないね」チェスターは言った。「あのオークの下なんて、世界中の奴らがあそこにいたみたいな有様よ」

「ディディマスは見つけたのか？」リチャードが訊いた。

　チェスター・マイルズは小さな黒い手帳を取り出した。「とりあえずわかってることを教えてやるよ、リッチ。男性一名、白人、身長およそ六フィート、体重一七〇ポンド、頭部と両肩に擦過傷及び打撲傷、死因は絞殺。男性一名、黒人、身長およそ六フィート、体重一七〇ポンド、頭部と両肩及び性器に擦過傷と打撲傷、死因は絞殺。

ウディ・ピー一名、福音伝道師、ショック状態で錯乱してる。ディディマス一名——明らかな偽名——こいつについちゃ何もわかってないな、行方不明、おそらく死亡していると思われる。ゲルド一名、こいつはさっきの死んだ白人の兄弟だ、これも行方不明、死んでいるかまたはフリーク・ショーと一緒かもしれん、率いているのはフッドって小人だ、こいつも行方をくらました。例の白人の両親、擦過傷と打撲傷でティフトンの病院送り、ショック状態で錯乱してる。それからでかい茶色のテント、壊滅状態」彼は手帳を閉じた。「以上だな、それからこの事件で何がおかしいか、わかるか？」

「なんだ？」

「矛盾がないことさ。何かことが起これば、四十通りは話が出てくるし、そのひとつひとつが食い違ってるもんだ。だがこいつは違う。矛盾がまるでない。話せる奴が一人もいなきゃ当たり前だがね。何が起きたか、さもなきゃ何が起きたと思うかを話せる奴が一人も見つからないんだ」深く息をついて彼は警察車両を振り返った。「といっても、完全にってわけでもないな。ひとつだけ話があった」

「おいおい、そうもったいぶるなよ、いったいなんだ？」リチャード・ホグナットは叫んだ。

「死んだ白人の弟と妹さ、あの車に乗ってる。マーストとアヴェルって名だ。この一件で怪我をしてないのはどうもあの二人だけらしいな」

「で、その話ってのは？」チェスターが読み上げる間、リチャードは自分の手帳にメモを取っていた。いま彼は鉛筆を握った手をページの上で静止させ、上下の歯で舌先を噛んでいた。

「連れてくるよ。二人から聞くんだな」彼が車へ戻ると、マーストとアヴェルが後部座席から降りてきた。マーストは肩から赤いストラップでギターをひっかけている。親指でそれを軽くかき鳴らしながら彼は近づいてきた。彼の髪は濡れているように見えた。

「この人はリチャード・ホグナットといってな」チェスター・マイルズが言った。「レポーターだ。おれに言ったことを彼にも話してやってくれ」

「話せるかわかんないな」マーストは言った。「おれたち一晩中泣いたからね」

「ほんと、そうだわよ」アヴェルが言った。「あんたテレビの人？」彼女はトラック側面に描かれた局名を見ていた。

「何があったか話してくれないか」リチャードは言った。

「いいよ」マーストは言った。「事故だったんだ」

「事故だって！」

「そう、事故よ」とアヴェル。

「でも、事故だなんて、そんなことあり得るかい？」

「誰だって事故の説明なんてできるかよ」マーストは言った。「だから事故って呼ぶんじゃないか、だろ？」

チェスターは同情を込めてリチャードに微笑んだ。「いまのところ、おれたちがつかんだ話はこれだけさ」彼は言った。「そろそろ皆のところに戻るよ」そう言って野原を横切っていった。

リチャードはマーストとアヴェルに目をやった。「いいかね」彼は言った。「うっかり誰かを吊るすなんてことはあり得ないんだ」だが彼はそれを自分に言い聞かせていたのだ。この一件のすべてがどこか事故のように彼には思えた。

「あんたもあそこにいたら、見てたはずさ」マーストは言った。「障害者の奴らがぴりぴりするわギャーギャーわめくわで風が吹いてみんなが踏んづけ合ってさ、気づいたら舞台の上には人がわんさかいた。そんなこんなでどういうわけかゴスペルシンガーはニガーとロープの先に揺られてたのさ」

「なんにしたって、これでゴスペル業界には穴が開いちゃうね」トラック側面の文字を見つめながらアヴェルが言った。

「ちげえねえ」マーストは言って、硬くした親指でギターを荒っぽくひと掻きした。

リチャードは鼻をひきつらせた。口を固く結んだ。彼の息は浅くなった。「きみたちはゴスペルを歌うのか？」

マーストとアヴェルは目を見合わせた。「何年も歌ってるよ」マーストは言った。「彼に教わってね」二人は頭を寄せ合い、それから勢いよく〈見よや十字架の〉を歌い出した。

リチャードは舌を噛んで二人が終えるのを待った。「きみたち……あー……マネージャーはいるのかい？」

「まださ」マーストは言った。

「おれはテレビの人たちをみんな知ってるんだ」リチャードは言った。「おれにマネージャーになってほしいかい？」

「やってくれるの？」マーストは訊いた、ギターのネックを握る手に力が入り、拳が白くなった。

「ティフトンに弁護士の知り合いがいる」リチャードは言った。「彼なら契約書を作ってくれるよ。二人とも後ろに乗ってくれ」

二人はトラック後部の両側に駆け寄り、勢いよくドアを引いて跳び込んだ。マーストはすぐに床に座ってコードを練習しはじめた。アヴェルがハミングでそれに合わせる。

カメラマンはリチャードの方に向き直ってそっと言った。「あの二人いままで聴いたなかでも最悪だったぞ。うちの犬の方がよっぽど上手く歌うぜ」

「歌えさえすりゃ誰も気にしないさ。みんなは彼を思い出すはずだ。彼の声がどんなだったか、それにこの二人は彼の家族なんだってな」カメラマンの背中を叩くとリチャードは高らかに笑った。「一時間もあればティフトンに着くだろう、そしたらおまえをアシスタントにしてやろうじゃないか。来年は大金が手に入るぜ」

「けど、ストーリーはどうするんだ?」

「そんなものクソ喰らえさ！　ほかの奴にやらせときゃいい」

カメラマンが勢いよくギアを入れ、彼らは声を限りに歌うマーストとアヴェルを乗せて崩壊したテントから急いで走り去っていった。

解説

吉野　仁（書評家）

キング・オブ・ロックンロールと呼ばれたエルヴィス・プレスリーのルーツは、ゴスペルにあることをご存じだろうか。

　二〇二二年に公開されたバズ・ラーマン監督による映画「エルヴィス」では、その冒頭あたりで少年時代のエルヴィスが回想風に描かれていた。とくに印象的なのは、黒人地区の空き地に張られたテントにエルヴィスが入り込む場面だ。表に「リバイバル」という看板が掲げられた信仰復興のための集会所では、黒人信者がひしめくなかでゴスペルの歌声が響きわたり、最高潮に盛りあがっていた。そこへ導かれるようにまぎれこんだエルヴィスは、たちまち歌の世界にわれを忘れ、恍惚としたまま失神してしまう。まさにゴスペルによって神からの洗礼を受けたかのようなシーンだった。

もっともその場面のなかで同時に描かれていたのは、小屋のなかの薄暗い部屋で、ギターを抱えた歌手による音楽に乗って黒人の男女が身体をよせあいながら妖しく踊る姿だった。それを外にいた少年エルヴィスと黒人の友人たちが、小屋の壁の隙間からのぞき見していたのだ。

一九三五年にアメリカ南部ミシシッピ州テュペロで生まれたエルヴィスは、両親が熱心なプロテスタント、ペンテコスタル派の信者だったことにより、幼いころから教会のゴスペルが子守歌がわりだった。同時に、当時貧しかったエルヴィス一家が暮らしていた場所のすぐ隣に黒人居住区があったため、黒人集会のゴスペルにも親しんでいたのだ。彼が十三歳の時に一家はテネシー州メンフィスへ移ったが、そこでもゴスペルショーに行くことは欠かさなかった。歌手デビューしたのち、コンサートやレコーディングなどのリハーサルの前に、かならずゴスペルを歌ったという。ちなみに三度受賞したグラミー賞は、みなゴスペルの曲だった（ただし、エルヴィスが全米一位となるヒット曲を連発していたのは一九五六年から一九五七年までが主で、そのころはまだグラミー賞が存在していなかった）。

ハリー・クルーズ『ゴスペルシンガー』（*The Gospel Singer* 1968）は、一九六〇年代のジョージア州の町エニグマを舞台に、ひとりのゴスペルシンガーの運命を中心に描かれた小説である。もちろんエルヴィス・プレスリーをそのままモデルにしたものではないが、南部のゴスペルシンガーが成功したのちキャデラックに乗って帰郷するという設定をはじめ、作中のあちこちで彼を連想するエピソードに事欠かない。貧しい境遇から、長じて優れた歌手として活躍し、その世界で人気となり名声と富を集めるだけにとどまらず、王の座に君臨した者をめぐる神話として両者は通じているのだ。実際、この小説を読んだエルヴィスは、自身の主演による映画化を熱望したという。一九七〇年のことだ。しかし悪名高きマネージャー、トム・パーカー大佐の反対で実現しなかった。

本作は〈ジョージア州エニグマは、行き止まりの町だった〉という一文ではじまる。地図を見るとジョージア州に実在する町であり、エニグマといえば「謎」もしくは「謎を秘めた人」を意味する。行き止まりの町がエニグマであり、そこで生まれたのがゴスペルシンガーなのだ。最初の章では、群庁舎の牢屋に入れられたウィラリー・ブカティーという黒人説教師の視点から展開していく。ウィラリーが牢屋の外をながめていると、そこにゲルドという男があらわれる。彼はゴスペルシンガーの兄だ。ゲルドが保安官とかわした会話によると、ウィラリーは三日前にミス・メリーベル・カーターをアイスピックで六十一回刺したという。ウィラリーは子供のころまでゴスペルシンガーとは友だちの間柄だった。十五歳のとき、ゴスペルシンガーが力強い声を出すようになったころから二人は疎遠になった。だが、ウィラリーはゴスペルシンガーに向けて無言の祈りを唱える。彼がたったひとりの救済者になるかもしれないと考えたからだ。

つづく2章の視点人物はゲルドだ。殺されたメリーベルの母カーター夫人と葬儀場であいさつしたあと、車のアクシデントにより松の木陰で身を潜めようとしたとき、あるフリークと出会う。彼は世界一大きな片足をもつフットという男が主催するフリーク・ショーに出ている者だ。ゲルドはその男が自分の頬のただれを指摘したことから、身体中に広がる傷んだ肌を見せようとする。フリークが去ったあと、州道の向こうから聞こえてきたのはキャデラックのエンジン音だった。そして3章は、その天上から降り立つ黒い馬車のごときキャデラックに乗った男の視点から語られていく。いよいよゴスペルシンガーの登場だ。エニグマの町に帰ってきたのである。ここで初めて読者はこの小説の形式がいかなるものか理解するだろう。ひとつの章の後景で語られた人物が次の章の視点人物となり、より詳しく鮮明なエピソードが描かれていくのだ。ときに次の章で衝撃的な事実を知る場合もある。たとえば、キャデラックを運転しているのは、ゴスペルシンガーのマネージャー兼運転手兼懺悔師であるディディマスだが、つづく4章で彼に焦点があてられるばかりか、驚くべき過去が明かされる。

また、顔の美しさと歌のうまさでスターとなったゴスペルシンガーは、町の人たちにとって救世主と同じように崇められていることがわかる。とくに罪人、病人、身体に傷や障害を負った者など、さまざまな不幸に見舞われたり、世界から見捨てられたりした者たちがゴスペルシンガーに救済をもとめているのだ。まさにキリストがやってくるのを待っているかのようだ。最初の章で黒人ウィラリーがメリーベル殺しの罪で牢に入っている場面がある以上、通常のミステリであれば、真犯人探しへと向かっていくだろう。だが、本作はそうしたタイプの探偵小説ではない。いくつもの殺人が描かれているものの、犯罪をめぐるスリラーとも違う。聖と俗が混沌と重なったなか、神のごとき主人公をはじめ登場人物の意外な顔が次々に暴かれるという、先の読めない展開を軸とした物語だ。ただし、フランスでは、かの推理・犯罪小説叢書〈セリ・ノワール〉に一九九五年収録された。

作者ハリー・クルーズは、近年「ラフ・サウス（Rough South）」と呼ばれて注目を集める文芸ジャンルの先駆的な作家である。「ラフ・サウス」とは荒々しい南部を意味し、「グリット文学（Grit Lit）」と呼ばれることもある。おもにキリスト教が篤く信仰される田舎を舞台に、貧しい労働者階級の人々を描いた小説群のことだ。福音歌を歌う男の物語である本作の背景には、いうまでもなく南部特有の宗教世界が大きく広がっているのである。

冒頭で紹介した映画「エルヴィス」に出てきた「リバイバル」（信仰復興集会）とは、別名キャンプ・ミーティングと呼ばれ、十八世紀後半から十九世紀半ばにかけて宗教覚醒運動の一環として南部一帯の各地で大規模に行われていたものだ。広い空き地に大きなテントをたて、ときに何十人もの牧師が聖歌隊を引き連れ、昼夜ぶっとおしで三日から一週間以上にわたり行われていたという。そうした集会は、説教と聖歌をひたすらくりかえすことから生まれる熱狂により、人々へ霊的な興奮と陶酔をもたらし、大がかりな祝祭と化していった。参加する多くの人がトランス状態に陥る体験をしたのだろう。『ゴスペルシンガー』は二十世紀半ば、第二次大戦後、おそらく一九六〇年代前半のアメリカが舞台で、すでにテレビが家庭に普及していた時期を背景としている。全米の若者の間ではロックが鳴り響いていた時代だ。それでも南部の田舎町において年に何回かおこなわれるゴスペルの集会は、住民にとって特別なものだったにちがいない。こうした前提があっての「ゴスペルシンガーの帰還」なのである。

また、殺人の真相解明を主眼とするミステリではないとはいえ、メリーベルが殺された経緯をはじめ、彼女とゴスペルシンガーおよび殺人犯ウィラリーとの関係がいかなるものだったのか、大きな謎として物語をひっぱっている。とくに後半、性愛の場面が生々しく描かれており、ゴスペルシンガーのイメージが変化していくように感じられる。こうしたエロスとヴァイオレンスの物語は、もともと世界中のあらゆる神話に見られるものであり、それは現代の文学や映画などにも受け継がれているが、南部文学のなかでもとくに犯罪を扱った小説群は、なにか人間の根源を強調するかのごとく性愛と暴力をことさら激しく描写し、グロテスクな様相から目をそらさずとらえるのが特徴のように思う。宗教に熱心な地域だからといって人々がかならずしも清純で高潔で立派な生き方に徹しているわけではない。むしろ神の崇高さとは対極な獣としての人の姿がきわだつことになるのだろう。まして何かで追いつめられたり、群衆の高揚に巻き込まれたりすれば、いとも容易く人は人でなくなってしまう。ウィリアム・フォークナー、フラナリー・オコナーなどといったアメリカの南部文学を読んできた方ならば、よくご存じかもしれない。

わたしは本作から、フォークナー『八月の光』を連想した。この物語には、ジョー・クリスマスという一見白人だが黒人の血がまざった男が登場する。クリスマスは、ある女性と関係をもったあと、彼女を殺害した罪で追われ、群衆リンチからは逃れたものの最後には銃殺されてしまう。彼のイニシャルはジーザス・キリストと同じJCだという指摘がある。ただしフォークナー自身はクリスマス＝キリスト説を否定したという。本作もそのままゴスペルシンガー＝キリストというわけではないが、クライマックスの場面は、まさに磔刑に処せられた救世主の姿が重なっている。そして、もしキリストの物語を下敷きにしているのであれば、のちに「復活（リバイバル）」を果たすはずだが、エピローグの展開は、新たな希望というよりも、なにか皮肉でざらした感触を覚えたものだ。

そのほか、本作に登場する人々は、みな強烈な個性の持ち主ばかりだ。ゴスペルシンガーの初代マネージャーだったミスター・キーン、彼にかわってその役を務めるようになったディディマス、そしてフリーク・ショーの親玉フットと彼の従者兼雑用係ランドルフ、さらにフットの女性アシスタント・ジェシカといった連中である。そのフットのフリーク・ショーでは、生の鶏をたった二、三分で喰らう獣人・ギークの見世物が観客を集めていた。こうしたいかがわしいカーニバルに登場するギークに関して、ウィリアム・リンゼイ・グレシャム『ナイトメア・アリー　悪夢小路』を読んだ方、これを原作とするギルレモ・デル・トロ監督の映画化作品を見た方ならば、その正体を知っているだろう。本作の後半ラスト近くで、ある人物が「ギーク」と「神」をつづけて口にする場面があり、なにか真実を告げていたかのように思えたものだ。かつて友人だった黒人説教師ウィラリー、そして殺されたメリーベルとの関係にとどまらないゴスペルシンガー自身の二重性だ。このあたりは、ジム・トンプスン『ポップ１２８０』でやたらと聖書からの引用を口にし、自分をイエス・キリストかのように語る主人公ニック・コーリーを連想した。裏切る男と裏切られる男をひとりで兼ねており、「おれはひとりでふたりなんだよ」と言う保安官だ。

　もうひとり、やはり物語の最後のほうでウディー・ピーという怪しげな男が登場する。巨漢の牧師であり、テントを所有していたことから、そこでゴスペルシンガーを歌わせようとするのだが、このウディー・ピーはやたら取引の話を口にする。牧師でありながら儲けの取り分が気になるのだ。殺人、姦淫、そして強欲と、罪深い人物の登場は最後までつづき、圧巻のクライマックスへと突入する。

作者のハリー・クルーズは、一九三五年六月七日、ジョージア州ベーコン郡アルマで生まれた。貧しい小作人の子供で、彼が二歳のときに父が亡くなり、母はすぐに父の兄と再婚したが、クルーズは、物心がついたあと何年も、このアルコール中毒で暴力的な男が実の父ではないと知らなかった。またクルーズは、五歳のときポリオにかかり、両足が太ももの後ろ側に折れ曲がるようになった。医師からは、もう歩けないと言われ、手で這う以外は動けない状態が一年ほどつづいたのち、再び足がまっすぐになり歩けるようになった。この体験の直後、彼は、豚を殺して処理するとき、その皮を剝ぐための熱湯槽に落ち、全身ひどい火傷を負った。命拾いしたのは、頭だけは熱湯のなかに潜らなかったせいだという。作品のなかで、身体に異常や障害のある人物がでてくるのは、こうした体験が大きく影響しているのだ。

クルーズがまだ子供の頃、母親は離婚し、彼と弟は母親と一緒にフロリダ州ジャクソンヴィルのスプリングフィールド地区に住むことになった。クルーズはそこの高校を卒業後、十七歳で海兵隊に入隊し、三年間、朝鮮戦争に従軍した。帰国してフロリダ大学に通い、英語の学位を取得し、その後、作家の道をこころざしたのだ。一九六八年に『ゴスペルシンガー』でデビューし、当時の批評家から高い評価を得た。すぐ

に第二作 *Naked in Garden Hills*（1969）を発表し、以後、ほぼ年一作のペースで長編を刊行し続けた。第八作目の *A Feast of Snakes*（1976）は、多くの批評家がクルーズの最高傑作と呼んでいる。これは一九七五年のジョージア州ミスティックを舞台にしたもので、かつて高校フットボールのスター選手ながら現在はアルコール中毒の暴力夫であるジョーを中心に描かれている。ミスティックの町では、ガラガラヘビのロデオで知られるお祭り、ラトルスネーク・ラウンドアップが行われていた。ヘビを狩り、殺し、食べるために人々が集まるのだ。一方、この町の保安官バディは女性にレイプと暴行を繰り返す男だが、若い黒人女性ロティに襲いかかるも反撃され、とんでもない目にあう。やがて町じゅうが暴力と混乱につつまれたなか、銃を手にしたジョーは、正気を失っていく。いうまでもなくヘビとは男根の形に通じ、銃と同様に男性の力を象徴している。この小説は、その過激な内容から南アフリカで一時期発禁処分となっていた。その後の十年は、薬物やアルコールの濫用、創作活動の停滞に悩まされたのち、第九作目の小説 *All We Need of Hell*（1987）で復活をみせた。あわせて十八作を発表したのち作家を引退、二〇一二年に七十六歳で亡くなった。

クルーズは小説だけでなくエッセイなども精力的に書いており、一時期、「エスクァイア」や「プレイボーイ」といった雑誌の常連執筆者だった。小説以外では、子供時代の伝記 *A Childhood: The Biography of a Place*（1978）があり、酔いどれ探偵ミロのシリーズなどで知られる作家ジェイムズ・クラムリーはこの作品を「現代アメリカ文学の最高傑作」と賞賛した。

また作家の活動と並行して、クルーズはフロリダ大学で三十年間、教鞭をとっていた。彼のクリエイティブ・ライティング講座を受講していた、もっとも著名な教え子のひとりは、ロサンゼルス市警察の刑事ハリー・ボッシュを主人公とするシリーズで日本でも人気の作家マイクル・コナリーだ。そのほか、クルーズ作品の映画化は、*The Hawk is Dying*（1973）がジュリアン・ゴールドバーガー監督により二〇〇六年に映画化されている。また、ショーン・ペンの第一回監督作品である映画「インディアン・ランナー」(1991) に短いながら役者として出演した。

ハリー・クルーズの著作は、一時期、大半が絶版だったが、現在は代表作の復刊がつづいている。二〇二二年に刊行された『ゴスペルシンガー』復刊版の序文は、短編集『地球の中心までトンネルを掘る』や『リリアンと燃える双子の終わらない夏』の邦訳があるケヴィン・ウィルソンが書いている。「私がハリー・クルーズに惹かれたのは、彼がモヒカン刈りでドクロのタトゥーをしていたからだ」とウィルソンらしい調子で作者と本作について語っている。またクルーズ第十作 *The Knockout Artist*（1988）の二〇二四年刊行予定となる復刊版の序文は、なんといまをときめく黒人犯罪小説作家S・A・コスビーである。

先にクルーズは、「ラフ・サウス」や「グリット文学」といったくくりで語られると書いたが、このジャンルの代表的な作家のひとりが、二〇二三年六月に亡くなったコーマック・マッカーシーである。しかしその先駆的な作家は、クルーズにせよ、ラリー・ブラウンにせよ、これまでまったく邦訳のないままだった。マッカーシー以外の作家にしても、『ウィンターズ・ボーン』で注目を集めたダニエル・ウッドレル、『ねじれた文字、ねじれた路』のトム・フランクリン、『セリーナ』のロン・ラッシュなど、ぽつぽつと翻訳紹介されるだけだったのだ。ところが二〇二三年にはいり、ドナルド・レイ・ポロック『悪魔はいつもそこに』が邦訳された。戦後のオハイオ州において、罪深い牧師、連続殺人犯の夫婦、悪徳保安官らが登場する犯罪小説である。またクリフ・オフット『キリング・ヒル』の舞台はケンタッキー州の山間の窪地で起きた女性殺害をめぐるミステリだ。作風は大きく異なるが、どちらも人里はなれた田舎町の犯罪をとらえた「ラフ・サウス」が描かれているのだ。

そこへきて、古典ともいうべき『ゴスペルシンガー』の邦訳である。半世紀以上まえに書かれた小説ながら、いまだ衝撃をおぼえる作品でありつづけているのは、荒々しい南部の福音歌手をめぐる神話的な物語にとどまらず、いつの時代でも変わらぬ人間の姿がデフォルメされながらもそこに描かれているからにちがいない。また、現代アメリカの政治状況が、資本家と労働者の対立というより、大都会の進歩的なエリートと宗教色の強い土着の地方民との対立である様相なども、近年「ラフ・サウス」の小説に関心が高まる理由ではないかと考えられる。ハリー・クルーズのほかの作品をはじめ、日本でもこのジャンルの作家の著作がもっと紹介されることを期待したい。

※本項執筆にあたり、エルヴィス・プレスリーとゴスペルに関しては、前田絢子『エルヴィス、最後のアメリカン・ヒーロー』（角川選書）、「ラフ・サウス」に関しては、諏訪部浩一『薄れゆく境界線　現代アメリカ小説探訪』（講談社）、*Rough South, Rural South : Region and Class in Recent Southern Literature* Edited by Jean W. Cash and Keith Perry (University Press of Mississippi) などを参考・引用させていただきました。

◉訳者紹介　**齋藤浩太**（さいとう　こうた）
1974年生まれ。翻訳家。訳書に『コックファイター』（扶桑社海外文庫）

ゴスペルシンガー

発行日　2023年11月10日　初版第1刷発行

著　者　ハリー・クルーズ
訳　者　齋藤浩太

発行者　小池英彦
発行所　株式会社 扶桑社
〒105-8070
東京都港区芝浦1-1-1　浜松町ビルディング
電話　03-6368-8870(編集)
　　　03-6368-8891(郵便室)
www.fusosha.co.jp

印刷・製本　株式会社 広済堂ネクスト

ISBN 978-4-594-09510-9　C0197

扶桑社海外文庫

極大射程（上・下）
スティーヴン・ハンター　染田屋茂／訳　本体価格各762円

全米を揺るがす要人暗殺事件の犯人として濡れ衣を着せられたボブ・リー・スワガーの孤独な戦い。シリーズ第一弾、伝説の傑作待望の復刊！〈解説・関口苑生〉

第三の銃弾（上・下）
スティーヴン・ハンター　公手成幸／訳　本体価格各876円

ケネディ大統領暗殺の真相を暴露する本を出版する予定だった作家が事故死。未亡人からの依頼でボブ・リーは調査のためダラスに飛ぶが……。〈解説・深見真〉

スナイパーの誇り（上・下）
スティーヴン・ハンター　公手成幸／訳　本体価格各880円

第二次大戦末期の独ソ戦で輝かしい狙撃歴を残しながら、歴史の狭間に消えた幻の赤軍女性狙撃手〝白い魔女〟ミリの秘密にボブ・リーが迫る！〈解説・吉野仁〉

Gマン　宿命の銃弾（上・下）
スティーヴン・ハンター　公手成幸／訳　本体価格各920円

祖父チャールズの知られざる過去を追うボブ・リー。一九三四年のシカゴを舞台に、捜査官（Gマン）と共闘するチャールズの活躍を描く！〈解説・古山裕樹〉

＊この価格に消費税が入ります。